KB094146

터무니없는
스킬로
이세계 방랑밥

13 탕수 소스 고기 경단
✕ 모험가의 방식

에구치 렌 지음
author ● Ren Eguchi
마사 일러스트
illustration ● Masa
정대식 옮김

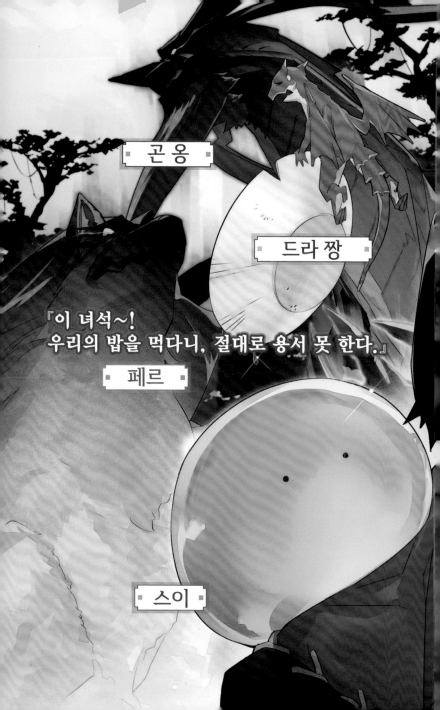

페르, 곤 옹, 드라 짱, 스이······
사역마들이 따끈한 햇볕을 쬐며
잔디밭 위에서 낮잠을 자고 있다.

터무니없는 스킬

이세계 방랑 밥

13

탕수 소스 고기 경단

×

모험가의 방식

에구치 렌 지음
author • Ren Eguchi
마사 일러스트
illustration • Masa
정대식 옮김

인물 소개

무코다 일행

곤 옹
사역마(300년 한정)

과거 페르와 격렬한 싸움을 벌였던 에인션트 드래곤(고룡). 아니나 다를까 무코다의 요리를 노리고 사역마가 된다(300년 한정)

드라 짱
사역마

보기 드문 픽시 드래곤. 작지만 성체. 역시 무코다의 요리를 노리고 사역마가 되었다.

스이
사역마

갓 태어난 슬라임. 밥을 준 무코다를 따르며 사역마가 된다. 귀엽다.

페르
사역마

전설의 마수 펜리르. 무코다가 만든 이세계 요리를 노리고 계약을 요구하여 사역마가 되었다. 채소를 싫어한다.

신 계

루사루카
신

물의 여신. 공물을 노리고 무코다의 사역마인 스이에게 가호를 내린다. 이세계의 음식을 정말 좋아한다.

키샤르
신

대지의 여신. 공물을 노리고 무코다에게 가호를 내린다.
이세계 미용 제품의 효과에 매료되었다.

아그니
신

불의 여신. 공물을 노리고 무코다에게 가호를 내린다. 이세계의 술, 특히 맥주를 좋아한다.

닌릴
신

바람의 여신. 공물을 노리고 무코다에게 가호를 내린다. 이세계의 단것, 특히 도라야키에는 정신을 못 차린다.

◀ 다음

수상쩍어 보이는 왕국의 '용사 소환'에 휩쓸려 검과 마법의 이세계로 오게 된
현대 일본의 샐러리맨 무코다 츠요시(무코다).
무코다는 어찌어찌 왕성을 나와 여행을 떠나게 되었으나,
고유 스킬 '인터넷 슈퍼'로 가져온 상품과 무코다의 요리를 노리고
'전설의 마수'부터 '여신'에 이르기까지 터무니없는 녀석들이 모여들더니
사역마가 되거나 가호를 내려주는 것이었다.
난관이라 불리는 도시 브릭스트의 던전에
도전한 무코다 일행은
그 최하층에서 페르와 인연이 있는 에인션트 드래곤과 조우한다.
하마터면 전투가 벌어질 뻔하지만
결국 무코다의 요리를 노리고 사역마가 되어
'곤 옹'이라는 이름이 붙고 마는 것이었다……

무코다

인 간

현대 일본에서 소환된
샐러리맨. 고유 스킬
'인터넷 슈퍼'를 지녔다.
특기는 요리. 겁쟁이.

고유 스킬
『 인터넷 슈퍼 』

언제 어디서든 현대 일본
의 상품을 구입할 수 있는
무코다의 고유 스킬.
구입한 식재료에는 스테이
터스를 높이는 효과가 있다.

목 차

+ **제 1 장** 꼬질꼬질한 털이지만 알고 보니 상당한 가치가 있었다
007 p

+ **제 2 장** 부르지도 않았는데 그 사람이 우리 집에 찾아왔다
017 p

+ **제 3 장** 기다리던 사람이 오다
060 p

+ **제 4 장** 야생 베히모스
086 p

+ **제 5 장** 무코다, 길드 마스터에게 설교를 당하다
114 p

+ **제 6 장** 카레리나에서도 기부를
152 p

+ **제 7 장** 곤 옹의 비밀과 난감한 계시
180p

+ **제 8 장** 역시 목욕은 좋은 거라니깐~
200 p

+ **제 9 장** 마검의 올바른 사용법
218 p

+ **한 담** 엘랑드, 그 후……
251 p

+ **번 외 편** 나는 이런 거면 된다고!
255 p

9 × 장

1 × 한 담

1 × 번 외

다음 ▶

제 1 장

꼬질꼬질한 털이지만 알고 보니 상당한 가치가 있었다

브릭스트에서 난관 던전을 공략하고 에인션트 드래곤(고룡) 곤 옹이 새로 동료가 되었다.

그 곤 옹은 우리 일행을 태우고 엄청난 속도로 날아, 예상했던 것보다 상당히 빨리 카레리나 근처에 위치한 평원에 착지했다.

겨우 곤 옹의 등에서 내릴 수 있게 된 나는 풀밭에 큰 대자로 드러누웠다.

"아~ 죽는 줄 알았네……."

『그 정도로 앓는 소릴 하다니, 주공은 참 나약하구먼~.』

"그 정도라니, 곤 옹이 너무 빨리 날아서 그렇잖아! 좀 더 천천히 날아도 됐을 텐데."

『무슨 소린가. 내가 속도를 냈기에 이렇게 일찍 목적지에 도착할 수 있지 않았나.』

"그건 그렇지만 말이야."

『그러게 지금까지 그랬듯이 나를 타지 그랬느냐.』

"아니 뭐, 그건 그것대로 좀……."

페르도 이동 속도는 빠르지만, 이러니저러니 해도 곤 옹이 그보다 더 빠르니까.

시간 단축을 위한 거였다고.

『어~이, 얼른 집으로 가자고.』

답답했는지 드라 짱이 그렇게 말했다.

"그러자. 아니, 그 전에 모험가 길드에 들러야 하지만 말이야."

곤 옹의 사역마 등록은 브릭스트에서 했으니 이곳 카레리나로도 연락이 왔을 테지만, 그래도 일단은 얼굴을 비춰둬야지.

아닌 게 아니라 이 도시는 현재 우리의 거점이기도 하니까.

"그러면 가볼까."

『음, 여기서부터는 나를 타는 게 나을 거다. 자, 타라.』

"그래그래."

이번에는 페르의 등에 기어 올라갔다.

그와 동시에 곤 옹의 몸이 번쩍 빛나더니 작아지기 시작했다.

『좋아, 나도 준비됐네.』

『그럼 나는 곤 옹을 타고 가야지.』

파닥파닥 날고 있던 드라 짱이 곤 옹의 목 뒤에 착지했다.

『딱히 상관은 없다만..』

스이는 어떻게 하려나?

가죽 가방 안을 들여다보니 스이는 아직도 숙면 중이있다.

곤 옹의 등에 타고 이동하는 동안 스이는 잔뜩 들떠 있었지만 중간에 잠들어버렸단 말이지.

아주 곯아떨어진 것 같으니 스이는 이대로 내버려 둬야지.

"그러면 그리운 카레리나로 돌아가 보실까."

우리 일행은 카레리나를 향해 나아갔다.

사전에 통지가 된 것인지 문지기들은 곤 옹을 보고도 차분한 태도를 유지했다.

그럼에도 실물을 보니 놀랍기는 한지, 곤 옹이 앞을 지나자 쩔

쩔매기는 했지만.

어찌어찌 무사히 카레리나에 도착하기는 했지만 오히려 거리에 들어서고서부터가 문제였다.

도시의 상층부에게는 곤 옹에 관한 소식이 전해졌겠지만 주민들은 그런 소식을 들었을리가 없어서…….

이전과 마찬가지로 큰 소란이 일어났다.

브릭스트 때와 같은 상황이 벌어진 거다.

당연히 나는 모험가 길드까지 가는 동안 "제 사역마입니다! 괜찮아요!"라고 소리치며 걸어야만 했다.

"후~ 피곤하다아."

소리를 지르며 걸은 끝에 다소 녹초가 된 상태로 정겨운 카레리나 모험가 길드로 들어갔다.

우리 일행이 들어가자마자 모험가 길드 안이 쥐 죽은 듯 조용해졌다.

데자뷔도 아니고.

한숨을 내쉰 후, 이곳에서도 "제 사역마입니다!"라고 다시 소리쳤다.

"여어~ 드디어 돌아왔군그래."

"길드 마스터……."

"나 원, 또 엄청난 물건을 데리고 왔군."

그렇게 말씀하신들 저도 어쩔 수 없었다고요.

정신을 차려보니 사역마가 되어 있다고요.

"뭐 됐네. 따라와."

그렇게 말하는 길드 마스터를 따라 익숙한 창고로 향했다.

아무리 생각해도 페르와 곤 옹을 둘 다 길드 마스터의 방에 데리고 들어가기는 어려울 것 같으니까.

"형씨, 어서 와. 또 사고 쳤다면서?"

늘 신세를 지고 있는 해체 담당인 요한 아저씨가 그렇게 말을 걸어왔다.

사고를 치긴요.

그나저나 히죽거리고 있긴 하지만 살짝 떨어진 곳에서 말을 걸어온 건 곤 옹을 보고 겁을 먹어서입니까?

"그래서, 그게 새 사역마인 에인션트 드래곤이냐?"

"네. 에인션트 드래곤인 곤 옹입니다."

『주공의 사역마가 되었다. 주공의 집이 이 도시에 있다고 하니 나도 신세 좀 지도록 하지. 잘 부탁한다.』

곤 옹이 목소리를 내어 그렇게 말했다.

누가 뭐래도 이곳, 모험가 길드에 제일 많이 신세를 지게 될 테니 인사라도 한마디 해달라고 곤 옹에게 부탁해두었더랬다.

곤 옹은 척 봐도 위험해 보이니 조금이라도 인상이 좋아지도록 말이야.

"아, 그래. 이쪽이야말로, 자, 잘 부탁하네."

느닷없이 곤 옹이 말을 걸자 길드 마스터가 "여, 역시 이 녀석도 사람의 말을 하는 건가"라고 중얼거리며 놀랐다.

"보다시피 드래곤이라 겉모습은 무서워 보이지만 절대로 날뛰지는 않을 겁니다. 그렇지, 곤 옹?"

『음. 뭐어, 주공을 해하지 않는 한은 말이지.』

곤 옹이 그렇게 말하자 길드 마스터가 나를 뚫어져라 쳐다보았다.

"왜 그러십니까?"

"아니, 정말로 에인션트 드래곤을 사역마로 들였구나, 싶어서."

"그렇게 말씀드렸잖아요."

"알고는 있지만 그런 생각이 드는 걸 어쩌나! 자네가 에인션트 드래곤을 사역마로 삼았다는 이야기를 들었을 때는 나도 늙어서 귀가 이상해진 건가, 하고 의심했을 정도란 말일세."

"그런 소릴 하신들……."

"뭐어, 그런 식으로 따지면 펜리르도 마찬가지지만 말이야. 뭐, 자네도 이로써 명실공히 사상 최강의 모험가가 되었으니 지명 의뢰도 잔뜩 들어올 걸세. 모쪼록 잘해보라고."

"잠깐잠깐, 사상 최강의 모험가라니, 그게 무슨 소립니까?"

"말 그대로의 뜻이지. 펜리르와 에인션트 드래곤을 사역마로 삼았는데 사상 최강이 아니면 누가 사상 최강이겠나."

내 양옆에 있는 펜리르와 곤 옹을 올려다보았다.

………….

아니, 그건 그렇지만 말이지.

"게다가 그뿐만이 아니잖나. 그 픽시 드래곤과 슬라임도 상당히 강하다고 들었네. 그만한 전력을 거느렸으니 사상 최강이라는 칭호가 붙을 만도 하지."

"백 보 양보해서 그럴지도 모르지만 그 말, 다른 데서는 하지 말아주세요."

"어째서? 이미 다들 그렇게 말하는구먼."

"엑."

사상 최강이라니, 어쩐지 중2병 같아서 싫은데.

"포기하라고. 사실이기도 하고 다들 그렇게 인식하고 있으니 말이야."

"말도 안 돼애~."

고개를 푹 숙이고 있자 요한 아저씨의 목소리가 들려왔다.

"형씨, 길드 마스터랑은 이야기 끝난 거지? 부탁하고 싶은 게 좀 있는데, 시간 있어? 형씨만 잠깐 봤으면 좋겠는데."

그렇게 말하며 요한 아저씨가 손짓을 했다.

"무슨 일이시죠?"

"그게 말이지, 다른 게 아니고 에인션트 드래곤의 비늘 같은 건 없어? 오래돼서 벗겨지거나 한 것 말이야."

곤 옹을 흘끔거리며 그런 소리를 했다.

"사역마로 들인 지 얼마나 됐다고요. 그런 걸 가지고 있을 리기 없잖아요."

"그렇군. 그럼 조만간 벗겨질 것 같은 비늘은?"

"그건 곤 옹한테 물어봐야 알 것 같은데요."

"그럼 물어봐 주겠어?"

"그럴까요오. ……저기, 곤 옹, 오래돼서 조만간 벗겨질 것 같은 비늘은 없어?"

『흠? 딱히 없네. 내 비늘은 그리 자주 벗겨지는 게 아니라 말이야. 뭔가? 주공은 내 비늘이 필요한 겐가? 억지로 떼어내면 못 뗄 것은 없네만.』

으아, 무진장 아플 것 같아.

그렇게 아플 것 같은 짓을 시켜가며 얻을 만큼 필요한 건 아니니까.

"아니아니, 됐어. 그럴 필요 없어."

"아니잠깐잠깐. 비늘, 필요하다고! 에인션트 드래곤의 비늘이라는 보물 중에서도 보물이 눈앞에 있는데 무슨 소릴 하는 거야!"

요한 아저씨가 눈을 번쩍번쩍 빛내며 흥분한 투로 그렇게 말했다.

"이것 보라고, 자네야말로 잠깐 기다리게, 요한. 전설의 에인션트 드래곤의 비늘을 손에 넣을 수 있을지도 모른다는 생각에 흥분이야 되겠지, 어떻게든 손에 넣고 싶다는 마음도 이해는 해. 그런데 말이야, 그 자금은 어디서 마련할 건가? 이 길드를 탈탈 털어도 그 정도의 자금은 안 나온다고."

비늘을 손에 넣고 싶어 안달이 난 요한 아저씨에게 길드 마스터가 날카롭게 딴죽을 걸었다.

"어떻게 좀 안 되겠습니까아~? 길드 마스터, 다른 것도 아니고 에인션트 드래곤의 비늘입니다."

"그런 소릴 한들 없는 건 없는 거네. 아니면 부족한 몫을 자네가 낼 건가? 한두 푼이 아닐 텐데."

"큭……."

『무언가, 내 비늘을 원하는 건 주공이 아니라 저기 있는 인간이었나. 주공이 필요하다면 한 번쯤 생각해 보겠지만 한낱 인간을 위해 그렇게까지 할 이유는 없지. 뭐, 내 비늘 하나면 막대한 부를 얻을 수 있다고 하니 그 마음도 이해가 안 가는 바는 아니지만, 욕심이 지나치군. 차라리 페르의 털이 더 손에 넣기 쉬울 터인데.』

곤 옹의 말을 들은 직후, 요한 아저씨가 "그건 그렇군"이라고 중얼거리더니 번쩍번쩍 빛나는 눈으로 페르를 쳐다보았다.

『어이, 나한테 화살을 돌리지 마라.』

페르는 페르대로 갑자기 자신을 화제로 삼자 언짢은 눈치였다. 그나저나…….

"응? 페르의 털도 소재로 쓸 수 있어?"

목욕을 하기 전에 브러시질을 해주면 브러시에 잔뜩 묻어나오는데.

먼지투성이에 꼬질꼬질한 털뭉치가.

『음. 내 비늘만큼은 아니지만 마력이 풍부하고 튼튼한 펜리르의 털은 충분히 우수한 소재라 할 수 있지.』

"그, 그렇구나. 먼지투성이인 데다 꼬질꼬질해서 지금까지 그냥 버렸는데…….."

그렇게 중얼거린 내 말을 들은 요한 아저씨가 내 어깨를 덥석 붙잡으며 소리쳤다.

"어이~ 그런 아까운 짓을 하다니~!"

"그런 소릴 하신들, 그냥 빠진 털인 데다 꼬질꼬질해서……."

더듬거리면서 그렇게 반론하자 "그냥 빠진 털이라니~! 펜리르의 몸에서 빠진 털인네~!"라고 또다시 소리쳤다.

"다음에 나오면 꼭 가져오라고!"

요한 아저씨가 그렇게 말했지만…….

『그만해라! 그렇게 하게 두진 않을 거다! 너, 그런 짓을 했다간 앞으로 절대로 씻지 않을 줄 알아라!』

"뭐? 왜 그렇게 되는데?"

『잘 들어라, 내 털은 말이다, 가만히 두면 거의 빠지지 않는다. 목욕을 하기 전에 네가 브러시로 빗을 때나 조금 많이 빠지는 거지.』

그러고 보니 브러시에 붙어있을 때는 많아 보이지만 페르의 크기를 생각하면 털의 양이 훨씬 많아도 이상할 게 없긴 하단 말이지.

『그걸 지금까지 했던 대로 처리해준다면 아무 문제도 없다. 하지만 팔 생각이라면 이야기가 다르다. 너도 자신의 털이 소재로 팔린다고 생각하면 기분이 나쁠 것 아니냐.』

뭐, 듣고 보니 일리가 있네.

자신의 발톱이나 머리카락 같은 걸 팔아달라는 소릴 들으면 누구든 식겁할 테니까.

그런 페르와의 대화에 요한 아저씨가 끼어들었다.

"에이, 그러지 말고오~."

"우와악, 잠깐만요~."

우락부락한 요한 아저씨가 들러붙는 바람에 나는 당황했다.

"한 번만, 딱 한 번이면 되니까 팔아주라~."

"그건 나도 부탁하고 싶군. 펜리르의 털이라고 하면 사고 싶다는 녀석들이 줄을 설 테니 말이야."

길드 마스터까지 저런 소릴 하다니.

요한 아저씨가 하도 끈질기게 "한 번만, 딱 한 번만"하고 매달리는 바람에 나도 뜻을 꺾을 수밖에 없었다.

"알겠어요! 딱 한 번만입니다!"

우락부락한 아저씨가 울며불며 매달리는 게 이렇게나 짜증 날 줄이야.

나 참.

물론 페르는 맹렬하게 항의했지만 딱 한 번만 팔기로 약속하고, 그때는 페르가 먹고 싶다고 하는 걸 먹게 해주겠다고 해서 간신히 납득시켰다.

그건 그렇다 치고…….

『두고 봐. 네가 당황할 만큼 맛있는 걸 잔뜩 주문할 테니 말이야.』

페르가 그렇게 당당하게 선언하는 바람에 덜컥 겁이 나기 시작했지만 뭐, 뭐어, 어떻게든 되겠지.

카레리나로 돌아왔다고 보고하러 왔을 뿐인데 어째서인지 반강제로 페르의 털을 팔기로 약속한 후, 우리 일행은 모험가 길드를 뒤로했다.

그리고 나는 집까지 가는 동안 또다시 "제 사역마입니다! 괜찮아요!"라고 소리치며 걸어가야 했다.

그리운 내 집의 문이 보이기 시작했다.

오늘 문지기는 바르텔과 페이터가 맡기로 한 모양이다.

"바르텔, 페이터, 다녀왔어!"

"여어, 돌아왔나. 무사해서 다행이로군."

"어서 와."

바르텔과 페이터는 인사를 받아주었지만 내 옆에 있는 곤 옹이 몹시도 신경 쓰이는 눈치였다.

"그나저나……."

바르텔이 뺨을 씰룩거리며 곤 옹을 올려다보았다.

"모험가 길드에서 연락을 받았을 때는 다 같이 놀랐지만, 정말로 터무니없는 걸 데려왔군그래."

바르텔의 그 말에 페이터도 연신 고개를 끄덕였다.

"뭐어, 어쩌다 보니 그렇게 된 거랄까. 어쨌든 내 사역마가 되었으니 다들 적응해 줬으면 좋겠어."

"그러는 게 좋겠구먼. 곰곰이 생각해 보니, 굳이 말하자면 우리의 동지 같은 것이니."

"바로 그거야. 그래서, 내가 집을 비운 동안 별일 없었어?"

"음. 지극히 평화로웠네. 참, 페이터, 당장 달려가서 저택에 있는 녀석들에게 알리고 와라."

파르텔의 말에 페이터가 고개를 끄덕이더니 커다란 몸을 들썩

거리며 달려갔다.

"오늘은 모두에게 쌓인 이야기도 들을 겸, 다 같이 밥을 먹을까."

그렇게 중얼거리자 옆에서 걷고 있던 페르가 『어찌 되었건 고기를 잔뜩 내놓아라』라고 하며 코끝이 닿을 정도로 얼굴을 불쑥 들이밀었다.

"그래그래, 알았다니깐. 그나저나 얼굴 좀 떼고서 말해."

그렇게 말하며 페르의 옆얼굴을 되밀어 떨어뜨려 놓았다.

나 참, 고기를 잔뜩 내놓으란 소리는 매번 들어서 말 안 해도 안다고.

"뭐, 앨번의 채소도 쓸 생각이기는 하지만. 바르텔, 앨번의 농사는 순조롭게 잘 되고 있지?"

"으하하하핫, 순조롭다는 말로는 부족할 정도지. 앨번이 마음을 단단히 먹고 돌본 탓인지 작물이 너무 많이 나서 다 같이 부지런히 먹어대도 넘쳐날 정도라네."

아니 잠깐, 작물이 너무 많이 났다니, 앨번이 채소를 얼마나 심었기에?

뭐, 뭐어, 나중에 자세히 물어보도록 할까.

『당연히 고기도 먹을 거지만, 여기서 만든 채소는 그럭저럭 맛있으니까 난 먹을 거야.』

곤 옹 위에 올라타 있던 드라 짱이 듣기 좋은 소리를 해주었다.

『스이는 멜론이라고 했던 달콤한걸 먹고 싶어어. 그리고 고기도 잔~뜩 먹을래~!』

밥 얘기를 꺼내자마자 잠이 깬 것인지 스이가 가죽 가방에서 뛰쳐나와 페르의 등에 올라타더니 염화로 그렇게 말했다.

스이, 멜론은 채소지만 식사 때 먹는 채소가 아니라고.

멜론은 디저트로 먹자.

『고기가 제일이지만 주공이 내주는 것 중 맛없는 것은 없으니 말이지. 나도 여기서 수확했다는 채소를 먹어보도록 하지.』

응응, 그래, 그래야지.

"그렇다는데? 페르도 가끔은 채소를 먹는 게 좋지 않겠어?"

『끄응……. 에에잇, 나는 고기만 있으면 된다고 하지 않았느냐!』

하여간 고집은 세서.

그런 대화를 나누며 안채 앞에 도착하자.

반가운 얼굴들이 모여서 기다리고 있었다.

"다녀오셨어요~ 무코다 오빠!"

깡충깡충 뛰며 제일 먼저 나를 맞아준 것은 기운이 넘치는 롯테였다.

"다녀왔어, 롯테. 다들 잘 지냈지?"

"""""""어서 오세요, 무코다 씨."""""""

모두가 웃는 얼굴로 그렇게 말해주었다.

그 모습을 보자 자연스럽게 내 얼굴에도 미소가 걸렸다.

역시 내 집이 최고라니깐.

"그럼 다들 잘 부탁할게."

모두에게 곤 옹을 소개한 후(드래곤인 곤 옹을 보고 엄청 놀라기는 했지만. 아닌 게 아니라 다들 기절하지 않은 게 용하다니까) 여성진의 도움을 받아 파티 준비에 착수했다.

재료를 썰고 데치는 작업을 여성진들에게 부탁했다.

앨번이 정성껏 키운 튼실한 채소를 보고, 그걸 사용해 다 같이 왁자지껄하게 먹을 만한 것을 생각하다가 떠오른 것은 다름이 아니라 치즈 퐁뒤였다.

이거라면 다 같이 즐길 수 있고, 무엇보다도 맛있으니까.

그리고 그렇게까지 어렵지 않다는 점도 장점이다.

여성진에게는 앨번이 키운 채소 중 치즈 퐁뒤에 어울릴 만한 것을 엄선해서 건네주었다.

감자, 호박, 브로콜리, 당근, 방울토마토, 빨갛고 노란 파프리카들.

이런 채소의 씨앗을 줬던가, 싶은 채소도 있었지만……

아, 그러고 보니 요전에 앨번의 부탁으로 인터넷 슈퍼에서 씨앗을 닥치는 대로 사서 준 적이 있었던 것 같기도……

뭐, 뭐, 맛있어 보이게 자랐으니 결과적으로는 잘된 일이지, 뭐. 응.

그 채소를 자르고 데치는 작업을 여성진이 능숙한 솜씨로 해주고 있었다.

그래도 고기가 없으면 아무개 씨들이 두고두고 툴툴거릴 테니.

고기도 조금 준비했다.

인터넷 슈퍼에서 조달한 소시지는 비스듬하게 반으로 썰어서 가볍게 볶아달라고 했고, 재고에서 코카트리스 고기도 한입 크기로 잘라 가볍게 소금 후추로 간을 해서 볶아달라고 했다.

오늘 아침에 구웠다는 테레사 씨가 만든 시골 빵도 한입 크기로 잘라달라고 부탁해두었다.

대량의 재료 준비는 여성진들에게 맡겨두고 나는…….

조금 전부터 준비를 시작해서 오븐으로 굽고 있는 로스트포크의 상태를 확인했다.

"이쪽은 다 구워지려면 좀 더 걸릴 것 같네."

아무래도 묵직한 고기 메뉴가 없으면 페르랑 애들이 시끄럽게 굴 테니까.

이번에는 큰맘 먹고 고기 던전산 던전 돼지의 상위종 중에서도 특수 개체의 고기를 사용했다.

단단한 육질에 마블링도 적절해서 척 봐도 좋은 고기 같다.

그 고깃덩이를 다진 마늘, 소금, 굵은 후추, 올리브 오일을 발라 재워서 준비해두었다가 조금 전 오븐에 넣었다.

당연히 부엌에 비치된 오븐과 아이템 박스에서 꺼낸 마도 버너에 달린 오븐을 총동원해 여러 개의 고깃덩이를 굽고 있다.

이제 잘 구워지고 있는지를 봐가며 노릇노릇 촉촉하게 구워지기를 기다리기만 하면 된다.

그러는 동안 치즈 퐁뒤의 치즈 소스를 만들어 나간다.

우선 피자 치즈에 녹말가루를 뿌려 둔다.

다음으로 냄비 안쪽에 마늘을 문질러 향을 입히고서 화이트 와인을 넣고 한숨 끓여 알코올을 날린다.

이때 화이트 와인 말고 우유를 사용해도 되지만 화이트 와인을 쓰는 편이 감칠맛이 나서 개인적으로는 화이트 와인을 추천한다.

그런 다음에는 알코올을 날린 화이트 와인에 전분 가루를 뿌려 둔 피자 치즈를 두세 번으로 나누어 잘 녹여서 넣으면, 걸쭉하고 농후한 치즈 소스가 완성된다.

오븐 안을 들여다보니 던전 돼지로 만든 로스트포크도 먹음직하게 구워져 있었다.

여성진에게 부탁했던 재료 준비도 끝난 모양이다.

이제 그릇에 담아 테이블에 세팅하면 된다.

"좋아, 모두 다 불러서 먹자!"

거실에 있는 엄청 커다란 테이블 위에, 큰 그릇에 담은 치즈 퐁뒤의 건더기와 로스트포크가 빽빽하게 차려졌다.

그와 동시에 준비했던 네 개의 휴대용 버너 위에서는 걸쭉하고도 농후한 치즈 소스가 담긴 냄비가 보글보글 끓는 소리를 내기 시작했다.

메뉴를 치즈 퐁뒤로 정하고 나서 보니 치즈 퐁뒤용 포크는 준비하지 않았다는 사실이 떠올라서 잠시 당황했지만 인터넷 슈퍼에서 팔고 있었다.

찬찬히 살펴보니 부엌 용품도 의외로 충실하게 갖춰져 있었는데, 새삼스럽지만 정말 고마운 존재란 말이지.

모두가 자리에 앉았으니 오늘의 메뉴에 대한 설명을 해야겠다.

"오늘 메뉴는 치즈 퐁뒤와 로스트포크야. 치즈 퐁뒤는 이런 식으로……."

앨번이 키운 브로콜리를 치즈 퐁뒤용 포크에 꽂아 치즈 소스에 푹 담갔다가 덥썩 물었다.

뜨겁지만, 맛있어.

줄기도 너무 단단하거나 부드럽지 않고 딱 좋은 식감인 데다 입 안에 넣고 씹으면 단맛이 은은히 배어나, 감칠맛이 있는 치즈 소스와 끝내주게 잘 어울린다.

너무 맛있어서 하나 더 먹고 싶은 충동을 참고 모두에게 계속해서 설명했다.

"이런 식으로 여기 있는 치즈 퐁뒤용 포크로 재료를 찍어서, 치즈 소스를 묻혀 먹는 거야. 자, 다들 어서 먹어 봐. 아, 뜨거우니까 조심하고."

내가 그렇게 말하자 모두 일제히 치즈 퐁뒤용 포크를 들고 저마다 재료를 찍어 치즈 소스를 묻히기 시작했다.

그리고 후후 불고서 덥썩 입에 넣었다.

"맛있어!"

"맛나~!"

"맛있네!"

"이거 맛있는걸!"

"정말 맛있어!"

저마다 맛있다는 소리를 입 밖에 냈다.

『어이, 우리에게도 내놓아라!』

『그래, 맞아.』

맛있다고 하는 모두의 말을 듣고 페르 일행도 소리치기 시작했다.

"어라? 로스트포크는?"

페르 일행에게는 미리 로스트포크를 잔뜩 내주었는데.

『벌써 다 먹었어.』

『음, 맛있어서 순식간에 없어지고 말았다.』

『맛있었어~.』

『역시 주공이 만든 밥은 맛있구먼.』

벌써?!

산더미처럼 쌓아서 줬는데.

"치즈 퐁뒤는 치즈를 묻히는 데 시간이 좀 걸리니까 이쪽을 먹고 있어. 마늘 간장 소스를 끼얹은 로스트포크야."

『흠, 이건 스테이크에 뿌리는 그건가?』

"맞아. 페르가 좋아하는 거. 이건 어떤 고기에든 대체로 어울려서 로스트포크에 뿌려도 맛있어."

그렇게 말하며 내어주자 고기를 좋아하는 녀석들이 일제히 달려들었다.

『오오, 확실히 잘 어울리는군.』

『끝내주네~!』

『맛있어~!』

『호오~ 좀 전의 것도 나쁘지 않았지만 이것도 맛있군그래!』

모두가 로스트포크를 먹는 동안 나도 집어먹으며 치즈 퐁뒤의 재료를 치즈 소스에 묻혀 부지런히 그릇에 담아 나갔다.

"좋아, 이 정도면 되려나. 여기, 치즈 퐁뒤."

녀석들이 치즈 소스가 듬뿍 묻은 치즈 퐁뒤를 입에 넣었다.

살짝 식었으니 녀석들이 먹기에는 딱 좋겠지.

『나는 고기만 있으면 된다고 했을 텐데. 고기는 맛있군.』

『이거 농후한 치즈를 묻히니 아주 맛있는데?』

『걸쭉하고 하얀 치즈가 엄청 맛있어~.』

『으~음, 이것도 맛있군! 주공이 만든 밥은 정말로 맛있어.』

치즈 퐁뒤는 먹보 콰르텟에게도 호평이었다.

페르는 고기만 줘도 된다고 군소리를 했지만.

자, 그럼 나도 본격적으로 먹어볼까.

테레자가 만든 시골 빵에 농후한 치즈 소스를 묻혀서 덥썩.

빵에 치즈 소스를 듬뿍 묻히니 그야말로 맛있다는 말밖에 안 나올 정도로 맛있었다.

역시 치즈 퐁뒤는 빵에 찍어 먹어야 제맛이란 말이지.

다음은 감자.

이것도 정석적인 조합이지.

담백한 감자에 치즈 소스가 어울리지 않을 리가 없으니까.

아구아구 치즈 퐁뒤를 맛본 다음에는 로스트포크를 덥썩 입에 넣었다.

내 입으로 말하자니 좀 그렇지만 절묘하게 잘 구워져서 최고로 맛있네.

"맛있어! 이 고기, 진짜 맛있어!"

오른쪽에서 그런 소리가 들려왔다.

쌍둥이 중 한 명인 어빙이다.

"그러게, 무진장 맛있네, 이 고기."

어빙의 맞은편 자리에 앉은 쌍둥이의 반쪽인 루크도 그런 소리를 했다.

"참고삼아 묻겠는데, 이건 무슨 고기인가?"

바르텔이 그렇게 묻기에 "오늘은 큰맘 먹고 고기 던전산 던전 돼지의 상위종 중에서도 특수 개체의 고기를 썼어"라고 대답하자 모험가팀 다섯 명이 일제히 헛기침을 하듯 뿜었다.

"에이~ 더럽게 왜 그래."

"무코다 씨, 그런 소릴 하면 놀랄 수밖에 없잖아! 던전 돼지의 상위종, 그것도 특수 개체의 고기가 얼마나 비싼지 알기나 해?!"

"진정하라고, 타바사. 아니, 뭐 고급품이라는 건 알아."

"고급품이라기보다는 서민들은 평생 입에도 못 대볼 정도의 초고급품이지……."

바르텔이 로스트포크를 바라보며 쓸데없는 소리를 중얼거렸다.

그런 소릴 하는 바람에 토니 일가와 앨번 일가까지 굳어버렸잖아.

"큭……. 바르텔의 말이 맞기는 하지만 뭐, 가끔은 괜찮잖아. 맛있으니까. 게다가 요전에 고기 던전에 갔을 때 페르네가 지나치게 분발하는 바람에 잔뜩 있거든, 던전 소와 던전 돼지의 고기가. 그러니 괜찮아."

"가끔이 아니라, 우린 늘 맛있는 걸 먹고 있는 기분이 드는데."

페이터도 갑자기 그런 소리 하지 마.

"노예란 대체 뭘까……."

"에이, 뭐 어때. 주인인 무코다 씨가 괜찮다잖아."

"그래그래. 무코다 씨의 노예 생활은 최고야~."

"평소에도 그랬지만 어빙이랑 루크는 여전히 약삭빠르네. 하지만 뭐, 그 말이 맞아. 가끔씩 이렇게 다 같이 맛있는 걸 먹으면 즐겁잖아. 편하게 생각해. 자자, 어서들 먹어."

그렇게 말했지만 초고급품이라는 소릴 듣더니 다들 눈치를 보기 시작했다.

어빙과 루크, 그리고 이 아이만 빼고.

"있지있지, 엄마랑 오빠는 안 먹어~? 이 고기, 엄청 맛있어!"

롯테가 로스트포크를 입 안 가득 욱여넣고 우물우물 씹으며 말했다.

"롯테, 맛있니?"

"응! 엄청 맛있어, 무코다 오빠."

"다행이네. 많이 먹어."

"응, 롯테, 많이 먹을게!"

환한 얼굴로 맛있게 고기를 먹는 롯테를 보고 있으니 마음이 훈훈해졌다.

"자, 다들 신경 쓰지 말고 어서 먹어."

그렇게 재촉하자 그제야 다들 처음처럼 먹기 시작했다.

"아차, 이걸 깜박했네."

치즈 퐁뒤에는 역시 화이트 와인이다.

그리고 어떤 음식에든 어울리는 맥주도 빼놓을 수 없지.

"오오, 술인가."

술을 좋아하는 바르텔이 반색을 했다.

그 후로는 다 같이 실컷 먹고 실컷 마셨다.

함께 밥을 먹은 덕인지 곤 옹에게도 조금은 적응이 된 듯 보였다. 아이들은 오히려 호기심이 더 커진 것 같았지만.

뭐, 같이 지내다 보면 다들 적응이 되겠지.

파티 끄트머리에 모두에게 선물을 건네자 황송하다는 듯한 반응을 보였지만, 다들 하나같이 기뻐하며 받아주었다.

가장 어린 롯테는 몇 번이나 펄쩍펄쩍 뛰며 기뻐했다.

귀환 기념 파티를 마친 우리 일행은 다음 날부터 휴식을 취했다. 던전에서 돌아온 직후니 휴식을 취할 필요가 있다고.

······라고 하고 싶지만, 중간중간 람베르트 씨에게도 돌아온 사실을 알릴 겸 인사도 해야겠다는 생각에 만나러 가서 선물을 건네주기도 했다.

기쁨의 눈물을 흘리며 와락 끌어안기에 쓴웃음을 지을 수밖에 없었다.

아저씨가 포옹해줘 봐야 딱히 기쁘지는 않다고요······.

뭐, 그런 식으로 볼일도 조금씩 봐가며 느긋하게 며칠을 보냈다.

페르 일행이 사냥을 하러 가고 싶어 몸이 근질근질하다기에, 내일쯤 모험가 길드에 얼굴이나 비춰볼까 생각하며 거실에서 쉬고 있던 중에······.

"어이~ 무코다 씨. 무코다 씨의 지인이라면서 엘프가 찾아왔는데."

안채의 현관에서 그런 말이 들려왔다.

현관으로 가보자 오늘 문지기 담당인 루크가 난감한 표정으로 서 있었다.

"뭔가 말이야, 무코다 씨의 지인이니까 들여보내 달라는 소리 밖에 안 하더라고. 일단 확인을 해야겠다 싶어서 지금은 어빙이 붙잡고 있어."

"엘프? 누구지? 같이 보러 가자."

루크를 데리고 문이 있는 곳으로 가보니…….

"무코다 씨! 소문을 들었더니, 도저히 가만히 있을 수가 없어서 와버렸습니다!"

"으헉."

드랭에 있어야 할, 드래곤에 미친 그 사람이, 눈이 부실 정도로 환한 미소를 띤 채 나를 바라보고 있었다.

"왜 엘랑드 씨가 여기 있는 거죠?!"

"왜냐니, 뻔하지 않습니까. 드랭의 모험가 길드에 있었더니 전이 마법도구를 통해 통지가 왔더군요. 그걸 보고 진심으로 놀랐죠. 에인션트 드래곤이라지 뭡니까, 에인션트 드래곤! 그 소식을 알게 됐는데 어떻게 가만히 있으란 말입니까!"

엘랑드 씨가 거친 콧김을 몰아쉬며 말을 쏟아냈다.

"에인션트 드래곤을 사역마로 삼은 게 둘도 없는 맹우(盟友), 무코다 씨라는 사실을 알고는 부럽고 샘이 나서 피눈물이 날 뻔했지만, 그 부분은 어쩔 수 없다며 저 자신을 납득시켰습니다. 그리고 일단은 어떻게든 에인션트 드래곤을 만나러 가야겠다고 생각을 고쳤죠!"

잠깐, 엘랑드 씨, 본심이 줄줄 새어 나오고 있는데요.

대체 뭐가 샘난다는 거야.

게다가 둘도 없는 맹우라니?

난 엘랑드 씨를 알게 된지 얼마 안 됐는데.

둘도 없는 맹우라고 할 만큼 오래 알고 지내지도 않았을 텐데.

"무코다 씨가 있는 곳에는 드라 짱이 있죠. 그리고 이번에는 에인션트 드래곤까지! 이건 하늘이 저에게 내린 계시라고 생각했습니다. 일개 모험가로 돌아가 무코다 씨의 동료가 되어서 다시 모험을 하라는 계시요!"

아니아니아니아니, 무슨 소린지 하나도 모르겠거든요?

혼자서 흥분하지 마시라고요.

그건 그렇고, 좀 전의 말 중에 매우 신경 쓰이는 부분이 있었던 것 같은데…….

"저기, 일개 모험가로 돌아간다는 게 무슨 뜻입니까? 엘랑드 씨는 드랭 모험가 길드의 길드 마스터잖아요."

"아아, 그거라면 전혀 문제없습니다. 그만두고 왔으니까요."

엘랑드 씨가 웃는 얼굴로 그렇게 딱 잘라 말했지만 도통 이해가 되지 않았다.

"………………네?"

"글쎄, 길드 마스터는 그만뒀다고요. 왕도의 본부에도 전이 마법도구를 사용해서 사표를 보내두었고, 부길드 마스터인 우고르 군에게도 길드 마스터를 그만두겠다는 내용의 편지를 남겨두고 왔거든요. 아무 문제도 없습니다."

아니아니, 잠깐만요.

문제가 없는 게 아니라 문제밖에 없잖아요!

본부에는 사표를 보냈을 뿐이고 우고르 씨한테도 달랑 편지만 남겨두고 왔다니, 이 사람은 대체 생각이 있는 거야, 없는 거야.

일방적인 조치만 취하고 누구의 허가도 못 받았잖아!

어떻게 수습할 거냐고, 이걸.

드랭처럼 커다란 도시에 있는 모험가 길드의 길드 마스터가 멋대로 그만둔다고 하고 뛰쳐나왔으니 본부도 드랭도 아주 난리가 났을 것 같은데…….

특히 우고르 씨는 머리끝까지 화가 났을 것 같고.

"그 얘긴 됐고, 에인션트 드래곤은 어디 있습니까?"

그 얘긴 됐다니, 엘랑드 씨, 그게 제일 중요한 얘기일 텐데요.

"그런 얘긴 됐다니, 그게 제일 중요한 얘기거든요? 요컨대 멋대로 일을 내팽개치고 여기 왔다는 뜻이죠? 그럼 안 되잖아요. 또 우고르 씨한테 혼날걸요."

"우고르 군에게는 편지를 남겨뒀으니 괜찮을 거라니까요."

"아니, 글쎄, 하나도 안 괜찮다고요. 편지 한 장으로 용서를 받을 수 있다면 우고르 씨가 늘 그렇게 화가 나 있을 리가 없잖아요."

"그, 그건……."

엘랑드 씨는 그렇게 말하며 내 시선을 피했다.

이거 알고 그랬구만.

"그나마 수습이 가능할 때 드랭으로 돌아가시는 게 좋겠어요, 엘랑드 씨."

"그건 싫습니다! 저는 결심했다는 말입니다, 무코다 씨 일행의 동료가 되어서 함께 모험을 하기로!"

의욕으로 충만한 눈을 반짝반짝 빛내며 엘랑드 씨는 그렇게 선언했다.

그렇지만 말이지이…….

"동료가 되겠다니, 누구 마음대로요? 안 됩니다, 드라 짱이 싫어할 테니까요."

드라 짱은 엘랑드 씨를 상당히 불편해하니까.

"그, 그럴 수가……."

내가 거절할 거라고는 생각지 못했는지 엘랑드 씨가 털썩 주저앉았다.

그러고는 눈물을 뚝뚝 흘리기 시작했다.

"그, 그럴 수가……. 무코다 씨이, 그런 말씀 마십시오~. 저와 무코다 씨 사이에 어떻게 그러실 수가 있습니까아아아! 저를 동료로 받아주십시요오오~! 이렇게 부탁합니다~!"

엘랑드 씨가 내 다리에 매달려 울고불고하며 그렇게 말했다.

"자, 잠깐만요, 이거 놓으세요!"

매달린 엘랑드 씨를 어떻게든 떼어내려 했지만 좀처럼 떨어지질 않았다.

"부탁입니다아아, 무코다 씨이이이이."

엉엉 울며 엘랑드 씨가 더더욱 딱 달라붙었다.

"아, 정말~ 엘랑드 씨!"

이렇게 끈질기게 들러붙는 엘프 아저씨를 좋아할 사람은 아무도 없거든?!

좀 놔달라고~.

좀처럼 떨어질 생각을 않는 엘랑드 씨를 보고 넌더리를 내고 있던 중에⋯⋯.

수군수군, 수군수군.

대문 앞 거리를 지나던 주민분들이 이쪽을 보고 수군거리고 있었다.

헉⋯⋯ 그러고 보니 이곳은 문 앞이라 거리에서 훤히 다 보이지.

"무코다 씨한테 저런 취미가 있었다니⋯⋯."

"남의 취향을 가지고 뭐라고 할 생각은 없지만 남자, 그것도 아저씨를 좋아하다니 취향 참 별나네에."

나에게서 조금 떨어진 곳에서 루크와 어빙의 목소리가 들려왔다.

"잠깐잠깐, 루크하고 어빙, 이상한 소리 하지 말라고!"

이상한 오해를 살까 무서워서 허둥지둥 반론했지만 루크와 어빙, 주민분들은 여전히 의심의 눈초리로 이쪽을 쳐다보고 있었다.

누가 봐도 아직 내 다리에 매달려 있는 엘랑드 씨⋯⋯ 아니, 엘프 아저씨가 만악의 근원이었다.

이 엘프 아저씨를 어떻게든 하지 않으면 나의 존엄성이⋯⋯!

"엘랑드 씨! 일단 여기서는 대화하기가 좀 그러니 집으로 가죠!"

엘랑드 씨를 일으켜 세우고 잽싸게 자리를 떴다.

"무코다 씨, 믿고 있었습니다! 역시 우리는 둘도 없는 맹우군요!"

조금 전까지 울고 있던 엘프 아저씨가 이번에는 방긋방긋 웃는 얼굴로 그런 소릴 했다.

"잠깐, 착각하지 마세요. 동료로 받아들여달라는 걸 수락한 건 아니니까요!"

"그럼요. 그럼요, 알고말고요."

"뭐가 '그럼요, 알고말고요'라는 겁니까. 엘랑드 씨, 제 얘긴 하나도 안 들었잖아요~!"

엘프 아저씨는 남의 말은 듣는 둥 마는 둥하더니 또다시 "그건 그렇고, 에인션트 드래곤은 어디 있습니까?"라는 소리나 해댔다.

"에인션트 드래곤, 마당에는 없는 것 같습니다만……. 앗, 너무 거대해서 좁은 마당에는 있을 수 없는 겁니까? 혹시 도시 밖에 있는 건가요?"

엘랑드 씨가 우리 집 부지 안을 두리번두리번 둘러보았다.

에인션트 드래곤을 만나고 싶어서 미칠 지경인 것이리라.

곤 옹을 만나게 하고 싶지는 않지만, 이 엘프 아저씨는 곤 옹의 모습을 볼 때까지 절대로 포기하지 않을 텐데에.

하아~…….

보여주지 않으면 죽도 밥도 안 될 것 같다.

내키진 않지만, 정말로 내키진 않지만.

"하아……. 에인션트 드래곤은 집에 있습니다. 작아질 수 있어서 아무 문제도 없었어요."

"엑, 그랬습니까?! 에인션트 드래곤에게 그러한 능력이 있었다니!"

지금까지 몰랐던 사실을 알게 됐다며 엘프 아저씨는 혼자서 흥분해서 소리쳐댔다.

아~ 현관 앞까지 와버렸네.

"자자, 어서요, 어서. 에인션트 드래곤을 저에게 소개시켜주십시오!"

귀찮아질 것 같아서 사실은 집 안에 들이고 싶지 않지만……

그래도 어쩔 수 없이, 부득이하게 엘랑드 씨를 집에 들였다.

그리고 거실로 안내했다.

페르와 나란히 편안하게 쉬고 있는 곤 옹의 모습이 눈에 들어온 순간.

"무코다 씨. 감사합니다. 저는 지금, 맹렬하게 감동하고 있습니다. 에인션트 드래곤의 실물을 제가 살아있는 동안 보게 될 줄이야……. 우흑……"

엘랑드 씨가 곤 옹을 보고 폭포수 같은 눈물을 쏟아냈다.

『케엑~! 왜 그 녀석이 여기 있는 거야?!』

경계 센서가 작동했는지, 드라 짱이 잽싸게 엘랑드 씨의 존재를 알아채고 코를 찡그린 채 엄청나게 싫은 듯한 표정을 짓고서 염화로 소리쳤다.

『음……. 아아, 전에 던전에 함께 들어갔던 엘프인가.』

『아~! 엘프 아저씨다~!』

페르와 스이도 엘랑드를 기억하는 모양이다.

그다지 피해를 입지 않아서인지 페르와 스이는 별다른 반응을 보이지 않았다.

『아는 사이인가?』

곤 옹은 모르겠지만 말이야.

『곤 옹, 미리 말해둘게. 정말 미안해.』

아무것도 모르는 곤 옹에게 염화로 그렇게 말했다.

『왜 사과를 하는 겐가?』

곤 옹이 의아하다는 듯이 염화로 그렇게 물은 직후…….

『흐음, 이 녀석은 뭔가?』

당혹스러운 목소리로 그렇게 말했다.

드래곤에 미친 엘프 아저씨가 곤 옹에게 빨려들기라도 한 듯 휘청휘청 다가가 목을 덥썩 끌어안았기 때문이다.

"하~ 저는 행복합니다! 드래곤 중의 드래곤인 에인션트 드래곤을 만지고 있으니까요. ……하아, 이제 죽어도 여한이 없을지도…………."

끝내는 그런 이상한 소리를 하며 곤 옹의 검게 빛나는 비늘에 뺨을 비비기까지 했다.

『으엑, 기분 나빠. 역시 저 녀석의 손이 닿지 않는 곳에 있길 잘했어~.』

드라 짱은 너무도 징그러운 모습에 질색을 하며 엘프 아저씨가 자신을 만지려 하지 않아서 다행이라는 생각에 진심으로 안도하는 듯 보였다.

『주공, 이 엘프는 뭔가. 어떻게 좀 해주시게나!』

더는 참을 수 없었는지 곤 옹이 얼굴을 찌푸리며 소리 내어 그렇게 호소했다.

"에, 엘랑드 씨, 그쯤 해주시죠…….."

"헉, 죄송합니다. 감동한 나머지 이성을 잃었습니다."

아니, 이성을 잃었다기보다는 욕망에 충실하게 행동한 것뿐이잖아요.

『어이, 그래서 그 엘프는 뭘 하러 온 거냐?』

자신은 모르는 일이라는 듯이 드러누워 있던 페르가 그렇게 물었다.

"페르 님, 잘 물어보셨습니다! 이 엘랑드는 여러분의 동료가 되어 함께 모험을 하기 위해 이곳, 카레리나에 왔습니다!"

가슴이 후련해질 만큼 환한 미소를 띤 채 엘랑드 씨는 그렇게 선언했다.

그 모습을 본 나는 머리를 싸쥘 수밖에 없었다.

『이봐, 어쩔 거야, 이 녀석.』

곤 옹에게 딱 달라붙은 엘프 아저씨를 엄청 불쾌한 눈으로 쳐다보며 드라 짱이 염화로 말했다.

『어쩔 거냐고 한들⋯⋯. 돌아가라고 해봐야 이 사람이 순순히 돌아갈 리가 없잖아. 애초에 우리랑 같이 모험을 하려고 작정을 하고 왔는데.』

나는 난처한 얼굴로 엘프 아저씨를 쳐다보며 드리 짱에게 염화로 답했다.

『나는 있든 없든 딱히 상관없다.』

『스이도~. 엘프 아저씨가 있어도 딱히 상관없어.』

직접적인 피해를 입은 적이 없는 페르와 스이는 그렇게 말할 줄 알았어.

하지만 드라 짱으로 말하자면⋯⋯.

『페르랑 스이는 저 녀석한테 피해를 입은 적이 없어서 그런 소리 할 수 있는 거라고! 저 녀석은 계속 나만 쳐다보고, 틈만 나면 만지려 들고, 얼마나 기분 나쁜지 알아?!』

드라 짱은 드래곤에 대한 사랑이 넘쳐나는 엘프 아저씨를 부모의 원수처럼 혐오하고 있었지.

그 마음이 이해가 안 가는 건 아니다.

에이블링 던전에서 행동을 함께했을 때는 틈만 보이면 드라 짱에게 다가갔으니까.

은근슬쩍 만지려고 하기도 했고.

『이 녀석이 동료가 되는 건 절대 안 돼! 단호히 반대하겠어!』

드라 짱은 완고한 태도로 거부할 뜻을 밝혔다.

『그래그래, 알아. 나도 솔직히 말해서 가끔이라면 모를까, 계속 같이 다니는 건 무리라고 생각하니까. 하지만 돌아가라고 해봐야 순순히 물러날 사람은 아니……. 아!』

드랭에는 그 사람, 우고르 씨가 있다.

엘프 아저씨에 관해 모르는 게 없는 우고르 씨라면 그의 행선지가 내가 있는 이곳, 카레리나라는 것도 금방 알아챘을 거다.

그렇다면 이곳의 모험가 길드에 연락을 해서 뭔가 손을 써뒀을 터.

『아마도 엘랑드 씨에 관한 일로 드랭에서 이곳의 모험가 길드로 연락을 했을 거야. 일단 모험가 길드에 다녀올게.』

그렇게 말하자 드라 짱이 『나도 갈래!』라면서 동행할 뜻을 밝혔다.

『지금은 곤 옹한테 정신이 팔려 있지만, 이 녀석이랑 같이 있다가는 무슨 짓을 당할지 모르니까.』

그렇게 말하며 드라 짱은 불신감이 가득한 눈으로 엘프 아저씨를 쳐다보았다.

드라 짱의 마음속에서 엘랑드 씨에 대한 신용은 바닥을 치고 있는 것 같네.

자업자득이기는 하지만 말이야.

화제에 오르고 있는 엘프 아저씨는 드라 짱의 말대로 곤 옹에게 정신이 팔려 있었다.

사람의 말을 하는 곤 옹을 보고 감격해서 때는 지금이라는 듯이 대화를 하려 하고 있다.

차례차례 쉴 새 없이 질문을 쏟아내자 곤 옹도 넌더리가 난다는 표정이지만, 내 손님이라 꾹 참고 성의 없는 대답이라도 해주며 대화에 어울려주고 있는 상태다.

미안하기는 하지만 잠시 시간을 끌게 하고…….

『곤 옹, 지금 잠깐 모험가 길드에 다녀올 테니까 엘랑드 씨, 그 엘프를 상대하고 있어줘.』

곤 옹에게 염화로 그렇게 말했다.

『자자, 잠깐 기다리시게! 이 이상 이 수다쟁이 엘프를 상대하기는 싫다는 말일세! 드래곤 브레스를 퍼부어 잿더미로 만들어버릴까 하는 생각을 몇 번 했는 줄 아는가.』

『드래곤 브레스는 절대로 쓰면 안돼!』

곤 옹이 그런 짓을 했다가는 엘프 아저씨뿐 아니라 이 집까지 잿더미가 된다고.

『그렇다면 이 엘프를 어떻게든 하시게나!』

『그러기 위해서 모험가 길드에 가는 거야. 안 그러면 앞으로도 이 사람이 계~속 여기 눌러앉게 될 테니까.』

『계속이라고?!』

『그래. 그러니까 그런 사태를 피하려고 모험가 길드에 가는 거야.』

『끄으으웅……. 정말 모험가 길드에 가면 방법이 있는 것인가?』

『그래.』

분명 우고르 씨가 모종의 형태로 연락을 취했을 테니까.

……아마도.

『하아……. 그렇다면야 어쩔 수 없지. 조금 더 이 녀석을 상대하고 있어줌세. 하지만 용건을 마치는 대로 바로 돌아오시게나.』

『알았어. 페르랑 스이는 곤 옹이랑 엘랑드 씨를 감시하고 있어. 양쪽 모두 선을 넘지 않도록 잘 지켜보고 있으라고.』

드래곤에 미친 엘프 아저씨의 폭주도 무섭고, 그 바람에 곤 옹이 이성을 잃으면 벌어질 사태도 무섭다.

그리고 그걸 막을 수 있는 건 페르뿐이다.

스이는 만약을 위한 보좌역이다.

『어쩔 수 없지. 감시하고 있으마.』

『스이도 감시할게~.』

『끄응, 어찌하여 감시를 받아야 하는 게야. 꼭 내가 나쁜 짓이라도 할 것 같다는 식으로 말하는구먼.』

곤 옹은 페르와 스이가 감시로 붙은 것이 매우 못마땅한 듯했다.

『아니, 그게, 드래곤 브레스를 퍼부을까 고민했다고 했잖아. 곤 옹이라면 그럴 일은 없겠지만, 순간적으로 울컥할 수도 있으니까. 게다가 굳이 말하자면 곤 옹보다는 주로 엘랑드 씨를 감시하기 위해서 부탁한 거야. 드래곤이라면 사족을 못 쓰는 사람이라 폭주하면 골치 아파지거든.』

『이, 이보시게, 폭주라니, 이보다 더한 짓을 한다는 말인가?』

곤 옹이 겁을 먹었네.

『아, 아니, 뭐, 그건 아직 모를 일이지만 말이야.』

엘랑드 씨의 드래곤에 대한 사랑은 변태적이라고 할 수 있는 수준이라, 이 사람이 무슨 짓을 하건 안 놀랄 자신이 있다고.

그런 생각을 하고 있자 낌새를 챘는지 곤 옹이 몸을 바르르 떨었다.

『이봐라, 페르, 그리고 스이, 부탁 좀 하마. 이 엘프가 이상한 짓을 하면 무슨 수를 써서든 막아다오.』

『후하하. 영감한테 부탁을 받으니 기분이 좋군. 이 몸이 직접 막아주지.』

『괜찮아, 곤 옹. 스이기 지알 막아줄게~.』

『저, 정말 잘 좀 부탁하마.』

다들 건투를 빌게.

이렇게 나와 드라 짱은 서둘러 모험가 길드로 향했다.

종종걸음을 쳐서 모험가 길드에 들어갔다.

쏜살같이 창구로 향해 접수 담당에게 길드 마스터를 불러달라고 부탁했다.

얼마쯤 지나 길드 마스터가 태평하게 "오오, 마침 잘 왔네. 자네에게 묻고 싶은 게 있었거든"이라는 소리를 하며 2층에서 내려왔다.

"길드 마스터! 비상사태입니다!"

"비상사태라니, 무슨 소린가?"

이러저러해서 드랭의 길드 마스터인 엘랑드 씨가 집에 있다는 사실, 그리고 왕도의 본부에는 사표를 보내고 드랭의 모험가 길드에는 우고르 씨 앞으로 편지만 남겨둔 채 드랭을 떠나 이곳에 오는 폭거를 저질렀다는 사실 등을 이야기했다.

한참 동안 이야기를 들은 끝에 마스터도 머리를 싸쥐고 말았다.

"나 원, 대체 생각이 있는 건지 없는 건지……."

"저한테 그런 소릴 하신들……."

길드 마스터도 드랭에서 연일 문의가 와서 의아하게 여기고 있던 참이라고 한다.

그럼에도 엘랑드 씨가 이곳으로 올 것이라는 연락은 받지 못한 데다 도시로 들어왔다는 이야기도 들은 바가 없어서 그다지 신경을 쓰지 않고 있었다는 모양이다.

그런데 처음엔 '저희 길드 마스터가 그곳을 찾지는 않았습니까?'였던 드랭 측의 문의가, 오늘 마법도구로 전이된 편지에는 '저희 길드 마스터가 그곳에 거주하는 무코다 씨의 댁을 찾으셨을 것으로 생각되오니 조속히, 반드시 드랭에 연락을 하라고 전해주십시오'라고 적혀 있었다는 모양이다. 내 이름까지 나와서 직원을 우리 집으로 보내 확인을 하려던 참이었다는 듯했다.

"설마 정말로 자네 집에 있을 줄이야. 그런데 본부로 사표를 보냈다는 이야기는 뭔가? 부길드 마스터에게는 편지만 남겼다고? 그러면 아무 문제도 없을 거라 생각하다니 미친 것 아닌가?"

그러게 말입니다.

하지만 저한테 그렇게 말씀하신들 소용이 없다고요.

"길드 마스터란 직책을 우습게 보고 있구먼, 나 원."

이곳의 길드 마스터인 빌렘 씨의 말에 따르면, 길드 마스터가 되려면 엄격한 조건을 갖추어야만 한다는 모양이다.

B랭크 이상의 모험가여야만 한다거나, 현역 길드 마스터의 추천이 있어야 한다거나, 모험가 출신이 아닐 경우에는 세 명 이상의 추천인이 있어야 한다거나, 이래저래 세세한 조건이 있다고 한다.

책임이 따르는 자리이니 당연한 일이기는 하다.

길드 마스터라는 직책은 책임이 따르는 자리인 데다 업무가 고되기도 해서 모험가 길드에서도 지원자가 없어 고심하고 있다는 모양이다. 하지만 모험가 길드도 아주 손을 놓고 있지는 않았다.

길드 마스터가 될 자를 위해 여러 가지 혜택을 준비해 두었는데, 도시에서는 위에서 세는 게 빠를 정도로 고소득인 데다 주거지도 모험가 길드에서 지급된다는 것이다.

그러고 보니 엘랑드 씨의 집도 모험가 길드에서 지급받은 거라고 했었지.

곰곰이 생각해 보니 '사회 보장 제도? 뭐야, 그게. 먹는 거야?'

라고 물을 듯한 이 세계에서는 파격적인 대우일지도 모르겠다.

부상을 당하거나 병에 걸려 거동이 불편해지면 슬럼으로 내몰리거나 노예가 되는 게 당연한 곳이니까.

"그래서 하는 말이네. 비싼 급여를 주고 그럭저럭 괜찮은 집까지 내줬는데, 그런 상대를 모험가 길드가 그렇게 간단히 놔줄 것 같은가? 본부에 사표를 보낸 것만으로 관둘 수 있다면 얼마나 좋겠나. 아닌 게 아니라 길드 마스터 직책을 내려놓으려면 일을 할 수 없을 만큼 늙거나 병에 걸려 일을 계속할 수 없게 되거나, 그도 아니면 픽 하고 죽어버리는 수밖에 없다고. 그런 이야기는 마스터가 되기 전에 추천인인 선배 길드 마스터분이 해줬을 텐데 말이지."

오오, 얘기가 그렇게 되나?

그렇다면 엘랑드 씨는 아주 큰 사고를 친 셈인데.

"저, 저기, 이 일을 수습할 수 있을 것 같은 분이…… 드랭 모험가 길드의 부길드 마스터인 우고르 씨라는 분이 있는데, 연락을 취해주실 수 있을까요?"

"그래, 물론이지."

전이 마법도구로 보낼 편지를 적어달라고 부탁하려고 했더니 "이건 긴급 사태네. 사정을 가장 잘 아는 자네가 편지를 쓰는 게 좋겠어"라고 하시기에 우고르 씨에게 보낼 편지는 내가 쓰기로 했다.

전이 마법도구로 보낼 편지는 B5용지의 절반 정도 되는 종이에 적는 게 철칙이라고 한다.

이 정도면 편지라기보다는 메시지 카드에 가까울 것 같다.

나는 생각 끝에 이런 식으로 적어보았다.

'무코다입니다. 엘랑드 씨가 저희 집으로 쳐들어왔습니다. 조속히 데려가 주셨으면 합니다. 안 그러면 제 사역마들이 스트레스로 어떻게 되어 버릴 것 같습니다. 부탁 좀 드리겠습니다.'

그 편지를 모험가 길드가 소유한 전이 마법도구를 사용해 드랭에 있는 우고르 씨에게 보내달라고 부탁했다.

전이 마법도구는 작은 덮개가 달린 소박한 나무 상자처럼 생겼는데, 그 안에 편지를 넣고 덮개 중앙에 자리한 홈에 마석을 놓자 기동했다.

나는 별생각 없이 연락을 취해달라고 했지만, 전이 마법도구를 기동하는 데 마석(중)이 필요했을 줄이야.

수중에 마석(대)밖에 없어서 그걸 드리려 했더니 길드 마스터는 "자네 덕에 꽤 많이 벌었으니 됐네"라고 해주셨다.

"그건 됐으니 지명 의뢰가 오면 팍팍 받아주게나"라는 말과 함께.

뭐, 그건 녀석들과 상의해가며 적당히 받아야겠지만.

조금 지나자 전이 마법도구인 상자에서 부스럭 소리가 났다.

"오, 드랭에서 답장이 왔군."

길드 마스터가 상자를 열어 편지를 꺼낸 뒤 내게 보여주었다.

'폐를 끼쳐 죄송합니다. 바로 그곳으로 가서 제가 직접 회수하도록 하겠습니다. 그러니 그 바보를 절대로 놓치지 말아주십시오. 꼭 붙들어두세요.'

………….

나와 길드 마스터 사이에 얼마 동안 침묵이 흘렀다.

"……상당히 화가 많이 나신 것 같네요."

글씨체와 잉크가 번진 정도를 통해 우고르 씨가 얼마나 화가 나 있는지를 엿볼 수 있었다.

"그럴 만도 하지. 그만두겠다는 편지만 달랑 남겨놓고 사라졌으니 말이야."

그건 그렇지.

안 그래도 우고르 씨는 평소에도 엘랑드 씨 때문에 고생을 하고 있는데 이런 짓을 벌였으니까.

화가 난 우고르 씨의 모습을 상상하기만 해도 소름이 돋았다.

『이, 이봐, 일이 어떻게 돌아가고 있는지는 대충 알겠지만 뭐라고 적혀 있었어?』

드라 짱에게도 중간중간 염화로 상황을 설명해주었지만 글씨는 읽을 수가 없어서인지 매우 궁금한 투로 물어왔다.

『그게 말이야, 드랭 모험가 길드의 부길드 마스터인 우고르 씨…… 엘랑드 씨를 혼내던 사람 있잖아, 그 사람이 데리러 와주겠대. 그러니까 그때까지 절대로 놓치지 말아달래.』

『오오, 그 인간 말이지? 그 인간이라면 믿어도 되겠어.』

우고르 씨가 온다고 하자 드라 짱도 안심이 되는 모양이었다.

『그래서, 언제쯤 여기 도착하는데?』

『아……..』

그걸 안 물어봤네.

우리는 페르가 있어서 일반 사람들보다 빠르게 이동할 수 있었지만 보통은 그렇지가 않을 테니까.

"길드 마스터, 드랭에서 카레리나까지 보통은 얼마나 걸립니까?"

"음? 아아, 자네에게는 펜리르가 있었지. 별일 없으면 보통 23, 24일 정도 걸리네."

3주 남짓인가.

하지만 그 우고르 씨라면 어떻게든 빨리 이곳에 오려고 할 텐데.

"서두르면 얼마나 걸릴까요?"

"소수정예로 속도를 중시해서 길을 재촉하면 글쎄, 15, 16일 정도는 걸릴 걸세."

서둘러도 2주 남짓인가.

그동안은 어쩔 수 없이 엘랑드 씨와 함께 있어야겠지.

『드라 짱, 그렇게 됐어.』

『………….』

드라 짱이 몇 걸음 걷다가 픽 쓰러졌다.

『드, 드라 짱?』

『당분간 그 녀석과 같이 지내야만 하다니…….』

심정은 이해한다, 이해하지만 지금은 어떻게든 버티는 수밖에 없어.

나는 기력을 잃은 드라 짱을 안고 모험가 길드를 뒤로했다.

◇   ◇   ◇   ◇   ◇

"아, 잘 생각해 보니 우고르 씨가 여기로 오는 것보다 우리가 가는 편이 빠르잖아."

곤 옹이 있으니까.

드랭까지 단숨에 날아갈 수 있잖아.

엘랑드 씨도 곤 옹을 탈 수 있다고 하면 분명 좋아라고 따라올 테고.

행선지만 안 밝히면 엘랑드 씨가 곤 옹을 타고 감격에 겨워하고 있는 동안 드랭에 도착할 수 있을 거다.

이거, 괜찮을 것 같은데.

아닌 게 아니라 지금이라도 곤 옹을 타고 가는 게 진심으로 좋을 것 같다.

우고르 씨가 드랭에서 출발했다 해도 드랭에서 카레리나까지 오는 길은 외길이니 어디로 올지도 대충은 알고.

이쪽에는 페르가 있어서 가까워지면 우고르 씨의 기척을 통해 대략적인 위치를 특정할 수 있을 테니 아무 문제도 없을 거다.

좋아, 돌아가서 모두에게 도와달라고 해봐야지.

그런 생각을 하며 드라 짱을 데리고 집으로 돌아가 보니, 뭐라 형용할 수 없는 분위기가 감돌고 있었다.

엘랑드 씨는 거실 구석에서 고개를 푹 숙인 채로 곤 옹을 흘끔

흘끔 쳐다보고 있고, 곤 옹은 엘랑드 씨를 화가 난 듯한 눈으로 노려보고 있다.

페르는 엘랑드 씨를 감시하듯 바라보고 있고, 스이는 구석에 있는 엘랑드 씨의 앞에 진을 치고 좌우로 몸을 흔들고 있었다.

무, 무슨 일이 있었던 거지?

"다, 다녀왔어……."

『이제야 돌아왔군.』

페르의 말투가 어째 드디어 한시름 놓았다는 것처럼 들리는데, 기분 탓이려나.

"저기, 무슨 일 있었어?"

『음. 아주 많았지.』

그렇게 운을 떼더니 페르가 내가 없는 동안 있었던 일들에 관해 이야기해 주었다.

그 내용은 나조차도 머리를 싸쥐고 싶을 정도로 터무니없었다.

엘프 아저씨, 아주 제대로 사고를 쳤구만…….

나와 드라 짱이 길을 나선 이후, 끈질기게 이름을 묻는 엘프 아저씨의 등쌀에 못 이겨 곤 옹이 이름을 가르쳐주거나 대화를 나누기는 했지만 얼마 동안은 아무 일도 없었다고 한다.

아니 뭐, 엘프 아저씨가 끊임없이 말을 걸어오는 바람에 곤 옹은 매우 귀찮아했다는 모양이지만.

하지만 엘프 아저씨는 곤 옹이 자신의 말을 들어주자 신이 났는지 터무니없는 소리를 내뱉었다.

아주 태연하게 "저기~ 곤 옹님, 괜찮으면 조금이라도 좋으니 연구용으로 피를 주실 수 있겠습니까?"라고 지껄였다는 모양이다.

탐탁지 않아 하면서도 대화에 어울려주던 곤 옹도 이 말에는 화가 나서 『웃기지 마라! 왜 내가 너에게 피를 줘야 한다는 말이냐!』라고 호통을 쳤다고 한다.

그때 제대로 사과하고 화제를 바꿨으면 됐을 텐데, 저 엘프 아저씨는……

페르의 말에 따르면 그 직후에 "죄송합니다. 아무리 그래도 피는 무리인가요~. 상처를 내야만 채취할 수 있으니까요. 그래, 그렇다면 침은 어떻습니까? 조금이라도 좋으니 어떻게 안 될까요?"라는 소리를 했다나.

이 말을 들은 곤 옹은 아주 기겁을 했다는 모양이다.

그럴 만도 하지.

나도 설마 이 정도일 줄은 몰랐다.

설마 면전에 대고 침을 달라고 할 줄이야……

감시해달라는 부탁을 받은 페르는 소름 끼치는 엘프 아저씨의 언동을 더는 간과할 수 없어서 사이에 끼어들어 말렸다고 한다.

오른쪽 앞발로 머리부터 얼굴을 덥썩 붙잡은 상태로.

『적당히 해라. 너는 더 이상 아무 말도 하지 말고 저기 방구석에 가서 얌전히 있어라』

……라고 위협해서, 엘프 아저씨를 방구석으로 쫓아내 지금의 상황이 되었다는 듯했다.

그럼에도 처음에는 엘프 아저씨도 중얼중얼 작은 목소리로 불평을 했다는 모양이지만.

페르가 눈총을 쏘아대고 곤 옹이 『너는 더 이상 내게 말을 걸지 마라! 근처에 얼씬도 하지 마!』라고 쏴붙이고 나서야 풀이 죽어서 겨우 조용해졌다고 한다.

그것으로도 마음이 안 놓여서 신중을 기하기 위해 페르가 스이를 감시역으로 발탁해 현재 상황에 다다른 것이다.

『스이에게는 저 녀석이 이쪽으로 오려고 하면 가차 없이 산탄(酸彈)을 쏘라고 말해두었다.』

페르가 진지한 얼굴로 그렇게 말해 이야기를 끝맺었다.

…………하아~.

이거, 페르가 스이에게 내린 지시도 지나치지 않다는 생각이 들 정도네.

엘랑드 씨…… 아니, 엘프 아저씨한테 실망했어, 진짜 실망했다고.

침 좀 주세요, 라니~.

정말 진심으로 식겁했네.

진짜 변태잖아.

나와 함께 이야기를 듣고 있던 드라 짱도 식겁해서 얼굴을 찌푸리고 있었다.

그러더니 곤 옹에게 가서 서로를 위로하기 시작했다.

드래곤에 미친 것만 빼면 나쁜 사람은 아닌 것 같은데, 이번 일은 좀 무리야.

변호해주고 싶어도 그럴 만한 구석이 하나도 없잖아.

한숨을 내쉬며 당사자인 엘프 아저씨를 보자, 어째서인지 기대

섞인 눈빛으로 나를 쳐다보고 있었다.

그런 눈으로 쳐다봐야 이번 건 무리라니까요.

가만, 자세히 보니 엘프 특유의 고운 얼굴에 고양이 수염 같은 상처가 나서 피가 나고 있는데, 저건 페르가 낸 발톱 자국인가?

잘했어, 페르.

이번에는 나도 꼴좋다는 생각밖에 안 드니까.

저 정도의 상처라면 잔뜩 쌓아둔 스이 특제 하급 포션을 쓰면 금방 낫겠지만 절대로 안 줄 거야.

자업자득이니까.

아이고 머리야……. 저 엘프 아저씨를 어떻게 한담.

여기 오는 동안 생각한 대로, 곤 옹을 타고 우고르 씨가 있는 곳으로 가는 게 엘프 아저씨를 떼어놓는 가장 빠른 방법이기는 하겠지만 일이 이렇게 됐으니 곤 옹이 그걸 받아들여 줄지 어떨지 모르겠다.

잠깐이라고는 해도 저 엘프 아저씨를 등에 태워야 하니 말이야…….

일단 염화로 물어봤지만 예상대로 싫다는 답이 돌아왔다.

『그건 절대로 싫네! 잠깐이라 해도 저러한 녀석을 등에 태웠다가 무슨 짓을 당할 줄 알고!』

아주 온 힘을 다해 거부했다.

나도 전적으로 동감이다.

특히 날아가는 동안에는 등이 무방비라 해도 좋을 상태가 될 거다.

그런 곳에 저 엘프 아저씨를 태우는 건 아무리 생각해도 무리란 말이지.

곤 옹의 말대로 무슨 짓을 당할지 모를 일이니까.

하지만 곤 옹을 타고 가는 게 안 되면, 처음에 생각했던 대로 우고르 씨가 이곳으로 오기를 기다리는 수밖에 없다.

그러면 이 엘프 아저씨를 어떻게 취급할 것인가가 문제인데…….

우고르 씨한테는 절대로 놓치지 말라고 엄명을 받은 상태고.

뭐, 지금은 일단 물러가 달라고 하고 묵고 있는 숙소를 알려달라고 하는 게 최선이려나.

아마도 곤 옹이 있는 한 다른 곳으로 갈 일은 없을 테니까.

"저기, 엘랑드 씨. 지금은 일단 가주실 수 없을까요."

"에, 에에에에엑~ 여기서 묵게 해주시는 것 아니었습니까?"

"아뇨, 무리예요."

내가 딱 잘라서 그렇게 말하자 엘프 아저씨는 무너져 내려 OTL 자세로 고개를 푹 숙였다.

"그, 그럼 전 어디로 가면 됩니까…….."

"숙소에서 묵으면 되잖아요. 카레리나에도 숙소는 많이 있으니까요."

"그럴 수가아~."

비장한 목소리로 말하고 있지만, 당신의 경제력이라면 얼마든지 좋은 숙소에서 묵을 수 있잖아요.

"제발, 제발 부탁입니다! 이곳에서 묵게 해주세요~. 이렇게 부탁합니다아~."

목소리에 울음이 섞이기는 했지만 안 되는 건 안 되는 겁니다.

곤 옹이랑 드라 짱의 기피감을 생각하면 절대로 여기서 묵게 할 수 없다고요.

아닌 게 아니라 이번 일의 경위를 알고 나자 나 역시도 이 엘프 아저씨와 하루 종일 같은 집 안에 있기가 싫어졌다.

"무리라니까요. 엘랑드 씨, 본인이 무슨 짓을 했는지 생각해 보세요. 면전에 대고 침을 주세요, 라니. 제정신 박힌 사람이 할 소리가 아니잖아요."

엘랑드 씨를 째려보며 그렇게 말하자 너무도 비상식적인 행동이었다는 것을 본인도 조금은 느끼고 있었는지 내 눈을 피하려 했다.

"으음~ 그건 말이지요~. 기분이 고양된 탓에 무의식적으로 한 행동이라고 할지. 그도 그럴 게, 저는 평생에 걸쳐 드래곤을 연구해 왔습니다. 그 드래곤의 최고봉인 에인션트 드래곤, 곤 옹님이 있고, 친근하게 대화도 해주시기에 지금의 분위기라면 받을 수 있지 않을까 싶어서……."

엘프 아저씨가 나를 흘끔흘끔 쳐다보며 그런 소리를 했다.

번듯하게 생겼어도 아저씨가 그렇게 흘끔거려봐야 기분 나쁘기만 하거든요?

"무의식적으로 한 행동이라고 하셨는데, 한 번 생각해 보세요. 본인이 그런 짓을 당하면 어떻겠습니까? 느닷없이 침을 달라고 하면 기분이 나쁘지 않겠냐고요."

"그건 그렇습니다만……."

"죄송한 말씀이기는 하지만, 엘랑드 씨가 있으면 곤 웅과 드라 짱이 불편해할 거예요. 그러니 집에서 묵게 해드릴 수는 없습니다."

내가 딱 잘라서 그렇게 말하자 나이는 먹을 대로 먹은 엘프 아저씨가 굵은 눈물을 뚝뚝 흘리며 울기 시작했다.

"곤 웅님, 드라 짱과 떨어지기는 싫습니다~. 이제 안 하겠습니다, 절대로 안 할 테니 이렇게 부탁드립니다~."

엘프 아저씨가 눈물을 흘리며 애원했다.

하지만 지금은 마음을 독하게 먹어야 할 때다.

집 안에서 일하고 있던 세리야에게 부탁해 전직 모험가팀 다섯 명을 소환했다.

"뭐, 뭐야, 이게……."

엘프 아저씨가 대성통곡을 하고 있는 거실의 참상을 본 다섯 명은 어이가 없는지 입을 헤벌리고 있었다.

"으음~ 신경 쓰지 마. 신경 쓰면 지는 거야."

내가 그렇게 말하자 가장 먼저 정신을 차린 타바사가 "저, 저기, 그 사람, 혹시 드랭 모험가 길드의 길드 마스터 아냐?"라고 말했다.

"맞아. 어떻게 알았어?"

"동생들이랑 파티를 맺기 전에 드랭에 간 적이 한 번 있었거든. ……그나저나, 드랭의 길드 마스터가 왜 이곳에 있는 거야?"

타바사의 물음에 나머지 네 명도 응응, 하고 고개를 끄덕였다.

"아니이, 그게……."

이러저러해서 그렇게 되었다고 지금까지의 경위를 다섯 명에게 이야기해주었다.

"으아, 미쳤네……."

"미쳤다는 말로도 부족할 것 같은데."

"느닷없이 침을 달라고 하다니, 제정신인가."

"드래곤을 좋아한다는 소문은 언뜻 들은 적이 있지만, 설마 이 정도였을 줄이야……."

"옛날부터 엘프 중에는 종종 이상한 녀석이 나오고는 했지."

내 입을 통해 엘프 아저씨의 소행을 전해 들은 다섯 명은 식겁했다.

"그런고로 물러가 줬으면 하는데 좀처럼 나가주질 않아서 말이야……."

"그 문제 때문에 우리를 불렀다 이거군."

"맞아. 미안하지만 강제로라도 끌고 나가서 아무 숙소에나 맡기고 와줬으면 해. 저래 봬도 길드 마스터라 돈은 나름대로 있을 테니 그럭저럭 괜찮은 숙소에."

"그런데 괜찮겠어? 드랭의 길드 마스터는 전직 S랭크 모험가라고 들었는데."

그렇단 말이지, 저래 봬도 이 엘프 아저씨는 전직 S랭크 모험가다.

타바사가 걱정하는 것도 이해는 된다.

하지만 이 다섯 명이 있으면 어떻게든 되겠지.

게다가 말이지…….

"엘랑드 씨, 적당히 하지 않으면 두 번 다시 곤 옹도 드라 짱도 못 만나게 할 거예요."

대성통곡을 하는 엘프 아저씨에게 그렇게 말하자 순간적으로 움직임이 딱 멈췄다.

"우워어어어엉, 그것만은 싫습니다~. 하지만 숙소에서 묵는 것도 싫습니다~! 곤 옹님, 드라 짱에게서 떨어져야만 하지 않습니까아아아아. 저는 두 분과 가까운 곳에 있고 싶습니다~. 무코다 씨, 이렇게 부탁드립니다아."

콧물까지 흘리면서 엉엉 우는 엘랑드 씨가 그런 소릴 하며 나에게 다가왔다.

"자자잠깐, 가까이 오지 마세요! 아니, 너희는 좀 도와달라니까!"

"그, 그런 소릴 한들 말이지."

엘프 아저씨의 너무도 처참한 모습에 전직 모험가 다섯 명은 뺨을 씰룩거리며 주춤거리고 있었다.

"아~ 정말, 그럼 우리 집 부지에 있는 건 허락하겠습니다! 하지만 이 안채에 멋대로 들어오는 건 절대로 허락하지 않겠어요! 그런 짓을 하면 정말로 곤 옹, 드라 짱하고 두 번 다시 못 만나게 할 줄 알아요."

하아~ 하고 한숨을 내쉰 후, 전직 모험가 5인방에게 말을 걸었다.

"미안하지만 너희 숙소에서 묵게 해 줘."

쌍둥이인 루크와 어빙이 불평을 했지만 그건 무시하기로 했다.

"드래곤과 관련된 일만 아니면 나쁜 사람은 아니야. 드래곤과 관련된 일만 아니면…….”

그러고서 타바사에게만 조용히 말했다.

“드랭에서 사람이 데리러 올 거야. 그때까지만 부탁할게.”

내가 얼마나 고생을 하고 있는지를 알아챘는지 타바사는 “알겠어”라고 짧게 답했다.

『어이, 저 녀석 정말 괜찮은 거겠지?』

페르가 엘프 아저씨가 나가는 것을 바라보며 나직하게 말했다.

“몰라. 하지만 곤 옹, 드라 짱을 두 번 다시 못 만나게 하겠다고 엄포를 놨으니 먹혀들었기를 바라자…….”

폭풍과도 같았던 엘프 아저씨가 떠나 한시름 놓았다.

페르는 냉큼 드러누워 낮잠을 자고 있고, 곤 옹과 드라 짱은 한참 동안 엘프 아저씨를 헐뜯은 후, 도통 공감할 수 없는 드래곤이 흔히 겪는 일에 관한 대화로 이야기꽃을 피웠다.

저 둘은 같은 드래곤종이기는 해도 저렇게나 크기가 다른데 공감할 만한 게 있기는 한 걸까.

나도 기분전환 삼아 뭔가 해볼까.

이왕이면 겸사겸사 저녁 식사 준비에 도움이 되는 작업이면 좋겠는데…….

그래, 분명 다진 고기가 다 떨어졌지.

다진 고기 비축 분량을 만든 뒤에 그걸 사용해서 저녁 식사 준비를 하도록 할까.

그런 생각을 하던 중, 내 무릎 위에 올라와 있던 스이가 출렁출렁 좌우로 몸을 흔들며 나를 올려다본 채 말했다.

『있지있지, 주인~ 스이, 심심해~. 놀아줘~.』

"으~음, 지금부터 저녁밥 준비를 겸해서 해야 할 일이 있거든~. 아, 그래, 심심하면 스이도 도와줄래?"

『응, 좋아~. 스이, 도울게~!』

의욕적으로 답하는 스이를 데리고 부엌으로 이동했다.

그리고…….

"영차."

부엌에 있는 작업대 위에 아이템 박스에서 꺼낸 믹서기를 내려 놓았다.

그걸 본 스이가 작업대 위로 통, 하고 뛰어 올라왔다.

『스이가 만든 거다~!』

"맞아. 스이가 만들어준, 다진 고기를 만드는 물건이야. 엄청 편리해서 잘 쓰고 있어~."

『정말~? 기뻐.』

스이가 기쁜 듯이 푸들푸들 몸을 떨었다.

"이걸로 다진 고기를 잔뜩 만들 거니까 스이도 도와줘."

『응. 스이는 뭘 하면 돼?』

"내가 고기를 여기에 넣을 테니까, 스이는 이 핸들을 빙글빙글 돌려줄래?"

『알았어~.』

"그럼 시작한다~? 자, 스이, 돌려."

『네~에!』

스이는 촉수를 써서 능숙하게 믹서기의 핸들을 빙글빙글 돌렸다.

『우와아~ 고기가 쑤욱~ 하고 나왔어~!』

"그래. 이게 다진 고기야. 이게 스이가 좋아하는 햄버그스테이크와 멘치카츠*의 재료가 되는 거야."

『햄버그~!』

---

* 다짐육을 뜻하는 민스(mince)의 일본식 변형어로, 역시나 변형어인 카츠(커틀릿)과 결합되어 일상에 안착되었다.

자신이 좋아하는 햄버그스테이크라는 말이 나오자 스이는 더더욱 의욕을 불살랐다.

"그래. 다진 고기는 그 밖에도 여러 요리에 쓸 수 있으니까 잔뜩 만들어두려고 해. 그러니까 스이가 계속 빙글빙글 돌려줘서 다진 고기를 많~이 만들어 줘."

『스이, 많이 힘낼게~!』

"하하, 부탁 좀 할게."

의욕이 넘치는 스이와 함께 얼마 동안 믹서기를 가동시키고 나자.

"좋아, 이 정도면 충분하겠지?"

작업대 위에는 던전 돼지와 던전 소의 다진 고기로 가득한 여러 개의 볼이 놓여 있었다.

『이제 끝났어~?』

"응. 이만큼 있으면 얼마 동안은 버틸 테니까. 하지만 다 떨어지면 또 도와줄래?"

『응, 좋아~.』

스이가 도와준 덕분에 다진 고기를 잔뜩 확보했으니 이제 저녁 식사를 준비해 볼까.

저녁 준비가 끝날 때까지 스이는 다른 동료들과 함께 거실에서 기다리라고 했다.

"자아 그럼 오늘 저녁 메뉴는 뭘로 할까. 많은 일이 있었으니 기운을 차리기 위해서라도 살짝 강렬한 게 먹고 싶은걸. 그러면 뭐가 좋을까……."

그렇게 생각하던 중, 앨번이 수확해서 가져와준 채소가 잔뜩 담긴 마대가 눈에 들어왔다.

앨번의 밭은 매일 풍작이라 나날이 다른 채소를 가져다준다.

오늘의 채소는 감자에 양배추에 당근, 토마토에 피망…… 그러고 보니 이게 있었지.

그것을 마대 안에서 끄집어냈다.

이쪽에는 없는 채소인지 앨번이 어떻게 먹는 것이냐고 묻기에 몇 가지 레시피를 가르쳐줬더랬다.

내가 들고 있는 그것은 윤기 나는 짙은 보라색을 띠고 있고 싱싱하며 탱탱하고 신선하기 그지없는 가지다.

"가지라……. 살짝 매콤한 마파 가지도 괜찮을지도. 맞아, 이왕이면 든든하게 먹을 수 있도록 덮밥으로 할까? 고기를 좋아하는 녀석들을 위해 다진 고기를 듬뿍 넣어서. 좋아, 오늘 저녁 메뉴는 다진 고기를 듬뿍 넣은 마파 가지 덮밥으로 해야지. 응, 그게 좋겠어."

메뉴를 정했으니 부족한 재료를 인터넷 슈퍼에서 조달했다.

두반장에 첨면장, 생마늘과 생강, 그리고 과립형 치킨 스톡에 고추…….

팍팍 바구니에 넣고 계산한다.

제품으로 나온 마파 가지 소스를 쓰면 간단하지만 이번에는 매콤하게 맛을 조절하고 싶으니 내 방식대로 만들기로 했다.

물론 매운 걸 못 먹는 스이의 것은 덜 맵게 만들 거지만.

"좋아, 만들어 볼까."

우선 가지와 피망, 그리고 마늘과 생강을 썰고, 혼합 조미료를 만들어 둔다.

평소 같았으면 가지를 세로로 8등분했겠지만, 앨번에게 받은 가지는 튼실하고 커서 1센티미터 정도의 두께로 반달 모양이 되게끔 썬다.

피망도 평소에는 채 썰기를 했지만 앨번에게 받은 가지에 맞춰 듬성듬성 썰었다.

그러는 편이 보기에 좋을 것 같으니까.

마늘과 생강은 저며 둔다.

혼합 조미료는 물에 과립형 치킨 스톡, 두반장, 첨면장, 간장, 설탕을 조금 넣고 섞는다.

이때, 원하는 매운맛이 되도록 두반장의 양을 조절한다.

채소와 혼합 조미료가 준비됐다면 이제 팍팍 볶는 일만 남았다.

프라이팬에 기름을 두르고 달군 후, 우선 가지를 볶아 어느 정도 익으면 피망도 넣는다.

전체적으로 익으면 가지와 피망을 일단 덜어둔다.

같은 프라이팬에 이번에는 참기름을 두르고 가열해 다진 마늘과 생강을 볶고, 향이 올라오면 던전 돼지의 다진 고기를 투입한다.

다진 고기가 고르게 익으면 혼합 조미료를 넣고 한소끔 끓인다.

그런 다음, 볶아두었던 가지와 피망을 넣고 섞듯이 볶는다.

끝으로 전분물을 둘러 걸쭉해지면 완성이다.

매운 걸 못 먹는 스이의 것은 덜 맵게, 매운 걸 그럭저럭 잘 먹는 드라 짱과 매운 걸 잘 먹는지 어떤지 모르겠는 곤 옹의 것은 보통으로, 매운 것도 완전 괜찮은 정도가 아니라 좋아하는 페르와 매콤한 걸 먹고 싶었던 내 것은 살짝 맵게 마무리했다.

페르 일행의 그릇에, 아이템 박스에 비축해둔 갓 지은 쌀밥을 퍼 담고 그 위에 다진 던전 돼지가 듬뿍 들어간 마파 가지를 넘치도록 얹으면…….

"좋아, 다진 고기가 듬뿍 들어간 마파 가지 덮밥 완성."

모두를 부르자 우르르 거실로 모여들었다.

『오늘의 저녁밥은 뭐지?』

페르가 기다렸다는 듯이 물었다.

"마파 가지 덮밥이야."

그렇게 답하며 모두의 앞에 그릇을 내려놓았다.

『흠…….』

가지와 피망을 본 페르가 얼굴을 찌푸렸다.

"다진 던전 돼지고기가 듬뿍 들었으니까 그런 표정 짓지 말라고. 맛은 엄청 페르의 취향에 맞을 테니까."

『그런 거냐?』

"응. 살짝 매콤해서 맛있을 거야. 스이 건 덜 맵게 했고, 드라 짱이랑 곤 옹 것은 보통, 페르랑 내 건 매콤하게 조절했어. 뭐, 일단 먹어보라고."

『정 그렇다면…….』

녀석들이 마파 가지 덮밥에 입을 댔다.

『오, 맵지만 맛있는데, 이거?』

『음, 이 뭐라 형용할 수 없는 매콤함이 끝내주는군그래.』

드라 짱과 곤 옹의 입맛에는 이 정도 매운맛이 딱인 모양이다.

『얼얼하지만 맛있어~.』

스이도 덜 맵게 한 게 완전히 입맛에 맞는 것 같다.

『흐으음, 확실히 이 입 안이 얼얼한 매운맛은 내 취향이로군. 좀 더 매워도 괜찮을 것 같다만.』

상당히 맵게 했음에도 페르는 조금 더 매워도 괜찮겠다는 소릴 했다.

"그렇다면 이걸 뿌리면 돼. 더 매워질 거야."

『뭐냐, 그건?』

"고추기름이라는 조미료야. 뿌려볼래? 아, 벌써 다 먹었네."

『음, 한 그릇 더.』

『나도 한 그릇 더!』

『나도 부탁하네.』

『스이도~.』

"나 참, 다들 빠르기도 하네."

모두에게 추가 음식을 준비해 주었다.

『이 매운맛은, 식욕을 더욱 자극하는 것 같구먼.』

마파 가지 덮밥을 우걱우걱 먹으며 곤 옹이 그런 소리를 했다.

『정말 그런 것 같아. 아래에 있는 쌀밥이 이 매운맛이랑 잘 어울려서 그런지, 계속 먹게 돼.』

드라 짱이 작은 입으로 곤 옹에게 질세라 우걱우걱 먹고 있다.

『이 자잘한 다진 고기라는 거, 스이가 만드는 걸 도왔어! 엄청 맛있는 요리가 됐네~ 주인~.』

"스이 덕분에 당분간 다진 고기 걱정은 안 해도 되겠어."

『오오, 그랬더냐. 스이, 정말 큰일을 했구나.』

『제법인데, 스이?』

『에헤헤헤~.』

곤 웅과 드라 짱과 스이가 염화로 대화를 나누고 있자 페르가 끼어들었다.

『어이, 나를 잊지 마라! 빨리 그 고추기름이라는 걸 뿌려라!』

오오, 그랬지.

페르의 덮밥에는 고추기름을 뿌려서 매운맛을 추가해야지.

일단 처음에는 조금만.

"이 정도는 어때?"

기다렸다는 듯이 페르가 마파 가지 덮밥에 달려들어 입을 댔다.

『음, 나쁘지는 않지만 좀 더 추가해다오.』

"뭐? 괜찮겠어?"

꽤 맵게 만든 데다 고추기름까지 추가했으니 상당히 매울 텐데……

고추기름을 조금 넣기는 했지만 그래도 꽤 매울 거라고.

『괜찮다. 빨리 해라.』

페르의 재촉에 못 이겨 고추기름을 더 뿌렸다.

그러자 페르가 그것을 우걱우걱 입에 넣었다.

『음, 맛있군! 내 취향의 맛이 되었다! 이 혀가 다 짜릿한 자극이 최고야. 가끔은 이런 게 먹고 싶어지는 법이지.』

페르가 그런 소리를 하며 신이 나서 우걱우걱 먹기 시작했다.

"하하, 매워 보이는데 저렇게 빨리 먹는 게 용하네."

어이가 없어서 잠시 동안 페르의 모습을 쳐다보고 있었다.

"아차, 그보다 나도 먹어야지~."

그런고로 다진 던전 돼지고기가 듬뿍 든 마파 가지 덮밥을 나도 먹었다.

"후하, 맵지만 맛있어!"

혀가 얼얼할 정도의 매운맛.

하지만 맵기만 한 게 아니라 자꾸만 뒷맛이 당겨서 젓가락질이 멈추질 않는다.

"히이~ 차, 차 마셔야지."

중간에 아이템 박스에 비축해두었던 차가운 차를 꺼내 마셔가며 다 먹어치웠다.

"맛있었어~."

『어이, 다음이다, 다음. 그것에도 고추기름을 뿌려다오.』

『나도 조금 더 먹고 싶어.』

『나도 더 먹을 수 있네.』

『스이도 더 먹을래~.』

"그래그래."

우리는 폭풍처럼 지나간 엘프 아저씨에 관해서는 까맣게 잊고, 매콤한 맛의 다진 던전 돼지고기가 듬뿍 들어간 마파 가지 덮밥을 만끽했다.

엘프 아저씨는 전직 모험가팀에게 맡기고 식사 등도 그쪽에서 챙겨달라고 부탁했지만 드래곤에 미친, 집념으로 가득한 사람이다 보니…….

여러모로 문제를 일으켰다.

엄중한 감시를 부탁하긴 했지만 그 엘프 아저씨도 명색이 전직 S랭크 모험가니까.

빈틈만 생기면 안채의 창문에 들러붙거나 잠깐 정원에 나간 우리를 나무 뒤에서 뚱한 눈으로 쳐다보고 있거나 했다.

그럼에도 '안채에 한 발짝이라도 들어오면 두 번 다시 곤 옹도 드라 짱도 못 만나실 줄 알아요'라고 협박해둔 덕분인지, 제아무리 엘프 아저씨라 해도 안채로 들어오려고 하지는 않았지만.

하지만 짜증 나는 건 짜증 나는 거다.

엘프 아저씨가 창문에 들러붙어 있거나 할 때마다 페르와 스이, 내가 격퇴했다.

전화위복이라고 해야 할지, 저 엘프 아저씨의 습격 이후 우리의 유대가 더욱 깊어진 것 같다.

아닌 게 아니라 저 엘프 아저씨의 기행이라고 해야 할지, 변태 같은 면모가 드러남으로 인해 다 같이 일치단결해서 대항하자는 분위기가 고조되었다고나 할까.

평소 같았으면 사냥을 가자고 재촉을 할 페르와 스이도 이번만큼은 곤 옹과 드라 짱을 배려하여 적극적으로 '사냥에 데려가라'라고 말하지는 않았다.

몇 번인가 '가고 싶다'고 말하려 한 적은 있지만, 소란 떨지 않는 것만으로도 내겐 대단하다고 해야 하나, 성장한 듯 보였다.

주변 사람들을 배려할 수 있게 되었구나, 싶어서 개인적으로 살짝 감동했더랬다.

사냥 대신이라고 하기에는 좀 그렇지만 기행을 거듭하는 엘프 아저씨를 페르와 스이, 내가 발견하는 대로 격퇴하는 게 일과가 되었다.

그 덕분에 곤 옹과 드라 짱도 안채에서는 그럭저럭 안심하고 느긋하게 지낼 수 있게 된 듯 보였다.

뭐, 하지만 밖에 못 나가고 집 안에 틀어박혀 있으면 시간이 남아돌 수밖에 없다.

그런고로 오락의 일환으로 인터넷 슈퍼에서 오델로 게임을 구입했다.

규칙도 간단해서 다들 푹 빠져들었다.

지금도 페르 VS 곤 옹으로 대결 중이다.

뭐, 페르와 곤 옹의 경우에는 손이 너무 커서 말을 뒤집는 게 어려워 내가 붙어 있어야만 한다는 게 난점이지만.

그래도 뭐, 그쯤이야.

그런고로 나도 집 안에 틀어박혀 지내다가 딱 한 번 외출을 했다.

스이와 함께 모험가 길드에 갔을 때다.

길드 마스터에게 즐라토로그의 모피와 에메랄드 반지, 에메랄드 목걸이, 에메랄드 브로치를 임금님께 진상품으로 보내달라고 부탁하러 간 거다.

던전에서 돌아와서 슬슬 부탁하러 갈까, 하던 참에 엘프 아저씨가 찾아와서 유야무야되어 있었기 때문이다.

길드 마스터에게 브릭스트 던전에서 전리품으로 얻은 진상품을 보여주자 한숨을 내쉬며 "또 이런 터무니없는 물건을 들고 오다니……"라고 중얼거렸지만.

길드 마스터도 우고르 씨가 온다는 사실은 아는지라 그가 와서 일이 일단락되고 나면, 그때 왕도에 다녀와 주겠다고 했다.

마침 그즈음에 람베르트 씨가 왕도로 간다고 하니(발모제【신약 모발 파워】가 날개 돋친 듯 팔려서 그걸 보충하러 간다고 한다) 거기에 편승하겠단다.

람베르트 씨에게 물건을 대고 있는 건 우리라 돌아가서 종업원(노예)들에게 이야기를 듣고 재료를 대량으로 보충시켰다.

그리고 개인적으로는 데미우르고스 님에게 공물도 바쳤다.

뭐, 그런 식으로 2주 남짓을 집에 틀어박혀 지냈다.

문지기를 맡고 있는 전직 모험가팀에게는 우고르 씨의 이름과 인상착의를 말해주고 나를 찾아오거든 곧장 안채로 모시라고 부탁해두기도 했다.

빠르면 며칠 안에 우고르 씨가 올 거라 생각하며 그가 오기를 이제나저제나 하고 기다리던 중에…….

"이봐~ 무코다 씨. 기다리던 사람이 왔네!"

현관에서 바르텔의 목소리가 들려와서 황급히 그리로 향했다.

"우고르 씨!"

예상보다 빨리 도착하기는 했지만 애타게 기다렸던 우고르 씨의 모습을 보자 마음이 놓여서인지 나는 온몸에서 힘이 풀리고 말았다.

◇　◇　◇　◇　◇

"무코다 씨, 정말로 죄송합니다."

눈 아래 다크서클이 드리운 우고르 씨가 미안하다는 듯이 고개를 숙였다.

"그러지 마세요, 우고르 씨. 잘못을 한 건 엘랑드 씨지, 우고르 씨가 아니잖아요. 아닌 게 아니라 이렇게 데리러 와주시기까지 하시고……. 드랭에서의 업무도 바쁘실 텐데 저야말로 죄송합니다."

"아니, 무코다 씨야말로 전혀 잘못하신 게 없으니 사과하지 마십시오. 만악의 근원은 그 바보 마스터니 말이죠."

그렇게 말하는 우고르 씨의 등 뒤에서 쿠구구구구~ 하고 불꽃이 치솟는 듯한 환영이 보였다.

"그래서, 저희 바보 마스터는 어디에 있습니까?"

"저기, 그게……."

이러저러한 일이 있었다고 지금까지 있었던 사건들을 우고르 씨에게 이야기하자, 우고르 씨의 이마에 퍼런 힘줄이 울뚝불뚝 돋아나기 시작했다.

"이 망할 변태 새끼가~."

우고르 씨, 눈에 살기가 담겼는데요.

"그런고로 이곳에 묵게 할 수는 없었고, 어쩔 수 없이 저희 전직 모험가 노예들의 집에서 묵게 하고 있습니다."

"저희 바보 마스터가 민폐만 끼쳐서 죄송합니다. 곧바로 회수해서 갈 테니, 그 집으로 안내해주시겠습니까."

"아, 그거라면 여기서 기다리고 있으면 될 겁니다. 사실대로 말하자면 전직 모험가들의 집에 묵게 하고 있는 건, 이런 식으로 말씀을 드리자니 좀 그렇지만 감시하기 위해서이기도 하거든요. 하지만 엘랑드 씨도 그래봬도 전직 S랭크 모험가잖아요? 감시의 눈을 피해 이쪽으로 오거든요. 아마 오늘도, 이제 곧……."

우고르 씨에게 그런 이야기를 하고 있던 중, 곤 옹과 드라 짱이 염화를 보내왔다.

『어이, 그 녀석이 또 왔어. 늘 붙어있는 창문에서 흘끔흘끔 엿보고 있어. 저 녀석의 얼굴은 보기도 싫어..』

싫은 티가 팍팍 나는 목소리가 염화를 통해 전해져 왔다.

『저 엘프, 말도 못 하게 끈질기군그래. 아주 넌더리가 나.』

곤 옹도 드라 짱과 마찬가지로 언짢은 목소리였다.

"우고르 씨, 엘랑드 씨가 온 것 같습니다. 거실 창문으로 흘끔흘끔 안을 엿보고 있다네요."

나는 거실이 있는 우측을 쳐다보며 그렇게 말했다.

"이 파렴치한 엘프가. 붙잡아오겠습니다."

우고르 씨는 화가 머리끝까지 나서 그렇게 말했지만…….

"저, 저기, 괜찮으시겠어요? 엘랑드 씨는 전직 S랭크 모험가잖아요."

우고르 씨는 분명 전직 B랭크 모험가다.

순수한 전투력으로 치면 전직 S랭크인 엘랑드 씨가 더 유리할 텐데.

"후후후, 그거라면 괜찮습니다. 저 바보 마스터도 명색이 전직 S랭크니 말이죠. 그걸 고려해서 강력한 지원군을 데려왔습니다."

그렇게 말하며 우고르 씨가 거실이 있는 쪽을 가리켰다.

핸드 사인?

"억?! 당신들이 왜 여기 있습니까?!"

엘랑드 씨의 목소리가 들려왔다.

"자, 잠깐, 아얏, 뭐 하는 겁니까! 그만! 제가 누군지 알고 이러는 겁니까?!"

그리고 다투는 듯한 소리가 들렸다.

"의뢰라 말이지. 나쁘게 생각하지 말라고."

낮은 남자의 목소리다.

의뢰라니, 어, 잠깐, 무슨 일이 일어나고 있는 거지?

넋을 놓고 있자 30대 중반부터 후반으로 보이는, 척 봐도 베테랑 같은 남성 모험가 네 명이 모습을 드러냈다.

그 중 덩치가 큰 수인(獸人)과 인간족 두 명이 사슬로 꽁꽁 묶인 엘랑드 씨를 데리고 나왔다.

"임무 완료야."

앞장을 선 쌍검을 허리에 차고 뺨부터 이마에 걸쳐 흉터가 있는 중후한 분위기의 미남 아저씨의 말과 동시에…….

풀썩──.

엘랑드 씨가 땅바닥에 내동댕이쳐졌다.

"으읍~~~!"

자세히 보니 말을 못 하도록 입 안에 천을 욱여넣었다.

"어이쿠, 미안하게 됐어. 길드 마스터."

"부길드 마스터, 시끄러워서 입에 천을 욱여넣었어."

엘랑드 씨를 데리고 온 덩치 큰 두 사람이 아주 당당하게 그렇게 말했다.

"신경 쓸 필요 없습니다. 바보 마스터가 저지른 짓을 생각하면 다소 거칠게 다뤄도 뭐라고 못 할 테니까요. 그건 당신도 알고 있겠죠, 안 그렇습니까?"

우고르 씨가 그렇게 말하며 사슬에 꽁꽁 묶인 채 땅바닥에 널브러진 엘랑드 씨의 배 위에 발을 얹었다.

눈빛이 싸늘하기 그지없다.

무서워요, 무섭다고요.

"읍~~~!!!"

우고르 씨의 발에 깔린 엘랑드 씨가 신음했다.

"닥치십시오!"

냉정하게 그렇게 말하며 엘랑드 씨를 밟은 발을 빙글빙글 돌렸다.

오오…… 보이는 바와 달리 잔인하시네.

하지만 저러는 심정도 이해는 가.

"참, 무코다 씨에게 소개해야겠군요. 이쪽은 이번에 바보 마스터 포획 회수 작전에 협력해주신 S랭크 모험가 파티 '심연의 관측자' 여러분입니다."

"으음, 안녕하세요……."

내가 고개를 숙이자 네 사람이 친근하게 손을 들어 인사했다.

"마침 여러분이 지상에 돌아와 계실 때라 정말 다행이었습니다. 바보 마스터는 바보라도 실력은 있으니 말이죠. 거기에 대응이 가능한 실력자에게 협력을 받을 필요가 있었습니다. 여러분의 협력 덕분에 다행히도 어렵지 않게 포획할 수 있었어요."

"원래 우리는 던전 전문이지만 말이죠. 하지만 평소 신세를 지고 있는 부길드 마스터의 부탁인데 어떻게 거절하겠습니까."

신관복을 입고 메이스를 허리에 찬, 정중하고 부드러운 말투를 쓰는 회복 마법 담당인 듯한 승려가 그렇게 말하자 다른 멤버들도 응응, 하고 고개를 끄덕였다. 듣자 하니 이 S랭크 모험가 파티 '심연의 관측자'는 던전을 전문으로 하는 모험가 파티인데, 최근 2년 가까이 드랭의 던전을 중점으로 활동하고 있었다고 한다.

"뭐, 당신한테 선수를 빼앗기기는 했지만, 우리도 그럭저럭 깊이 들어갔었다고."

덩치 큰 수인 멤버가 장난스럽게 말했다.

"그건 저기……."

우리 쪽에는 전설의 마수라 불리는 펜리르, 페르가 있어서 말이죠.

그 밖에도 픽시 드래곤인 드라 짱과 슬라임인 스이라는 강력한 아군이 있고요.

"다 실력 차이 때문이지. 어쩌겠어."

덩치 큰 인간족 멤버가 수인 멤버의 어깨를 턱, 하고 두드리며 말했다.

"그러고 보니 페르 님 일행은 어디 계십니까? 그분들께도 민폐

를 끼친 데다, 무코다 씨의 새로운 사역마인 에인션트 드래곤님께는 특히나 민폐를 끼친 듯하니 사과해두고 싶습니다만."

우고르 씨가 그렇게 말했다.

드랭에 있었을 때는 페르 일행과 함께 다니며 우고르 씨와 거래를 해서 그럭저럭 교류가 있었으니까.

그러다 보니 페르가 인간의 말을 할 줄 안다는 것도 당연히 알았다.

'심연의 관측자'의 멤버 네 명도 페르 일행, 그리고 새로운 사역마인 에인션트 드래곤, 곧 옹에게 관심이 많은 듯 보였다.

"다들 거실에 있는데요……."

내가 그렇게 말하자 땅바닥에 널브러진 엘랑드 씨가 "으읍~" 하고 다시 날뛰기 시작했다.

"흥, 시끄럽습니다, 바보 마스터."

그렇게 말하며 우고르 씨는 엘랑드 씨의 배 위에 올린 발에 다시 힘을 주었다.

"바보 마스터라면 걱정 마십시오. 이 사슬은 절대로 못 풀 테니까요."

자신만만한 우고르 씨의 이야기를 들어보니, 이 사슬은 귀족님의 의뢰를 처리하기 위해 특수 제작된 것으로(물론 제작비는 귀족님의 주머니에서 나왔다고 한다), 튼튼한 걸로 치면 천하제일이라는 모양이다.

그 의뢰는 무사히 달성되었지만 결국 이 사슬은 쓰이지 않았는데, 귀족님도 그런 물건은 필요 없다기에 길드에서 받았다고 한다.

이 튼튼한 사슬로 구속된 이상, 제아무리 실력자인 엘랑드 씨라 해도 그걸 끊고 자유로워질 수는 없을 거라는 거다.

"들으신 바대로 당신을 휘감은 그 사슬은 길드 창고에 보관되어 있던 그 특수 제작 사슬입니다. 실로 적절한 순간에 도움이 되는군요. 아무리 당신이라도 이걸 끊을 수는 없을 테니 얌전히 계십시오."

그 이야기를 듣고서야 단념한 것인지 엘랑드 씨가 조용해졌다.

과연, 그렇다면 녀석들을 불러도 괜찮을 것 같네.

그런 생각에 나는 모두를 부르러 갔다.

『핫하~ 꼴좋다!』

『저렇게 구속된 것도 다 자업자득이지.』

사슬에 묶여 땅바닥에 널브러진 엘랑드 씨의 모습을 보고 드라짱과 곤 옹이 신랄한 말을 쏟아냈다.

저런 발언을 하는 것도 이해는 되니 나무랄 수가 없네.

『이제야 사냥을 하러 갈 수 있겠군.』

『아싸~! 밖에서 놀 수 있어~.』

페르와 스이도 한시름 놓은 것 같다.

"페르 님, 오랜만입니다. 다른 분들께도 이 바보가 큰 폐를 끼쳐 죄송합니다. 책임지고 데리고 돌아갈 테니 안심하십시오."

우고르 씨가 페르 일행을 보고 사과했다.

『데리고 돌아가는 건 괜찮다만, 또 이 녀석이 이곳에 오면 그보다 큰 민폐가 없을 테지. 그런 부분은 괜찮은 게냐?』

우고르 씨의 말을 들은 곤 옹이 의심스럽다는 눈을 한 채 그렇게 대꾸했다.

"우고르 씨, 새로 사역마가 된 에인션트 드래곤인 곤 옹입니다."

"걱정하시는 게 당연합니다. 하지만 괜찮습니다. 이 이야기는 바보 마스터도 똑똑히 듣게 하지요."

우고르 씨가 엘랑드 씨를 밟고 있는 발에 힘을 준 것인지, 엘랑드 씨가 "으읍" 하고 신음했다.

"이번 건으로 인해 왕도에 계신 윗분들도 매우 화가 나셔서 말입니다. 지위에 맞는, 아니, 그 이상의 급료를 지불하고 있건만 직무를 유기하다니!! 이를 급료 도둑이라 하지 않으면 뭐라 한다는 말인가! 등등 차마 전해드리지 못할 만한 발언이 난무할 만큼 화가 나셨다는 모양입니다. 물론 이번 일도 이대로 넘어가지는 않으시겠답니다. 1년의 감봉과 더불어 윗분들이 됐다고 할 때까지 당신에게는 감시가 붙을 겁니다."

어, 어이쿠, 감시가 붙는다니.

엘랑드 씨의 장난이 과하기는 했던 모양이네.

"아 참, 그리고 당신의 감시역은 같은 엘프인 모이라 님입니다. 요전에 은퇴하셨지만 이번 일에 관한 이야기를 듣고는 흔쾌히 승낙해주셨다고 하더군요."

"으으으으읍~~~!!!"

신음하며 격렬하게 몸부림을 치는 엘랑드 씨를 보고 우고르 씨에게 물어보니, 그 모이라 씨라는 분과 엘랑드 씨는 같은 엘프라는 종족인데도 성격이 정반대라 거의 모든 면에서 뜻이 맞지 않는다는 모양이다.

모이라 님은 원래 왕도 모험가 길드에서 고위직을 지냈던 여성으로, 그 지위에 오른 것만 보아도 실력은 보장된 것이나 다름없다.

그리고 엘랑드 씨와는 정반대로 맡은 일을 하나씩 확실하게 해치워 나가는 착실한 타입으로, 납득이 안 되는 일이 있으면 딱 부러지게 말하는 사람이기도 하다는 듯했다.

그러다 보니 모이라 님은 당연히 엘랑드 씨처럼 일을 대충 하는 사람에게 가차 없이 폭풍과도 같이 주의를 퍼붓기 일쑤였다나.

그런 사람이 계속 붙어서 감시하게 되었다는 소리인데…….

뭐라고 위로의 말씀을 드려야 할지.

근데 자업자득이잖아요.

"그렇다면 안심해도 되겠네요."

"네에. 게다가 만약, 만약에 말입니다. 모이라 님의 감시의 눈을 피해 도망칠 경우에는 전국에 지명 수배령이 내려지게끔 되어 있습니다. 그렇게 되면 이 바보 마스터라도 전국의 모험가들을 상대로 무사히 도망칠 수는 없을 테니, 당연히 무코다 씨와 여러분을 만나러 올 수도 없겠죠. 그만큼 윗분들은 이번 일로 인해 화가 나신 겁니다."

전국 지명 수배라니. 그렇게 되면 또 이쪽에 와도 민폐만 될 텐데.

그 이전에 그런 일이 벌어지면 우리 집이 가장 먼저 경계의 대상이 될 테고.

"엘랑드 씨, 일이 이렇게 됐으니 포기하고 문제를 일으키지 않는 게 제일일 것 같네요."

그렇게 말하자 엘랑드 씨가 폭포수처럼 눈물을 흘렸다.

"뭐, 뭐어, 다시는 못 만나는 것도 아니잖아요."

그렇게 말하자 기대에 찬 눈빛으로 나를 올려다보았다.

"무, 물론, 금방은 무리겠지만, 조만간 드랭에 실례할 일이 있을지도 모르겠네요. 아마도……."

뭐, 당분간 드랭은 피할 생각이지만~.

그런 이야기를 우고르 씨와 하는 동안, '심연의 관측자'의 면면들은 옆에서 넋이 나간 듯 입을 헤벌리고 있었다.

십중팔구 우리 2대 거두인 페르와 곤 옹의 압도적인 존재감에 놀란 거겠지만.

"이야~ 이런 사역마가 있었다니, 선수를 뺏길 만도 했네."

덩치 큰 수인 멤버가 그렇게 중얼거리자 다른 멤버들도 응응, 하고 거듭 고개를 끄덕였다.

뭐, 드랭 던전을 공략했을 때는 페르와 드라 짱, 스이뿐이었고 최근 동료가 된 곤 옹은 없었지만 말이지.

'심연의 관측자' 여러분에게 그렇게 말했더니 쓴웃음만 지을 따름이었다.

"그러면 최우선 목표인 바보 마스터의 포획 및 회수도 끝났으니 슬슬 물러가도록 하겠습니다."

"그런가요. 우고르 씨, 카레리나에서는 언제 출발하십니까?"

우고르 씨에게는 무리한 부탁을 해서 이쪽으로 오게 했으니 식사 정도는 대접하고 싶은데.

"잠시 후 바로요."

"네? 그렇게 금방이요?"

"네. 이 바보 마스터를 당장에라도 업무에 복귀시켜야 해서 말입니다."

쉴 새도 없이 바로 돌아가시네.

"그렇다면 조금만 기다려주세요."

그렇게 말하고서 서둘러 부엌으로 향했다.

그리고 어제 저녁밥을 만들 때 여분으로 해둔 던전 소로 만든 규카츠*를 사용해 잽싸게 규카츠 샌드위치를 준비했다.

우고르 씨와 '심연의 관측자'분들이 먹을 만큼을.

그러고서 인터넷 슈퍼에서 어떠한 물건을 구입했다.

우고르 씨의 부인인 티르자 씨와 아들인 미하일 군, 그리고 딸인 미라나에게 보낼 선물이다.

내가 도움을 청하는 바람에 아버지이기도 한 우고르 씨가 장기간 집을 비우게 됐으니까.

이 정도는 해야지.

"오래 기다리셨습니다. 대단한 건 아니지만, 가는 길에 다 같이 드세요."

"감사합니다. 무코다 씨의 요리는 맛있으니, 감사히 먹겠습니다. 물론 바보 마스터한테는 안 줄 겁니다."

후후후, 저도 엘랑드 씨의 몫은 준비 안 했거든요.

"그리고 이거. 부인과 아이들에게 주세요. 우고르 씨를 장기간 빌리는 바람에 가족분들이 많이 허전해하고 계실 테니 사과의 의미로 드리는 겁니다."

---

* 돼지고기로 만드는 톤카츠(돈가스)와 달리 소고기로 만든 일본식 커틀릿.

인터넷 슈퍼에서 구입한 사탕 캔의 내용물만 병에 옮겨 담아 건넸다.

"사탕이라는 과자인데, 입 안에 넣고 녹여가며 맛보세요. 단것을 좋아한다고 하셨던 부인과 자제분들도 마음에 들어 하실 겁니다."

"배려해주셔서 감사합니다. 아내와 아이들이 좋아할 겁니다."

우고르 씨가 내게 받은 사탕을 조심스럽게 가방에 넣었다.

"그럼 이쯤에서 실례하겠습니다."

"멀리까지 와주셔서 감사합니다."

"아뇨아뇨. 저희야말로 바보 마스터가 큰 폐를 끼쳤습니다."

우고르 씨와 '심연의 관측자'의 면면들이 멀어지기 시작했다.

사슬에 꽁꽁 묶인 엘랑드 씨는 '심연의 관측자' 멤버가 짊어지고 옮기고 있었다.

"하아, 이걸로 한 건 해결됐네."

『음. 내일 바로 사냥하러 간다!』

『오, 괜찮은데? 저 녀석 때문에 집에 틀어박혀 있었더니 완전히 몸이 둔해진 것 같아. 내일은 사냥감을 왕창 잡아주겠어!』

『사냥~! 스이, 잔뜩 풋풋할래~!』

『호오~ 사냥이라니 재미있겠군. 나도 참가해보도록 할까.』

엘랑드 씨 때문에 집에 틀어박혀 지냈던 페르 일행은 이미 사냥 갈 생각으로 가득했다.

"사냥 가자는 말이 그다지 달갑지는 않지만, 이번에는 다들 오래 참았으니 어쩔 수 없나."

그런고로 내일은 다 같이 오랜만에 사냥을 가기로 했다.

오늘은 다들 아침부터 기운이 넘친다.

그럴 만도 한 게, 기다리고 기다렸던 사냥을 하러 가기로 했기 때문이다.

다들 평소보다 아침을 든든히 먹고 단단히 준비를 했다.

나는 평소와 마찬가지로 담백한 메뉴로 아침 식사를 했지만.

아무튼 사냥을 하러 출발하려던 참에 곤 옹이 제안을 했다.

『문득 떠올랐네만, 사냥터 중 제법 재미있는 장소를 알고 있는데 그곳에 가보시겠나?』

"재미있는 장소?"

『음. 깊은 숲인데 그중 일부 지면이 하늘 높이 솟아오른 장소가 있네. 그 솟아오른 부분의 정상에는 또다시 숲이 펼쳐져 있는데. 그 숲에 상당히 재미있는 마물이 많다네.』

일부가 하늘 높이 솟아오른 장소?

"어, 그건 평범한 산하곤 다른 거야?"

『아니. 산은 아니네. 으음~ 설명하기가 어렵구면…………. 오오, 그렇지, 주공이 요리를 늘어놓는 받침대가 있잖나.』

요리를 늘어놓는 받침대?

"……혹시 테이블을 말하는 거야?"

『그렇게 부르는지는 몰랐네만, 아마도 그것일 걸세. 그 '테이블'이라는 것과 비슷한 형태로 지면이 솟아올라서, 그런 식으로 윗

부분이 평평하게 되어 있네. 그 평평한 부분에 숲이 있는 게지.』

테이블 형태로 융기한 바위…….

언젠가 자연 다큐멘터리 계열의 TV방송에서 본 테이블산이 머리에 떠올랐다.

곤 옹이 말한 그 숲은 그 자연 다큐멘터리 방송에서 특집으로 다룬 기아나 고지 같은 곳일까?

하지만 기아나 고지 같은 곳이라면 사양하겠어.

비경이라 불릴 정도의 장소잖아.

이 이세계에서 기아나 고지와 비슷한 곳이라면 분명 사람이 거의 발을 들일 수 없는 장소일 거라고.

나도 여러모로 페르 일행에게 끌려다닌 덕에 이제 그 정도는 알아.

그런고로…….

"기각하겠어."

『어, 어째서인가?! 그곳에서만 잡을 수 있는 마물도 있어서 재미있건만!』

"아니아니, 그곳 말인데, 어디에 있는지는 모르겠지만 하늘 높이 솟구친 장소라면 곤 옹을 타고 가야 한다는 거잖아?"

『음. 그게 가장 빠른 방법일 터이니.』

"그것부터 문제야. 요전에 브릭스트에서 곤 옹을 타고 돌아올 때도 그 난리가 났었잖아."

곤 옹이 초거대한 모습이 되어 날려면 사전에 교섭이 필요하단 말이야.

고작 사냥을 가는 것뿐인데 모험가 길드에 사전 교섭을 부탁하기도 좀 그렇고.

"그런고로 그 제안은 기각하겠어. 가까운 곳으로 가도 되잖아."

카레리나 밖에도 숲은 널려 있다고.

기본적으로 이 세계는 도시를 제외하면 손도 대지 않은 자연투성이니까.

좌우간 중기계가 없다 보니 기본적으로 인력을 써야 하는 탓에 그렇게까지 개발이 안 되기도 했고.

『곤 옹, 확인을 좀 하지. 네가 말한 장소는 혹시 한가운데에 호수가 있나?』

지금까지 가만히 있던 페르가 곤 옹에게 말했다.

『오오, 있지, 있어. 한가운데에 맑은 호수가 있다.』

『역시 그랬군! 나도 꽤 오래 전에 가본 적이 있다! 분명 곤 옹의 말대로 재미있는 장소지. 그곳에는 분명 베……..』

페르가 부자연스럽게 말을 그쳤다.

"베, 다음은 뭔데?"

『아, 아무것도 아니다.』

……수상한데.

『곤 옹, 잠시 이리로.』

『무어냐?』

『글쎄 잠시 이리로 와보라고.』

『어디서 큰소리를 치는 게야.』

『좀 와보라니까!』

『나 원, 용건이 있거든 네가 오면 될 것이 아니냐.』

투덜대면서도 곤 옹은 페르가 있는 쪽으로 향했다.

그리고 얼굴을 맞대고 수군수군 이야기하기 시작했다.

『……에는…… 모스…… 있었지.』

『그래…… 다가…… 평소…… 볼 수 없는…… 좋…………』

『……한 우리…… 그곳…… 야지….』

『음………… 지만…… 직접…… 의…… 하지 않……………』

『……그러면………… 녀석에게…… 하게………… 잘만…… 하지 않…………?』

무슨 얘길 하는 거지?

아니, 왜 얼굴을 마주 본 채 고개를 끄덕이고 있는 건데?

『좋아, 곤 옹이 말한 장소로 사냥하러 간다.』

페르가 몸을 돌리며 그렇게 말했다.

"뭐? 나랑 곤 옹이 한 얘기 못 들었어? 기각하겠다고 했잖아."

『괜찮다. 곤 옹을 타고 가면 그리 오래 걸리지 않을 테니.』

"아니아니, 글쎄 그것 자체가 문제라니까. 곤 옹이 거대해지면 엄청난 소란이 벌어질 거라고."

『그렇다면 원래 크기로 돌아가지 않고 적당한 크기에서 멈추면 그만 아니냐.』

"뭐?"

적당한 크기?

『곤 옹, 당연히 가능하겠지?』

『당연하다. 적당한 크기라면, 평범한 드래곤 정도의 크기면 되겠느냐?』

『음. 그 정도면 우리 모두 탈 수 있겠지.』

아니아니아니, 평범한 드래곤 정도의 크기라니, 무슨 소릴 하는 거야?

너희들 하는 말이 죄다 이상하거든?

평범한 드래곤이 나타나도 인근 도시는 난리가 날 거라니까.

『좋아, 그러기로 결정이 났으니…… 가만, 이곳에서는 안 되겠군. 밖으로 나가야겠어. 결정이 났으니 어서 가지.』

"아니아니, 안 갈 거라니까. 기각하겠다고 했잖아. 사냥은 근처에서 하는 거야. 알겠지?!"

『거 참 시끄럽군. 아무튼 냉큼 타라.』

페르가 재촉하기에 마지못해 페르의 등으로 기어 올라갔다.

『어이, 스이. 곤 옹이 말한 장소에 간대. 페르도 재미있는 곳이라고 하니, 이거 기대해도 되겠어!』

『응! 스이도 기대돼~.』

"드라 짱도 스이도 뭔가 곤 옹이 말한 장소로 가려는 것 같은데, 안 갈 거거든?"

『어이, 속도를 낼 테니 입 다물어라.』

페르가 경고하기에 어쩔 수 없이 입을 다물었다.

그후, 우리 일행은 카레리나의 문을 지나 바깥으로 나왔다.

『좋아, 도시에서도 떨어졌으니 이곳이라면 문제없겠지. 곤 옹, 부탁한다.』

『음.』

"잠깐잠깐, 글쎄 안 된다니까!"

말릴 새도 없이 곤 옹이 커졌다.

『됐네. 타시게나.』

『좋았어.』

『네~에.』

드라 짱과 스이는 신이 나서 곤 옹의 등에 올라탔다.

"드라 짱이랑 스이, 고분고분하게 타지 마! 글쎄 안 된다고 했 잖아! 안 갈 거야! 애초에 곤 옹을 타고 가야 하는 장소면 오늘 중 에는 못 돌아온다는 뜻이잖아?"

『뭐, 나를 타고 가면 그리 오래 걸리지는 않겠지만 당일치기는 무리일 테지. 그렇게 하면 사냥을 할 시간이 없을 터이니.』

"그것 봐. 집에 있는 사람들한테는 사냥하러 다녀오겠다고만 했지, 밖에서 묵고 온다는 소리는 안 했다고. 걱정할 것 아냐."

『녀석들이라면 문제없을 거다.』

"문제없을 거라니, 그렇게 쉽게 말하지 말라고, 페르. 문제가 넘쳐나니까!"

『에에잇, 시끄럽다! 얼른 타기나 해라!』

답답했는지 페르가 내 옷의 목덜미 부분을 물어 휙, 하고 곤 옹 의 등으로 던졌다.

"잠깐, 무슨 짓이야! 우와악."

페르가 잽싸게 곤 옹의 등에 올라타더니 『출발이다』라고 말했다.

『알았다.』

곤 옹이 페르의 말에 답하더니 날아올랐다.

이럴 때만 자연스럽게 연계하다니, 치사하잖아!

"알았다고 하지 마, 안 된다니깐! 내려줘, 곤 옹!"

『이보시게, 그렇게 말을 해도 괜찮겠나? 본래의 크기가 아닌 만큼 안정성도 떨어져서 추락하기도 쉬울 터인데.』

"……뭐?"

『꽉 잡고 있으라는 말일세.』

무의식중에 곤 옹의 목에 달라붙었다.

『좋아, 준비는 다 됐군. 그럼 출발이다.』

"글쎄 안 된다고 몇 번을 말해야 알겠어어어어어어어."

나, 페르, 드라 짱, 스이를 태운 곤 옹은 너른 하늘로 날아올라, 유유히 비행했다.

『어이, 도착했다.』

곤 옹의 목에 달라붙어 눈을 감고 있던 내 머리를 페르가 쿡쿡 찔렀다.

"건드리지 마~."

나는 부루퉁해져서 곤 옹에게서 내렸다.

아침 일찍 카레리나를 나섰는데 어느샌가 해가 머리 위로 이동해 있었다.

"나 참, 그렇게나 안 된다고 했는데 말을 안 들어요……."

불평을 하며 주변을 둘러본 나는 그 광경을 보고 입이 떡 벌어졌다.

"저건 대체 몇 년이나 된 나무일까……."

멀리서 보아도 거목이라는 걸 알 수 있는 나무들이 울창하게 자라나 있었다.

『우와아~ 커다란 나무가 잔뜩 있어, 주인~.』

『제법 운치 있는 숲이네. 이거 사냥감 쪽도 기대해도 되겠는걸!』

스이와 드라 짱은 천진난만하게도 들떠 있었다.

"이곳이 곤 옹이 말했던 장소야?"

『음. 정상에 자리한 숲 한가운데 부근이라네. 이곳은 예전에 내가 사냥감을 쫓아 날뛰었던 여파로 인해 이렇게 되었지.』

어쩐지 숲 한복판인데도 넓은 공터 같더라니.

그나저나 상상을 훌쩍 뛰어넘는 비경인데……?

이건 숲이 아니라 정글이라고 표현해야 맞겠어.

꼭 CG로 복원한 공룡이 득시글거리는 쥐라기 시대의 정글 같다.

키익키익, 이라든지 쿠와아아아악 등, 무언가의 울음소리가 끊임없이 들려오기도 해서 더더욱 그런 생각을 거둘 수가 없었다.

……새삼스럽지만 아무리 봐도 위험한 장소 같은데.

그런 생각을 하며 뺨을 실룩거리고 있자, 그런 나는 아랑곳 않고 녀석들이 떠들어대기 시작했다.

『어이, 그런 건 아무래도 좋다. 당장 사냥하러 간다.』

『너는 성미도 급하구나. 뭐, 됐다. 가보실까.』

『그래! 가자고! 손이 근질근질하네~.』

『스이, 잔뜩 쓰러뜨려서 일등할 거야~.』

『이 녀석, 스이~ 그런 소리를 하다니. 일등은 무조건 나라고.』

『스이가 일등할 거야~.』

『좋아, 그럼 경쟁해보자!』

페르, 곤 옹, 드라 짱, 스이는 완전히 사냥 모드로 전환해서 당장에라도 뛰쳐나갈 듯했다.

"잠깐잠깐! 나는 어쩌고?"

『음? 평소처럼 여기서 우리의 저녁밥 준비라도 하고 있으면 되지 않느냐.』

"아니아니아니, 이런 곳에 무서워서 어떻게 혼자 있으라고!"

『결계도 쳐두고 갈 테니 괜찮을 거다.』

"페르 넌 매번 그렇게 말하지만~. 이런 곳에 혼자 있기는 싫다고."

이런 데서는 차분하게 저녁 식사를 만들 수가 없거든?

『이봐라, 페르. 네 결계로 베히모스의 공격은 막을 수 있는 게냐?』

················방금, 뭔가 위험한 고유명사가 들린 것 같은데.

환청이라도 들은 걸까?

"곤 옹, 무엇의 공격이라고?"

『음? 베히모스 말이네.』

『곤 옹, 그 이야기는 비밀이라고 했을 텐데.』

콧숨을 푹 내쉬며 페르가 어이없다는 투로 말했다.

『아아, 그러했지! 하지만 뭐, 이미 사냥터에 도착했으니 상관없지 않으냐.』

··················.

"베히모스면, 드랭 던전 최하층에 있던 그거?"

『맞다.』

"그게 여기 있다고?"

『음. 전에 내가 이곳에 왔을 때는 있었다.』

『내가 왔을 때도 있었지.』

"야생이라는 뜻이야?"

『그런 셈이지.』

·················.

『야야, 들었어, 스이? 야생 베히모스래! 크으~ 그 녀석과 또 붙을 수 있다니! 무진장 기대된다!』

『베히모스~?』

『그래. 왜, 드랭 던전의 제일 아래층에 있던 보스 말이야.』

『아~ 생각났어~! 풋풋해도 좀처럼 안 먹혔던 녀석~.』

『그래그래, 그게 있대.』

『우와아~ 기대된다~.』

·················.

드라 짱과 스이의 대화는 얼핏 들으면 훈훈하게 들렸지만, 내용은 흉흉하기 그지없었다.

그나저나······.

"야생 베히모스가 있다는 얘긴 안 했잖아아아아아아아!"

부스럭부스럭——.

나뭇가지가 흔들리는 소리에 놀라서 그게 들린 쪽으로 고개를 돌렸다.

"뭐야, 바람에 흔들린 것뿐인가……."

현재 절찬 요리 중이다.

결국 처음에 내려선 공터에 혼자 남아 모두가 먹을 저녁 식사를 준비하며 기다리게 되었다.

페르의 결계와 곤 옹이 쓸 수 있다는 마법 결계까지 이중으로 걸린 상태다.

페르와 곤 옹은 이거라면 베히모스와 맞닥뜨려도 괜찮을 거라고 큰소리를 쳤다.

그러니 괜찮을 거다, 아마도.

진짜 너희만 믿는다, 페르, 곤 옹.

어쨌든, 먹보 콰르텟인 페르와 곤 옹과 드라 짱과 스이는 결계를 치고서 사냥을 하러 떠나고 말았다.

나도 이런 곳에 혼자 있기는 싫어서 버텨봤지만, 페르 녀석이 『저녁을 만들고 기다리고 있어야 배가 고픈 상태로 돌아왔을 때 금방 먹을 수 있을 것 아니냐』라느니 『네가 있으면 온힘을 다할 수가 없기도 하고』라느니 이런저런 변명을 해대서…….

일단 배려를 해준 것인지 대놓고 말하지는 않았지만 저렇게까지 말하면 나도 무슨 뜻인지 알아듣는다고.

사실은 걸리적거린다고 말하고 싶은 거잖아.

그런 거라면 차라리 딱 잘라서 말을 하라고.

그런 식으로 배려를 하려고 들면 괜히 더 슬퍼지니까!

그러한 대화를 거쳐 내 쪽에서 "여기서 기다릴게"라고 말했다.

그도 그럴 게, 걸리적거릴지도 모르는데 억지로 따라가는 것도 좀 그러니까.

내 말을 들은 녀석들은 신이 나서 사냥을 하러 출발했다.

빠르기도 하더라, 진짜로.

그런고로 이곳엔 나 혼자뿐이다.

하지만…….

"크아아아아앙……."

멀리서 무언가의 울음소리가 들려올 때면.

무의식중에 움찔하게 되었다.

이런 상황에 혼자 있으면 사소한 소리만 들려도 움찔움찔하게 된다는 말이지.

"지, 진정해라, 나. 페르랑 곤 옹도 이 결계라면 뭐가 오든 괜찮을 거라고 했잖아."

나 자신을 설득하듯 말했다.

"후우~. 요리에 집중하자, 신경 쓸 것 하나도 없어."

지금 만들고 있는 것은 고기 경단이다.

요전에 스이의 도움을 받아서 잔뜩 만들었던 다진 고기를 쓰려는 거다.

고기 경단을 넉넉하게 만들어서 탕수 소스를 곁들인 고기 경단을 메인으로 두고, 수프도 만들 생각이다.

볼에 던전 돼지의 다진 고기, 다진 양파, 계란, 빵가루, 술, 참

기름, 다진 생강(튜브에 든 것), 간장, 소금과 후추를 넣고 섞던 중이었다.

마음을 가라앉히고 계속하자.

볼 안에 든 것을 찰기가 생길 때까지 열심히 섞는다.

마음을 비우고 마구 반죽한다.

"좋아, 이 정도면 되겠지."

고기 경단의 토대가 완성되면 적당한 크기로 둥글게 빚어나간다.

기름에 튀기면 약간 쪼그라드니 다소 큼직하게 빚는다는 느낌으로.

고기 경단을 다 빚고 나면 그걸 노르스름한 색이 될 때까지 기름에 튀긴다.

"응, 좋아, 잘 되고 있어."

키친타월을 깐 트레이에 노르스름하게 튀겨진 고기 경단을 옮겨놓는다.

그 뒤에도 계속해서 마찬가지로 고기 경단을 튀겨 나간다.

페르 일행에게 먹이려면 좌우간 많은 양을 준비해야 한다.

나는 계속해서 대량의 고기 경단을 튀겨 나갔다.

"후우, 다 끝났다."

고기 경단을 다 튀기고 나면 탕수 소스를 만든다.

냄비에 물, 케첩, 식초, 간장, 설탕, 술, 맛술, 전분을 넣고 걸쭉해질 때까지 가열한다.

그런 다음 프라이팬에 고기 경단을 넣고 불을 켜고, 걸쭉해진 탕수 소스를 넣어 고기 경단과 잘 섞어준다.

그릇에 양상추를 깔고 그 위에 탕수 소스와 버무린 고기 경단을 담은 후, 끝으로 흰깨를 우수수.

"탕수 소스를 곁들인 고기 경단 완성."

맛보기로 하나를 입에 넣어 보았다.

"아뜨, 후하, 후우⋯⋯. 맛있어! 겉은 바삭하고 속은 부드러운 고기 경단과 달콤한 맛의 탕수 소스가 끝내주게 잘 어울려."

하나 더 먹어볼까 고민하던 중에, 귀를 찢을 듯한 포효가 주변을 감쌌다.

"크오오오오오오오오."

화들짝 놀라 뒤를 돌아보니⋯⋯.

눈에 익은 거구가 나무들을 쓰러뜨리며 이 공터로 침입하고 있었다.

"베, 베, 베히모스다아아아!"

허둥대는 나는 아랑곳 않고 베히모스는 내게 시선을 고정한 채 땅울림을 일으키며 일직선으로 나에게 돌진해 왔다.

"어, 잠깐, 잠깐잠깐잠깐! 이쪽으로 오지마아아아아!"

소중한 마도 버너를 그대로 둔 채 달려서 도망치려 했지만 거구인데도 상당한 스피드를 지닌 베히모스에게 금방 따라잡히고 말았다.

"크오아아아아아아아아."

그리고 치켜들었던 두꺼운 앞발이 머리 위로 떨어졌다.

찌부러진다——.

이젠 끝장이라는 생각에 눈을 꼭 감았다.

…………어라?

아무런 충격도 오지 않는다.

아닌 게 아니라, 저런 것한테 짓밟히면 무조건 즉사일 텐데도 아직 의식이 붙어있다.

쭈뼛거리며 눈을 떠 보니 머리 위에 검은 그림자가 있었다.

위로 시선을 옮기자 베히모스의 검은 발바닥이 보였다.

"페르와 곤 옹이 친 결계 덕분인가! 사, 살았다!"

살았다고 안심한 것도 잠시뿐.

베히모스는 나를 짓밟지 못해 화가 난 것인지, 몇 번이고 앞발을 치켜들어 짓밟으려 들었다.

"크아오오오오오오오오."

쿵, 쿵, 쿵, 쿵——.

"그, 그만해!"

쿵, 쿵, 쿵, 쿵, 쿵, 쿵, 쿵, 쿵——.

"그만 포기하라고~. 그나저나 이 결계의 내구성은 괜찮은 거겠지?"

결계 덕분에 살기는 했지만 베히모스의 집요한 공격에 이번에는 내구성이 걱정되기 시작했다.

"아, 정말~ 포기하고 저리 가라고~!"

내 부탁이 통했는지 베히모스의 짓밟기 공격이 그쳤다.

"가만, 이번에는 깨물기냐아아아아아!"

날카로운 이빨이 돋아난 베히모스의 커다란 입이 다가왔다.

하지만 그것도 페르와 곤 옹이 친 결계에 막혔다.

베히모스는 나를 잡아먹으려고 사방팔방에서 깨물기 공격을 퍼부었다.

"크르르르르르르르."

분하다는 듯이 베히모스가 나를 쳐다보았다.

"저리 가~ 저리 가~ 빨리 저리 가라고~. 얘들아아, 빨리 좀 돌아와~."

언제 결계가 깨질지 몰라 마음을 졸이며 베히모스가 떠나기를 가만히 기다렸다.

나의 그런 바람과 달리, 베히모스는 이어서 마도 버너 옆에 자리한 작업대에 놓여 있던 대량의 고기 경단을 노리기 시작했다.

쿵쿵, 소리를 내며 그쪽으로 몸을 돌린 베히모스는 그곳에 놓여 있던 고기 경단을 트레이와 그릇째 집어삼켰다.

그리고 다 먹고서 겨우 떠나가는가 싶었더니, 무슨 생각인지 마도 버너 위에 있던 기름과 탕수 소스까지 냄비째로 으적으적 먹기 시작했다.

"끄악~~~ 그만둬~!!!! 마도 버너에 이빨이 닿았잖아아아아아아아아!"

내 소중한 마도 버너가 부서진다아아아아아!

『페르, 곤 옹, 드라 짱, 스이, 다들 빨리 좀 돌아와~!!!』

나는 어디에 있는지도 모를 모두에게, 닿을지 어떨지도 모르는 염화를 날렸다.

그러는 동안에는 베히모스는 아주 자유분방하게 이어서 만들려고 준비하고 있던 고기 경단 수프의 재료며 꺼내둔 조미료까지 모조리 먹어치웠다.

마도 버너 쪽은 너덜너덜하게 찌그러져서 뒤로 쓰러지기까지 했다.

너무도 처참한 광경에 슬슬 화가 나기 시작했다.

"이 망할 놈의 베히모스가!"

아이템 박스에서 스이 특제 미스릴 창을 꺼내서 찔렀다.

"젠장, 뭐가 이렇게 단단해!"

끝내주게 날카로운 미스릴 창도 베히모스의 단단하고 두꺼운 가죽에 가로막혀 날이 박히질 않았다.

"이 자식, 이 자식~!"

몇 번이나, 계속해서 찌르려 했지만 소용이 없었다.

그런 나를 비웃듯이 베히모스가 나를 향해 앞발을 휘둘렀다.

"크악."

나는 수십 미터나 날아가 땅에 곤두박질치고서야 멈췄다.

"제, 젠장~."

"크어엉."

"켁, 벌써 왔네."

이미 눈앞까지 다가온 베히모스가 먹을 것을 더 내놓으라는 듯이 나를 공처럼 굴리며 농락했다.

"아 정말, 빨리 어디로든 가버리라고~~~!"

페르와 곤 옹의 결계 덕분에 대미지는 없지만 갓 만든 고기 경단을 먹어치우고, 소중한 마도 버너는 부수는 등의 행패를 부린 만악의 근원 베히모스. 이 녀석이 빨리 어딘가로 가버리기를 필사적으로 기도하지 않을 수 없었다.

그렇게 얼마 동안 농락당하던 중.

베히모스의 움직임이 갑자기 멈췄다.

그리고 발걸음을 돌리더니 쏜살같이 숲속으로 달려가 버렸다.

"뭐, 뭐지?"

베히모스가 드디어 떠난 것을 확인하고서 안심하며 일어났다.

그리고 다시금 눈앞에 벌어진 참상을 보고 어깨를 축 늘어뜨렸다.

"하아~ 이걸 다 어떻게 하냐고."

요리는 다시 만들면 그만이지만 너덜너덜하게 파손된 마도 버너는 어쩔 방도가 없다.

"이렇게까지 부서졌으니 수리도 못 하겠지……."

지금까지 애지중지하며 애용해 왔던 마도 버너인데.

어깨를 축 늘어뜨리고 있던 중에 페르 일행이 돌아왔다.

『빨리 돌아오라는 염화를 듣고 곤 옹을 타고 돌아왔다만…… 무슨 일이 있었던 거냐?』

너덜너덜해진 마도 버너를 보고 페르 일행도 놀란 눈치였다.

"베히모스야, 베히모스."

저녁 준비를 하고 있었는데 베히모스가 나타나서 갖은 행패를 부리고 간 일을 모두에게 이야기했다.

"나 자신은 페르랑 곤 옹의 결계 덕분에 멀쩡하지만 말이야."

『당연하다. 나와 곤 옹의 결계니까. 베히모스 따위의 공격으로 뚫을 수 있을 리가 없지.』

『음. 그 결계를 뚫을 수 있는 건 친 당사자인 우리 정도뿐일 게야.』

"하지만 저녁 식사로 준비했던 고기 경단은 녀석이 다 먹어치웠고 마도 버너도 부쉈어."

『뭐라고?! 우리의 저녁밥을 먹어?!』

"그래, 베히모스가 말이야."

『이 녀석~ 우리의 밥을 먹다니, 절대로 용서 못 한다.』

『음. 우리의 저녁밥을 멋대로 먹은 녀석은 만 번 죽어 마땅하지.』

『열 받네. 죽여버리자.』

『이봐라, 페르, 드라여. 스이는 아직 잘 이해가 안 된 모양이다. 어쨌든 내일은 베히모스 사냥에 나서보자꾸나.』

『당연하다, 곤 옹. 우리의 것을 가로채면 무사할 수 없다는 것을 몸소 깨닫게 해줄 필요가 있으니 말이야.』

『하하하, 맞는 말이네. 우리를 얕보면 어떻게 되는지 뼈저리게 알게 해주자고.』

페르, 곤 옹, 드라 짱이 대담한 미소를 지은 채 말했다.

저기, 다들 무섭거든?

뭐, 베히모스한테는 나도 화가 나서 말릴 생각이 없지만.

하아, 그나저나 피곤하다.

모두가 돌아와서 안심한 탓인지 피로가 한꺼번에 밀려들었다.

『있지있지, 주인~ 괜찮아~?』

피곤해서 땅바닥에 주저앉아 있자 스이가 다가왔다.

"아아, 괜찮아. 조금 피곤한 것뿐이야."

『있잖아, 스이, 배고파~.』

"그렇구나. 하지만 미안해. 저녁밥을 준비하고 있었는데 베히모스가 먹어치웠어. 그러니까 오늘의 저녁밥은 달콤한 빵이야."

인터넷 슈퍼를 띄워 단과자빵을 대량으로 구입했다.

『에이~ 스이는 단것도 좋지만, 저녁밥은 고기를 먹고 싶었는데~.』

"미안해, 스이. 내일 집에 돌아가면 오늘 먹으려고 했던 고기경단을 만들어줄 테니까, 오늘은 참자."

『피이~.』

『삐치지 마, 스이. 나쁜 건 우리의 저녁밥을 먹은 베히모스니까. 내일은 그 베히모스를 쓰러뜨리러 가자.』

『스이의 저녁밥을 먹어버린 베히모스는 나쁜 베히모스! 나쁜 베히모스는 아주아주 많~이 풋풋해서 쓰러뜨려버릴 거야!』

스이도 베히모스 퇴치에 의욕을 내비치기 시작했다.

"아 참, 내일은 나도 따라갈 거야."

『음, 따라오겠다고?』

"조금 무섭지만 갈래. 왜냐하면 소중한 마도 버너를 부숴 먹었잖아. 한 방이라도 먹여줘야 분이 풀릴 것 같아서 그래."

이리하여 내일 베히모스 사냥에는 나도 따라가기로 결정이 되었고, 우리는 내일에 대비해 저녁 식사로 오랜만에 단과자빵을 배불리 먹고 잠에 들었다.

다음 날 아침, 부서진 마도 버너 대신 최근에는 거의 사용하지

않게 된 그리운 가스버너를 사용해 페르가 주문한 고기를 듬뿍 넣은 야키니쿠 덮밥을 만들어 모두에게 아침 식사로 주었다.

든든하게 아침밥을 먹은 후에는 베히모스 사냥에 나섰다.

빠르게 끝을 볼 수 있도록 곤 옹의 등에 타고 베히모스를 찾기 시작했다.

소중한 마도 버너를 부순 베히모스를 퇴치하기 위한 일이니, 이번에는 나도 마음을 단단히 먹고 곤 옹에게 올라탔다.

"곤 옹, 탔어."

『좋아, 준비됐다, 곤 옹.』

『다들 탔어.』

『와~아, 난다, 날아~.』

『그럼 가보실까.』

곤 옹이 모두를 태우고 상공으로 날아올랐다.

"우, 우오오~."

높은 곳을 싫어하는 나는 무의식적으로 신음 소리를 흘렸다.

『페르, 탐색 쪽은 네게 맡기마.』

『맡겨둬라. 베히모스 정도는 금방 찾아내 줄 테니.』

탐색은 페르에게 맡겨두면 문제없을 거다.

『곤 옹, 저쪽이다.』

『음, 알았다.』

페르의 지시에 따라 울창한 숲의 상공을 수십 분 동안 날던 끝에.

『저곳이다.』

페르의 시선을 좇아보니 울창한 숲속에 오도카니 자리한 동굴이 보였다.

이것도 상공에서 보았기에 알 수 있는 광경이었다.

『여기까지 오고 나니 내게도 보이는군.』

그렇게 말하며 곧 옹이 고도를 낮춰 동굴 앞에 내려섰다.

『이 동굴 안에 베히모스가 있는 거야?』

드라 짱이 안을 들여다보려는 듯이 커다랗게 뚫린 동굴 앞으로 날아갔다.

『나쁜 베히모스 나와라~!』

스이는 의욕이 넘치는지 통통 뛰며 그런 소리를 했다.

나는 드디어 베히모스와 마주하겠구나 싶어서 긴장하고 있었지만 스이를 보니 긴장이 풀리기 시작했다.

스이, 염화라서 베히모스한테는 안 들려.

『어이, 여기 있는 거 다 안다!』

페르가 동굴에 대고 소리쳤다.

하지만 아무 반응도 없었다.

"저기, 정말로 있는 거야?"

페르의 말은 믿을 수 있지만 동굴에서 아무 소리도 들리지 않기에 나도 모르게 그런 물음이 튀어나왔다.

『있다. 내 말이 틀릴 리 없지 않으냐. 베히모스는 틀림없이 이곳에 있다.』

페르의 그 말을 듣고 드라 짱과 스이가 동굴에 대고 외쳤다.

『야, 임마, 얼른 나오라고~ 베히모스~!』

『베히모스, 나와라~!』

드라 짱, 스이, 글쎄 너희 목소리는 염화라 안 들릴 거라니깐.

의욕을 불사르며 염화로 상대를 부르는 둘을 보고 나는 쓴웃음을 지었다.

『안 나오겠다면 이쪽에서 가는 수밖에 없겠군!』

베히모스가 좀처럼 모습을 드러내지 않자 곤 옹이 재촉을 하듯 동굴에 대고 소리쳤다.

그러자 쿵쿵, 동굴 안쪽에서 이쪽을 향해 다가오는 발소리가 들려왔다.

『온다!』

페르의 그 말과 함께 모두가 일제히 동굴 입구에서 펄쩍 뛰어 물러났다.

"크아오오오오오오오오."

베히모스가 고함을 지르며 나타났다.

『하하~ 드디어 나왔구나!』

『나쁜 베히모스~! 스이가 쓰러뜨릴 거야~!』

모습을 드러낸 거대한 베히모스를 보고 드라 짱과 스이가 투지를 불살랐다.

『우리의 저녁밥을 가로챈 죄, 죽음으로 속죄해라.』

『상대를 잘못 골랐구나. 뭐, 이 세상은 약육강식이라는 것은 너도 잘 알 테지. 나쁘게 생각하지 말거라.』

페르와 곤 옹도 의욕이 넘친다.

다 같이 상대하는 건 전력적으로 다소…… 아니, 상당히 지나친 것 같지만 상대는 그 흉포한 베히모스다.

이렇게 하는 편이 아무리 생각해도 안전하다.

『페르와 곤 옹은 손대지 마!』

『스이가 쓰러뜨릴 거야~.』

처음에는 드라 짱과 스이가 공격할 모양이다.

이러니저러니 해도 저 둘도 강하니까.

하지만 녀석들이 베히모스를 공격하기 직전에 나는 보고 말았다.

"잠깐 스톱~~~!!!"

큰소리로 외치며 허둥지둥 드라 짱과 스이를 말렸다.

『뭐야, 갑자기!』

『주인~ 왜 말리는 거야~?』

드라 짱과 스이는 내가 느닷없이 제지한 게 불만인 듯했다.

"베히모스의 발치, 배 아래쪽을 봐!"

뒷발 사이, 배 아래쪽 부근에 작은 베히모스 두 마리가 붙어 있었다.

『뭐야, 새끼가 있었어?』

『작은 베히모스가 있어~.』

나를 공격한 베히모스는 새끼가 있었던 모양이다.

"크오아아아아아아아."

베히모스가 새끼를 보호하려는 듯이 우리를 위협했다.

명백하게 차원이 다른 상대인 페르와 곤 옹에게 둘러싸였음에도 필사적으로 새끼를 지키려 하고 있다는 것이 전해져 왔다.

『뭐냐, 새끼가 있는 게 뭐 어쨌다는 거지?』

"아니, 그게, 새끼가 있다면 이야기가 좀 달라진다고나 할까⋯⋯. 가만, 페르는 새끼가 있다는 걸 알았어?"

『당연하다.』

"뭐야~ 그러면 그렇다고 말을 하라고."

『왜지? 새끼가 있으니 용서해주겠다는 거냐?』

"아니, 용서하고 말고를 떠나서 말이야⋯⋯. 왜, 새끼가 있는데 토벌해버리면 뒷맛이 씁쓸할 것 아냐. 새끼만 남겨두면 살아남지 못할지도 모르고."

베히모스는 새끼에게 젖을 주기 위해 많이 먹어야만 했던 게 아닐까, 라는 생각이 머리를 스치자 한 방 먹여주려고 벼르고 있던 마음도 수그러들고 말았다.

『주공, 그것도 세상의 섭리라네. 그 새끼가 진정한 강자라면 살아남을 수 있을 게야.』

『곤 옹의 말이 맞다.』

그런 소릴 한들 말이지⋯⋯.

"아무리 베히모스라 해도 새끼 베히모스들끼리 이 비경에서 살아남을 수 있을 거라는 보장은 없잖아⋯⋯."

『에에잇, 꿍얼꿍얼 귀찮게 굴긴. 정 그렇다면 새끼까지 같이 사냥해주마!』

답답했는지 페르가 한 걸음 앞으로 나아가며 그런 소리를 했다.

"안 돼! 그건 절대로 안 돼!"

어미 베히모스는 마도 버너를 부쉈고, 그 사실을 떠올리면 분명 화가 나긴 하지만 새끼에게는 아무 죄도 없다.

그런 새끼까지 같이 토벌하게 둘 순 없다.

『나 원. 주공은 무르군그래. 그럼 어찌하실 것인가?』

어떻게 할 거냐니…….

『어이어이, 어쩔 거야? 해치워도 되는 거야?』

『나쁜 베히모스 안 쓰러뜨려~?』

동작을 멈췄던 드라 짱과 스이도 어쩔 거냐고 염화로 물어왔다.

그러던 그때, 작은 울음소리가 들려왔다.

"크르으응."

"크르르르."

새끼 베히모스가 바들바들 떨면서 불안한 듯한 울음소리를 냈다.

그걸 보고 나니 도저히 토벌할 수가 없었다.

"관두자, 관둬. 그냥 가자."

그렇게 말하자 모두가 일제히 『에이~』하고 항의했지만 내 마음은 바뀌지 않았다.

물러 터졌다고 할지도 모르지만 이게 나니까 어쩔 수 없잖아.

"그만 됐다고! 부서진 마도 버너는 다시 사면 그만이야. 다행히 너희들 덕분에 돈은 썩어날 만큼 많으니까."

『하아……. 뭐어, 약하고 물러터진 너다운 말이기는 하다만.』

"이것 봐, 약한 건 이거랑 상관없잖아, 페르~."

『아니아니, 페르 말이 맞잖아. 그러면 저녁밥을 빼앗긴 것에 대한 화는 어디서 풀라는 거야?』

"아~ 그래그래, 그렇다면 집에 돌아가서 빼앗긴 것과 같은 고기 경단을 만들어줄게."

『그래 봐야 그 요리를 빼앗겨서 우리가 못 먹었다는 건 변함없잖아?』

끄으응, 드라 짱의 지적이 오늘따라 날카롭네.

"그래그래, 알겠어. 그러면 지금 다진 고기가 잔뜩 있으니까, 다진 고기 파티를 열어줄게. 햄버그스테이크에 멘치카츠, 그 밖에도 이것저것 만들어주겠다고."

『햄버그~! 있지있지, 주인~ 하얗고 흐물흐물한 치즈가 든 것도 만들어 줘~!』

햄버그스테이크를 아주 좋아하는 스이는 치즈가 든 걸 먹고 싶은 모양이다.

"치즈 햄버그스테이크라. 알았어, 많이 만들어줄게."

『와아~ 신난다~!』

스이가 기쁜 듯이 통통 튀어 올랐다.

『좋아, 돌아가지. 지금 당장.』

페르는 그 요리들의 맛이 떠올랐는지 침을 뚝뚝 흘리며 그렇게 말했다.

『후하하, 내가 아직 먹어본 적 없는 요리가 많은 모양이로구먼. 기대하고 있겠네.』

곤 옹의 관심도 아직 보지 못한 요리 쪽으로 옮겨간 모양이다.

"좋았어~ 집으로 돌아가면 저녁 식사는 다진 고기 파티다!"

우리 일행은 왔을 때와 마찬가지로 곤 옹을 타고 냉큼 그곳에서 철수했다.

제 5 장

무코다, 길드 마스터에게 설교를 당하다

"다녀왔어~."

카레리나 교외에 착륙한 우리는 그대로 도시로 들어가 집으로 향했다.

말을 걸자 문지기를 맡고 있던 쌍둥이가 "역시 무사했잖아"라고 투덜댔다.

"아~ 무단 외박해서 미안해. 사냥하러 간 곳이 생각보다 멀었어."

"우리 전직 모험가팀은 무코다 씨라면 괜찮을 줄 알았지만, 토니와 앨번네는 걱정했다고."

"그래그래. 페르 님과 곤 옹님이 있는데 무슨 일이 생기는 게 더 이상하다고 몇 번이나 말했는데 말이야."

펜리르와 에인션트 드래곤, 2대 거두가 있는데도 무슨 일이 생긴다면 분명 그게 더 이상한 일이겠지, 하하하.

그보다 토니와 앨번 가족에게는 미안한 짓을 했네.

다 그런 곳에 가자고 한 페르와 곤 옹 때문이라고.

『어이, 왜 노려보는 거냐.』

『주공에게 눈총을 받을 만한 짓을 했던가?』

하아…….

뭐, 됐어.

얼른 가서 토니와 앨번 일행을 안심시켜 줘야지.

"다녀왔어."

정원 손질을 하고 있던 토니와 앨번을 비롯한 남성진에게 말을 붙였다.

"무코다 씨!"

내 근처에서 나무를 손질하고 있던 앨번이 뒤를 돌아보고 화들짝 놀랐다.

"앨번, 밭일은 다 끝난 거야?"

"아침 중에 끝냈으니 괜찮습니다. 그보다 무사하셔서 다행입니다."

앨번과 대화하는 동안 다른 남성진들도 모여들었다.

"하하, 다들 미안해, 무단 외박해서. 페르랑 곤 옹이 사냥하러 가고 싶다고 한 곳이 생각보다 멀지 뭐야."

다들 우리…… 아니, 내가 무사히 돌아와서 안심한 눈치였다.

우리 종업원들한테 괜한 걱정을 끼쳤네.

역시 말을 하고 떠났어야 했어.

미안한 짓을 했네.

안채에서 일하고 있던 여성진들도 마음을 졸이며 기다리고 있었는지 내 얼굴을 보고는 하나같이 안심한 표정을 지었다.

롯테는 "무코다 오빠, 어디 갔었어?! 아무 말도 없이 나가면 안 되거든?!" 하고 호통을 치기도 했다.

내가 돌아오지 않자 걱정하는 어른들을 보고 롯테도 많이 불안했던 모양이다.

거듭 말하는 거지만, 이게 다 그런 곳에 가자고 한 페르와 곤 옹 때문이라고.

나 참.

그다지 멀지 않다는 곤 옹의 말은, 인간의 기준으로는 엄청나게 멀다는 뜻이라는 걸 아주 잘 알았어.

앞으로는 조심해야지.

그렇게 일동을 안심시킨 후에는 페르 일행과 약속했던 다진 고기 파티 준비에 착수했다.

어쩐지 속는 듯한 느낌인 데다, 사건의 발단이 된 것은 그런 곳에 가자고 한 페르의 곤 옹의 말이었지만 약속은 약속이니까.

베히모스가 먹어치운 고기 경단과 그때 만들려고 했던 고기 경단 수프에 스이가 주문한 치즈 햄버그스테이크, 그리고 미트로프에 멘치카츠, 스카치 에그 등, 생각나는 다진 고기 요리를 모조리 만들어줬다.

그걸 내놓았더니 다들 눈빛이 바뀌어서 우걱우걱 먹었더랬다.

식사 중에 페르와 곤 옹이 염화로『그러고 보니 그곳 호수에 있는 물고기를 못 먹었군』『그러고 보니 그랬구나』『뭐, 조만간 물고기를 먹으러 또 가지』『그거 괜찮군그래』라는 말을 주고받았는데, 나는 눈을 슬그머니 돌린 채 못 들은 셈 치기로 했다.

다음 날 아침, 아침 식사 후 커피를 즐기던 도중에 페르가『오늘 저녁은 카라아게로 해다오』라고 말했다.

자세히 들어보니 사냥을 하다가 그곳에만 있는 록 버드와 코카트리스를 잡았는데, 그 고기로 카라아게를 만들어달라는 이야기인 듯했다.

그러고 보니 매직 백을 페르한테 받은 건 어렴풋이 기억나지만, 베히모스 소동 때문에 녀석들이 어떤 사냥감을 잡아 왔는지는 못 들었고 확인도 못 했더랬지.

그런고로 뒤늦게 정원에서 모두가 사냥해 온 결과물을 확인해 보기로 했다.

그랬더니 정말이지 끝도 없이 쏟아져 나왔다…….

"이렇게 많이 잡은 게 용하네."

『우리에게 걸리면 이 정도쯤이야.』

『하지만 그 마법 주머니도 용량이 한정적이라 말이네. 그것도 적게 추려낸 것이라네.』

이게 적은 거라니, 너희가 말하는 '적다'의 기준은 이상하다는 거 알아?

페르 일행이 사냥을 갈 때면 늘 매직 백(특대)를 들려서 보냈는데.

"저기, 게다가 전부 뭔가 지금까지 보아온 녀석들과 미묘하게 다른 것 같은 건 기분 탓이야? 이 코카트리스도 평소보다 큰 것 같고, 이 록 버드도 전체적으로 깃털 색이 짙은 것 같은데……."

그 밖에도 잔뜩 들어 있던 오크도 뭔가 전부 피부색이 붉그한 것 같고, 왜 이런 게 들어있나 싶은 이상하리만치 크고 청녹색을 띤 고블린까지 있었다.

『전부 그곳에만 있는 변이종이기 때문이네.』

…………뭐?

뭐? 방금 곤 옹이 대수롭지 않다는 듯이 뭐라고 한 것 같은데?

"변이종?!"

『그렇다네. 그 특수한 환경 때문에 생겨난 것일 테지.』

"화, 확실히 특수한 환경이기는 했지만 말이야……."

『주인~ 이것 좀 봐~! 이 커다란 건 스이가 해치웠어~!』

스이가 그렇게 말하며 피부색이 검붉은 트롤 위에서 통통 뛰었다.

응, 지금까지 보아온 트롤보다 확연하게 크네.

『여기 있는 커다란 거미는 내가 마법으로 한 방에 잡았다고.』

드라 짱은 뭔가 이상하리만치 커다란 거미 위의 공중에 머무른 채 그런 소리를 했다.

뭐야, 이 커다란 거미는.

감정해 보니 '퀸 네필라 스파이더(변이종)'이라고 떴다.

심지어 설명문에는 '우라노스에만 서식하는 변이종'이라고 나와 있었다.

"저기, 사냥하러 갔던 그곳이 우라노스라는 곳이야?"

『뭐라 불리는지는 모른다.』

페르는 몰랐던 모양이지만 곤 옹은 아는 듯했다.

『그러고 보니 인간들이 그곳을 '천공의 숲'이니 '우라노스'니 하는 이름으로 불렀던 것 같긴 하군.』

역시 그렇구나.

다른 것들도 슬쩍 감정해 보니 모두 설명문에 '우라노스에만 서식하는 변이종'이라고 떴거든, 하하하. (헛웃음)

머리가 둘인 블랙 아나콘다라든지, 위장색 같은 녹색을 띤 거대한 호랑이라든지, 그 밖에도 많았지만 일일이 반응을 하기도 귀찮아졌다.

"……그냥, 이 상태 그대로 모험가 길드에 맡겨버릴까."

자포자기하는 심정으로 나직하게 그렇게 말하자, 뜻밖에도 페르가 찬성했다.

『그게 좋을 거다. 좌우간 먹을 수 있는 건 빨리 고기로 만들어 달라고 해라.』

역시 그게 가장 큰 이유구나~.

하아, 뭐, 상관은 없지만.

"그럼 모험가 길드로 가볼까."

페르, 곤 옹, 드라 짱, 스이의 사냥 성과를 아이템 박스에 넣은 후, 같이 가겠다는 모두를 이끌고 나는 모험가 길드로 향했다.

모험가 길드에 도착하자 곧장 길드 마스터가 나왔다.

"이것 보게, 자네, 또 사고를 쳤더구만."

길드 마스터가 떨떠름한 얼굴로 그렇게 말하기에 당황했다.

"네? 제가 뭔가 했던가요?"

"뭔가 했던가요, 라니! 바렌스에라 방면으로 향하는 블랙 드래곤을 봤다는 정보 때문에 그쪽 방면의 모험가 길드가 아주 발칵 뒤집어졌다는 말일세!"

아이고~…….

바렌스에라라는 도시가 어딘지는 모르지만 블랙 드래곤 쪽은 짚이는 바가 아주 많았다.

베히모스 소동 때문에 까맣게 잊고 있었는데 곤 옹을 타고 이동했으니 소란이 일어날 만도 하지.

곤 옹과 페르는 본래의 크기가 아니라 평범한 드래곤 정도의 크기니 괜찮다고 우겼지만, 역시나 괜찮지가 않았다.

그 둘을 노려보았지만 당사자들은 모르는 척을 하느라 바빴다.

"블랙 드래곤이라고 들었네만, 그 녀석이지?"

혹시나 하던 참에 이곳, 카레리나 교외에서 날아올랐다는 목격 정보가 길드 마스터의 귀에 들어와서 우리 곤 옹이 분명하다는 확신에 다다랐다고 한다.

"그게~ 네에……."

"자네, 생각이 있는 건가 없는 건가~. 드래곤이 날아다니는 걸 사람들이 보면 당연히 소란이 일어날 수밖에 없잖아."

길드 마스터는 어이없다는 듯이 이마에 손을 짚으며 그렇게 말했다.

지당하신 말씀입니다, 네.

"저도 반대는 했지만 '본래의 크기가 아니라 평범한 드래곤의 크기라면 문제없을 거다'라고 우겨서……."

그렇게 우겨놓고 딴청을 피우는 페르와 곤 옹을 쳐다보며 말했다.

길드 마스터도 그 둘을 쳐다보았지만…… 아, 눈을 피하다니.

"문제없을 리가 있나. 누가 봐도 문제가 생길 일이건만. 그야 인

길드마스터
빌렘씨

간의 상식을 초월하는 거대한 에인션트 드래곤을 보면 누구든 세상에 종말이 왔구나, 생각하겠지. 하지만 말이야, 일반 시민들은 자네가 말한 '평범한 드래곤'을 봐도 그렇게 생각한다는 말일세."

구구절절이 옳으신 말씀입니다, 네.

하지만 페르와 곤 옹에게는 세게 나갈 수가 없어서 나한테만 말하고 계신단 말이지.

납득이 안 된다.

"애초에 말이야, 자네가 주인 아닌가. 그렇다면 잘 타일러서 말을 듣게 해야 할 것 아니야."

끄응, 저렇게 말하면 반론할 수가 없다.

하지만 상대는 펜리르와 에인션트 드래곤이라고.

나도 고생하고 있다는 걸 조금은 이해해주셨으면 좋겠다.

"분명 사역하고 있는 게 펜리르며 에인션트 드래곤 같은 전설의 마물이기는 하지만, 자네의 사역마잖나. 주인이 된 이상·················."

길드 마스터의 설교가 이어졌다.

끄으으으으응, 이것도 다 페르와 곤 옹 때문이다.

난 말렸는데~.

"···········아무튼 뭐, 그런 걸세. 내가 하고 싶은 말은, 드래곤을 이동 수단으로 사용할 때는 **반드시 사전에** 모험가 길드에 연락을 해달라는 거네. 그러지 않으면 쓸데없이 소란만 일어나니, 이것만은 꼭 지켜주게나."

"잘 알겠습니다."

드디어 길드 마스터의 기나긴 설교가 끝났다.

하는 말씀마다 모두 정론이라 반론할 여지가 없었다.

『있지있지, 주인~ 이야기 끝났어~? 스이, 이제 지겨운데~.』

『이봐, 스이~ 이 녀석은 지금 혼나는 중이니까 이해해 주라고.』

드라 짱의 다정한 말 때문에 괜히 더 괴로운데요.

근데 페르랑 곤 옹은 하품을 하고 있네.

자기들이 원흉이면서~.

부조리해.

두고 보자, 어떻게든 한 방 먹여줄 테니까.

"이거랑, 이거랑, 이거."

페르 일행의 사냥 성과를 아이템 박스에서 꺼내 길드 마스터와 내 담당 해체 장인이라 해도 과언이 아닐 정도가 된 요한 아저씨 앞에 턱턱 쌓아올렸다.

이곳 모험가 길드에 온 당초의 목적대로 페르 일행의 사냥 성과를 매입해달라고 하기 위해, 우리는 익숙한 창고에 와있었다.

"그리고 이거랑, 또 이것도요."

곤 옹이 동료로 들어온 덕에 사냥 성과물이 더 많아졌다.

그 때문에 이미 사냥감 더미가 몇 개나 생겨나 있었다.

다소 적응이 되었을 텐데도 길드 마스터는 물론이고 요한 아저씨까지 멍하니 그것을 바라보고 있다.

"……으음~ 이게 마지막이네요. 영차."

마지막으로 이끼 낀 거대한 바위로만 보이는 개구리를 두둥, 하고 내놓았다.

감정 결과에는 '자이언트 미믹 프로그'라고 나와 있었지.

B랭크 마물로 숲속에서 가만히 있다가 사냥감이 다가오면 덥썩 잡아먹는다고 한다.

이것도 당연히 변이종이다.

고기는 담백하고 맛있다고 되어 있어서 우리가 가져갈 예정이다.

개구리를 먹는 건가…… 싫었지만 뱀 고기도 먹었는데 이제 와서 꺼릴 게 뭐 있겠어.

게다가 일본 이외의 나라에서는 평범하게 먹기도 한다니까.

무엇보다도 자칭 미식가인 페르와 곤 옹도 제법 맛있는 고기라고 보장을 했다.

"이거 원, 이전보다 양이 더 늘었구만……."

"곤 옹이 새로 들어왔으니까요."

"그랬지……. 우리 자금으로 감당할 수 있을지 모르겠구면……."

길드 마스터, 그렇게 먼눈을 하고서 말하지 말아주세요.

뭐, 우리 애들이 잡아온 고랭크 사냥감을 매입하면 모험가 길드 측은 그걸 다시 돈으로 바꿀 걱정을 해야 하니 어쩔 수 없겠지만.

바로 돈으로 환금할 수 있을 법한 것도 있지만 그렇지 않은 것도 있으니.

뭐, 우리 애들이 사냥을 가는 빈도가 너무 잦다는 게 가장 큰 문제지만 말이야.

"으음~ 그렇다면 이번에는 조금만 팔까요?"

"흐음~ 잠시 생각할 시간을 주게나."

길드 마스터는 그렇게 말하더니 생각에 잠겼다.

뭐, 이곳의 길드도 연달아 대규모 거래를 하고 있을 테니까.

주로 우리 때문이겠지만.

"어이어이어이, 형씨, 이건 어디서 잡은 거야?"

사냥감을 살피던 요한 아저씨가 허둥대며 그렇게 물어왔다.

아아~ 역시 알아채셨구나.

"음? 요한, 왜 그러나?"

"길드 마스터, 자알 좀 살펴보시라고요."

"뭔데 그렇게 뜸을 들이나."

요한 아저씨가 재촉하자 길드 마스터도 산더미처럼 쌓인 사냥
감들을 차분히 살피기 시작했다.

"음~ 전체적으로 큰 게 많긴 하지만, 그건 개체에 따라 다른 것
아닌가?"

"아닙니다. 알기 쉬운 예로 이 트롤을 좀 보십시오."

그렇게 말하며 요한 아저씨가 트롤을 턱, 하고 두드렸다.

그렇단 말이지~ 그건 나도 알아챘을 정도니까.

평범한 트롤은 살짝 녹색을 띤 회색이라고 해야 할지, 대충 그
런 색인데 그 트롤은 검붉은색이니까.

"평범한 트롤과 색이 다르다는 건 알겠네만, 특수 개체라 그런
것 아닌가? 이 녀석들이 잡아온 물건이니 그런 게 있어도 이상할
게 없지 않나."

뭔가 어이없는 말을 들은 것 같지만, 부정할 수가 없네.

여러모로 사고를 쳤으니까.

"저도 그런 줄 알았지만 이것도, 이것도, 이것도, 자세히 보면 평범한 것과 다릅니다. 그리고 보다보니, 예전에 읽었던 책의 내용이 떠오르더군요. 이래봬도 저는 그럭저럭 마물에 관한 공부를 했으니까요."

뭐, 뭔가 요한 아저씨는 이미 어디서 잡아왔는지 알아챈 것 같은데.

"이걸 가져온 게 형씨가 아니었다면 저도 무슨 바보 같은 소리냐며 일소에 부쳤겠지만, 형씨라면 가능할 것 같단 말이지."

그렇게 말하며 요한 아저씨는 내 뒤에서 제 집인 양 편히 쉬고 있는 페르와 곤 옹을 흘끔 쳐다보았다.

"이것 보게, 요한. 왜 그렇게 뜸을 들이나? 확실하게 말을 해."

"형씨, 한 번만 더 묻겠어. 이건, 어디서 잡아온 거지?"

역시 대답해야만 하겠지?

하지만 뭔가 말하기가 꺼림칙하네.

가봐서 하는 이야기지만, 결코 사람이 쉽게 갈 수 있는 장소가 아니니까.

으아, 요한 아저씨와 길드 마스터의 시선이 따가워.

"그게………… '천공의 숲'에서."

내 대답을 들은 요한 아저씨가 "역시 그랬나……"라고 하며 머리를 싸쥐었다.

"……엉? 환청이 들린 것 같은데. 다시 한번 말해주게."

길드 마스터, 환청이라니요.

환청 아니거든요?

다시 한번 말씀드리죠.

"글쎄, '천공의 숲'이라니까요. '우라노스'라 불리기도 하는 모양이지만요."

"우, 우, 우, 우라노스라고오오오?!"

길드 마스터, 그렇게 소리를 치면 귀가 아프거든요?

"형씨, 저렇게 생기기는 했어도 길드 마스터의 반응이 일반적인 거라고."

어이가 없다는 듯이 그렇게 말한 요한 아저씨의 설명에 따르면 100년 남짓 전, 당시 고랭크 모험가들이 모여 그 전까지 아무도 간 적이 없었던 '우라노스'에 도전했다고 한다.

하지만 의기양양하게 모험에 나선 오십여 명의 고랭크 모험가들 중 돌아온 것은 단 한 명뿐.

그 한 명도 구조된 당시에는 매우 쇠약해진 데다 착란 증세까지 보였다고 한다.

처음에는 제대로 대화도 할 수 없을 정도였더래서 그대로 모험가를 그만두었다.

그 살아남은 모험가는 만년(晩年)에 '우라노스'에 관한 것을 한 권의 책에 적어 남겼다.

요한 아저씨는 그것의 사본을 읽었다고 한다.

그 생존한 모험가는 '사람이 들어가서는 안 되는 장소, 인간의 상식이 통하지 않는 땅이 우라노스다'라고 했다는 모양이다.

뭐, 뭐어, 보통은 그렇겠지.

평범하게 가면 그 절벽을 올라가야만 할 테고 자칫 잘못하면…… 아니, 보통은 그것만으로 목숨을 잃을 수도 있는 일이다.

우리 먹보 콰르텟은 평범한 사냥터 정도로 생각하는 것 같았지만, 하하하하하…….

다 포기하고 에라, 모르겠다, 라는 심정으로 과거에 페르와 곤옹이 '우라노스'에도 가본 적이 있어서 평범한 사냥터 정도로 인식하고 있었다는 사실이나 '우라노스'에는 그곳에서만 서식하고 있는 변이종이 있었다는 사실까지 두 사람에게 털어놓았다.

길드 마스터도 요한 아저씨도 내 이야기를 듣더니 허탈한 웃음소리를 내더니 한숨을 푹 쉬었다.

그 직후, 길드 마스터는 "펜리르와 에인션트 드래곤이니까……"라고 했고, 요한 아저씨는 먼눈을 한 채 "그럴 만도 하죠……"라고 대꾸했다.

"어흠, 그래서 어떻게 할까요? 조금만 거래할까요?"

내가 그렇게 말하자 길드 마스터가 정신을 차리더니 "우라노스산 변이종이라면 이야기가 달라지지. 전부 다 매입하겠네"라고 선언했다.

그 짧은 시간에 계산이 다 끝난 것이리라.

우라노스산 변이종이라면 충분히 승산이 있다고 생각한 모양이다.

"거래 대금 지불은 어디 보자, 내일 정오가 지나서 하지. 본심을 말하자면 좀 더 시간을 줬으면 하지만, 나도 모레에는 왕도로 가야 하니 말일세."

"아아, 부탁드린 그 일 때문이군요."

길드 마스터에게는 임금님께 헌상품을 전해달라고 부탁했으니까.

람베르트 씨측의 준비도 끝나서 모레 이곳에서 출발하기로 결정이 났다는 듯했다.

"맞다, 평소처럼 고기는……."

"형씨, 말 안 해도 안다고. 먹을 수 있는 고기는 형씨한테 돌려주면 되는 거지?"

요한 아저씨도 이제 이쪽 사정을 꿰고 있었다.

"그보다 말이야, 묻고 싶은 게 있는데, 베히모스는 있던가?"

아무래도 살아남은 모험가가 적은 그 책에 베히모스에 관한 글이 적혀 있었는지, 요한 아저씨가 그렇게 물었다.

"그게, 있었죠."

"어쨌지? 형씨가 못 잡았을리는 없잖아?"

요한 아저씨가 페르와 곤 옹을 흘끔 쳐다보며 그렇게 말했다.

"뭐, 그건 그렇지만……."

그곳에서 있었던 일을 요약해서 이야기했다.

"카아~ 다른 녀석들이었다면 무슨 물러터진 소리냐고 호통을 쳤겠지만 말이야."

"그러게 말이네. 나도 길드 마스터로서 그런 짓을 했다가 피해를 입는 사람이 나오면 어쩔 거냐고 호통치고 설교를 퍼부었겠지만, 장소가 장소니 원……."

'우라노스'에는 사람이 안 사니까요.

그 사실을 페르와 곤 옹에게 들었기에 베히모스를 놓아준 것이기도 했다.

당연히 사람에게 해를 입힐지도 모른다는 생각이 머리를 스치기는 했으니까.

하지만 페르 일행에게 들은 이야기와 입지상 그 장소에 사람이 발을 들이는 일은 그리 흔치 않을 거라는 사실을 몸소 깨달았거든.

딱히 새끼가 있으니 불쌍하다는 이유만으로 놓아준 건 아니라고.

내게도 일단은 생각이라는 게 있다, 이 말이야.

"뭐, 이번에는 나무라지 않겠네만, 사람에게 해를 입힐지도 모르는 장소에서는 그러지 말게."

길드 마스터에게 엄중한 주의를 받았다.

"네. 그 점은 잘 이해하고 있습니다."

"아, 그리고 말이네, 방금 이야기한 대로 나는 모레 왕도로 떠나려 하네만, 자리를 비우는 동안 자네에 관한 일은, 특히 거래에 관한 일은 요한에게 맡기기로 했네. 하지만 내가 없는 동안은 좀 자제하게나."

"나도 제발 그래줬으면 좋겠는데 말이지. 이것과 비슷한 걸 가져오기라도 하면, 그걸 반영해서 매입 가격을 다시 조정해야 하잖아. 내가 판단하기는 버거운 일이라고."

"그런 사정 때문일세."

"으음~ 염두에 두겠습니다."

자제하라고 한들, 우리 애들 하기 나름이지만 말이야.

뭐, 뭐어, 최악의 경우에는 아이템 박스에 처박아두는 방법도 있지만.

그런고로 어찌어찌 모두가 잡아온 사냥감을 전부 모험가 길드에 맡기고 우리 일행은 그곳을 뒤로했다.

"잠깐 들르고 싶은 곳이 있으니 따라와."

『흠, 들르고 싶은 곳?』

『어디에 가시려 하는가?』

『노점이야?』

『고기~.』

『아냐아냐, 노점이 아니야, 드라 짱, 스이. 고기는 돌아가서 먹자. 마도구점에 들르려고 그래, 마도구점.』

이전에 경비 강화를 위한 마도구를 구입한 가게다.

무리일지도 모르지만 베히모스가 부순 마도 버너를 고칠 수 있을지 상담하러 가려는 거다.

애용하던 물건이다 보니 애착이 생겼단 말이지.

고칠 수 없다면 그곳에서 비슷한 성능의 마도 버너를 새로 마련하고 싶기도 하고.

어찌 되었건 마도 버너는 우리에게 없어서는 안 될 마도구니까.

하아…….

약간 어깨를 늘어뜨린 채 귀가 중이다.

마도구점에 들렀지만 마도 버너는 역시 고칠 수 없었다.

엄밀히 말하자면 안 될 건 없지만 새로 사는 게 빠를 거란 소릴 들었다.

마도구점의 주인장이 말하기를 "으음~ 꼭 고쳐서 쓰고 싶다면 못 고칠 건 없지만 시간과 돈이 상당히 많이 들걸"이란다.

돈은 둘째 치고 얼마나 걸리냐고 묻자 내 마도 버너의 상태로 미루어 연 단위로 걸릴 거라고 했다.

우선 마도 버너의 외관을 수리해야 하고, 불이 나오는 부분의 마법진도 새로 새길 필요가 있다.

그러려면 각 전문 장인의 손에 맡겨야만 하는 데다 이렇게까지 큰 마도구는 그에 상응하는 실력을 지닌 장인에게 맡길 필요가 있다.

그런 실력 좋은 장인은 왕도나 드랭쯤 되는 도시에나 가야 찾을 수 있고, 그쪽의 상황이나 수송 시간을 따지면 최소 1년은 걸릴 것이라고 했다.

그만큼 품을 들이려면 당연히 그만큼 돈도 들 수밖에 없으니, 새로 마도 버너를 사는 것보다 훨씬 많은 경비가 들 것이라는 거다.

그 이야기를 듣고서 아쉽기는 하지만 마도 버너를 수리하는 건 포기하기로 했다.

애착이 생기기는 했지만 고치는 데 최소 1년이 걸린다면 좀……

그래서 새것을 구입하려고 주인장에게 적어도 이 마도 버너와 동등한 성능을 지닌 것을 사고 싶다고 이야기하자 "우리 가게에는 없어"라는 답이 돌아왔다.

이만한 성능의 마도 버너를 두고 파는 가게는 극소수라는 듯했다.

주인장의 말에 따르면 이 정도 크기의 물건은 흔한 거리의 식당에서는 값이 너무 비싸서 사지 않고, 귀족의 저택이나 다소 고급스러운 음식점에서나 살 것이라고 한다.

그 말은 곧 그런 수요가 있는 큰 도시의 가게에나 있다는 뜻이고⋯⋯.

다시 말해서 왕도나 드랭에 있는 가게.

특히 왕도에 있는 가게라면 분명 있을 거라는 듯했다.

하지만 왕도는 좀⋯⋯.

왕도에 가면 왕궁에 불려갈 것 같고, 게다가 타이밍상으로도 좀 그렇잖아.

길드 마스터에게 임금님께 헌상품을 전해달라고 부탁해서 곧 왕도로 출발하려는 참이니까.

그 타이밍에 내가 왕도에 가면, 보나마나 그럴 거면 알현을 하라는 이야기가 나올 것 아냐.

높은 분을 만나는 건 솔직히 귀찮아서 피하고 싶단 말이지.

드랭도 엘랑드 씨가 있어서 좀 그렇고.

요전에 그런 일이 있었는데 금방 드랭에 찾아가면 착각할 것 같으니 당연히 안 된다.

왕도와 드랭 이외의 곳에서 손에 넣을 방법은 없겠느냐고 주인장에게 묻자 "국내라면 론카이넨. 그리고 확답은 못 하겠지만 에이블링 같은 데에는 있을지도 모르지. 그 이외의 곳에서 찾으려면 국외로 나가는 수밖에 없고"라고 했다.

주인장의 말대로라면 론카이넨이라는 도시에는 있다는 뜻인가?

그런 생각이 들어서 물어보자 이 도시를 언급하지 않은 데에는 이유가 있었다.

론카이넨은 콰인 공화국과 소국군(群)의 경계에 인접해 있어서, 교역이 발달한 도시라고 한다.

이곳, 레온하르트 왕국에서도 왕도, 드랭에 버금가는 커다란 도시이기는 하지만 문제가 있었다.

위치상 콰인 공화국과 소국군에서 흘러드는 자들이 많아서 다소 치안이 좋지 않은 도시라는 것이다.

콰인 공화국은 지금은 그럭저럭 안정됐지만 소국군은 아직도 군웅할거의 시대라 싸움이 끊이지 않고, 그곳에서 흘러드는 자들도 성격이 거친 이들이 많다는 듯했다.

주인장이 왕도와 드랭을 권한 건 그런 이유인 모양이다.

마도구점의 주인장에게 론카이넨에 관한 정보를 입수하고서 가게를 뒤로했다.

그리고 지금에 이르러 귀가하는 도중이었는데…….

마도 버너는 여러 사정을 고려하면 론카이넨에 가서 입수하는 수밖에 없을 듯하지만 치안이 좋지 않다고 하니 좀 꺼려지고…….

뭐, 지금은 집에 부엌이 있으니 문제될 것도 없고, 급하지도 않지만.

모두와 상의해서 어떻게 할지 정해야겠다.

그렇게 마음을 다잡고 집으로 가는 발길을 재촉했다.

◇　◇　◇　◇　◇

크크크크크, 저녁 식사 시간이 되었습니다.

페르와 곤 옹은 당연히 고기를 먹을 거라 생각하고 있겠지.

하지만 너희들 마음대로는 안 되지.

나만 길드 마스터한테 부조리하게 설교를 들은 일을 잊었을 리가 없잖아.

그런고로 한 방 먹여주기로 했다.

내가 주도권을 쥐고 있으며 가장 효과가 있을 방법은, 역시 식사뿐이잖아.

육식 지상주의인 페르와 곤 옹에게 채소가 듬뿍 든 요리를 내놓으면 어떻게 될까?

지금까지도 소소한 복수로 채소가 넉넉하게 들어간 요리를 내놓기는 했지만 이번에는 듬뿍 쓸 거라고.

채소만 사용하면 좀 불쌍할 것 같아서 고기도 조금 쓸 거지만 대부분은 채소다.

드라 짱과 스이에게는 미안하지만 같이 책임을 져줘야겠어.

나중에 제대로 고기가 듬뿍 들어간 요리로 벌충할 생각이니 조금만 어울려달라고 마음속으로 손을 모으고 부탁했다.

드라 짱과 스이는 채소도 그렇게까지 싫어하지는 않아서 괜찮을 것 같기는 하지만.

그런고로 채소가 듬뿍 들어간 요리를 만들고자 한다.

후후후, 채소는 매일 앨번에게 받은 게 산더미처럼 쌓여 있으니 마음껏 쓸 수 있다고.

오랜만에 카레가 먹고 싶어지기도 해서, 내가 만들려는 것은 채소가 듬뿍 들어간 드라이 카레다.

거기에 채소 건더기가 듬뿍 들어간 콩소메 수프.

채소가 주재료지만 고기도 조금은 들어가는 메뉴란 말씀~.

페르와 곤 옹이 불평할 구실은 내주지 않을 거다.

결정이 났으니 인터넷 슈퍼에서 부족한 재료를 조달했다.

그래봐야 비엔나소시지와 고형 카레 정도만 사면 되지만.

이번에는 제품으로 출시된 고형 카레를 사용해 드라이 카레를 만들 생각이거든.

참고로 이번에는 부드러운 맛으로 정평이 난 고형 카레를 사보았다.

구입을 마쳤으니 우선은 채소 건더기가 듬뿍 들어간 콩소메 수프부터 만들어 보실까.

양배추는 큼직하게 썰고 감자는 껍질을 벗겨서 한입 크기로, 당근도 껍질을 벗겨서 큼직하게, 그리고 양파는 채 썰기를 한다.

그런 다음 인터넷 슈퍼에서 산 비엔나소시지를 반으로 썰어둔다.

그러고는 냄비에 물을 부어 감자와 당근, 양파를 넣고 끓이고, 고형 콩소메 수프를 넣고, 감자와 당근이 부드럽게 익을 때까지 끓인다.

감자와 당근이 익으면 양배추와 비엔나소시지를 넣고, 양배추의 숨이 죽으면 소금과 흑후추로 간을 해서 완성한다.

다음은 메인인 드라이 카레.

우선은 양파, 당근, 가지, 피망을 다소 두껍게 다진다.

물론 채소는 푸짐하게 준비한다.

그런 다음에는 프라이팬에 기름을 두르고 가열하고 던전 돼지와 던전 돼지의 혼합 다진 고기를 넣고 다진 마늘과 다진 생강(둘 다 튜브에 든 걸 사용해도 된다), 소금과 후추를 넣고 볶아준다.

다진 고기가 익으면 마찬가지로 다져둔 채소를 넣고, 채소의 숨이 죽을 때까지 볶다가 물, 케첩, 우스터소스, 과립형 콩소메를 섞은 조미료를 넣고 잘게 썬 고형 카레를 넣는다.

이제 고형 카레가 녹아들고 수분이 날아갈 때까지 볶아주면 완성이다.

"으음~ 냄새 좋다~."

오랜만에 카레 냄새를 맡으니 식욕이 땡겼다.

갓 지은 밥을 그릇에 담고 그 위에 드라이 카레를 붓고서 건조 파슬리를 파스스 뿌린다.

응, 제법 맛있어 보이네.

후·후·후, 다들…… 특히 페르랑 곤 옹은 어떤 반응을 보일까~.

"다들 밥 먹어~."

거실에서 자고 있던 녀석들에게 저녁밥을 가져갔다.

그리고 페르, 곤 옹, 드라 짱, 스이의 앞에 채소 건더기가 듬뿍 들어간 콩소메 수프와 채소가 듬뿍 들어간 드라이 카레를 놓아주자…….

『뭐냐, 이건?』

가장 빠르게 반응한 것은 페르였다.

척 봐도 언짢은 표정을 하고 있네.

"뭐긴, 저녁밥이지. 건더기 듬뿍 콩소메 수프와 드라이 카레야."

내가 아무렇지 않은 척 답하자 페르 녀석은 코에 주름이 잔뜩 생기도록 찡그렸다.

『주공, 여기에 고기는 들어있는가~?』

곤 옹이 실망한 투로 그렇게 물었다.

"들어있어. 평소보다는 적지만."

평소보다 상당히 많이 줄이기는 했지만 말이야.

『주인~ 고기가 적지만, 맛있어~.』

"오~ 그래그래. 고마워~ 스이."

『뭐, 가끔은 이런 것도 괜찮지.』

"그렇지, 드라 짱? 아직 많이 있으니까 더 먹어."

예상대로 드라 짱과 스이는 평범하게 먹어주고 있다.

나도 먹어야지.

우선은 드라이 카레부터.

응, 역시 카레에 밥은 맛있다니깐.

술술 들어가네.

이대로도 맛있지만 온천계란*을 얹어도 맛이 더 부드러워져서 맛있을 것 같다.

---

* 일본의 온천에서 시작된 반숙 계란으로, 온천수나 증기로 삶거나 쪄낸 것. 일반적인 삶은 계란과 달리 전체적으로 수란과 비슷한 질감이 되게 만든다.

생각난 김에 한번 해볼까?

인터넷 슈퍼를 띄워서 온천계란을 구입.

곧장 탁 깨서 드라이 카레 위에 얹었다.

노른자를 터뜨려 비빈 다음 입에 넣는다.

"음~ 맛있어! 맛이 부드러워져서 더더욱 내 취향이야."

『주인~ 뭐야, 그게~?』

"이거? 온천계란이야. 이걸 얹으면 카레의 맛이 부드러워져서 맛있어. 스이도 얹을래?"

『응, 나도 줘~!』

『오, 맛있을 것 같네. 내 거에도 얹어줘!』

"그래그래."

스이와 드라 짱의 드라이 카레 위에도 온천계란을 얹어주었다. 그리고 터뜨려서 카레와 비벼주었다.

"어때?"

『진짜네. 이쪽이 더 맛있는 것 같아~.』

『그러게. 매운맛이 중화되어서 좋은데?』

우리는 이런 식으로 평범하게 먹기 시작했는데, 페르와 곤 옹은 채소 건더기가 듬뿍 들어간 콩소메 수프와 채소가 듬뿍 들어간 드라이 카레를 앞에 둔 채 아직 입을 대지 않았다.

그리고 페르는 나를 쏘아보았고, 곤 옹은 '어째서인가?'라고 말하는 듯한 당황한 눈으로 나를 보고 있었다.

"왜? 먹기 싫으면 안 먹어도 돼."

태연하게 그런 소리를 한 후에 "가자고 한 건 너희인데 나만 길드 마스터한테 설교를 들은 걸 잊을 줄 알았어?"라고 말해주었다.

『끄으으으으응.』

『크윽.』

페르와 곤 옹은 채소 요리만 내놓은 이유를 그제야 알아챈 눈치였다.

그러고는 부루퉁한 얼굴을 한 채 채소가 잔뜩 들어간 콩소메 수프와 드라이 카레를 먹었다.

추가 주문까지 해가면서.

으음~ 추가 주문까지 한 걸 보면 한 방 먹이는 데는 실패했다는 뜻인가?

좋아, 내일 아침도 채소가 잔뜩 들어간 메뉴로 해볼까.

어디 보자, 뭘 만들까~.

어제 저녁 식사도 페르와 곤 옹에게는 별로 효과가 없었던 것 같아 한 방 먹여주기 작전을 속행하는 의미에서, 오늘 아침밥도 채소 파티(고기가 극히 적은)로 해보았다.

참고로 내 취향인 담백한 일본식이다.

메뉴는 앨번의 밭에서 난 감자와 양파를 넣은 된장국, 그리고 매콤달콤하게 간을 한 코카트리스 고기 고명을 넣은 계란말이(고기 고명을 계란물에 넣어서 구운 것뿐이지만 이게 또 아침 식사로 제격이란 말이지), 거기에 던전 소로 만든 시구레니*와 가다랑어포를 넣은 주먹밥이다.

아차, 그리고 입가심으로 절임용 조미액에 절인 가지와 오이절임도 준비했다.

그 아침 메뉴를 본 페르와 곤 옹은 놀라서 그 자리에 굳어버렸다.

페르가 『고, 고기는 어떻게 된 거냐?』라고 묻기에 "계란말이랑 주먹밥 속에 들어있는데?"라고 답했더니 벌레를 씹은 듯한 표정을 지었다.

나는 나대로 그런 페르와 곤 옹을 무시하고 내 취향의 아침 식사를 맛있게 먹었다.

그 둘은 그런 나를 보고 포기한 것인지, 어제처럼 부루퉁한 얼굴로 말없이 야금야금 먹었다.

그에 반해 드라 짱과 스이는 '고기가 적어'라고 불평을 하면서도 아구아구 먹었고, 추가 주문도 몇 번이나 했다.

아침 식사를 한 후, 느긋하게 오전 시간을 보내다 보니 점심시간이 되었다.

페르와 곤 옹은 설마 세 끼 연속으로 채소를 내놓지는 않겠지, 하고 지레짐작을 하고 있을지도 모르지만, 아직 멀었다고.

한 방 먹여주기 작전은 아직 속행 중이거든.

'미안하다'고 사과해야 그만둘 거야.

페르와 곤 옹은 최강이라 불리는 존재라 사과한다는 개념 자체를 잘 모르는 것 같다는 말이야.

---

* 어패류, 소고기 등에 간장과 설탕, 생강을 넣고 달게 졸인 반찬.

그래도 세 끼 연속으로 채소투성이인 식사가 나오면 무엇을 해야 할지 깨닫지 않을까.

아니, 깨달아줬으면 좋겠는데.

뭐, 그런고로 점심 식사도 채소 파티(고기가 극히 적음)다.

뭘 만들까 하다가 지금은 다진 고기가 잔뜩 있으니 채소와 다진 고기를 사용하는 요리를 생각하다가 번뜩 떠오른 가파오 라이스(팟 카프라오)를 만들기로 했다.

물론 채소가 듬뿍 들어간 가파오 라이스다.

그리고 곁들여 먹을 음식은 같은 아시아 요리인 게살맛 어묵을 사용한 간이 월남쌈으로 정했다.

우선 수중에 없는 재료를 인터넷 슈퍼에서 조달했다.

남 플라*에 굴소스, 바질잎, 그리고 라이스페이퍼에 게살맛 어묵, 스위트 칠리소스 정도면 되려나.

그걸 구입하고서 조리를 개시했다.

우선은 가파오 라이스부터다.

양파, 당근, 가지, 피망을 1센티미터 크기로 반듯하게 썰고, 당근은 다지고, 고추는 통썰기를 한다.

프라이팬에 기름을 두르고 다진 마늘과 썰어둔 고추(스이가 있으니 조금만)를 넣어 향이 올라올 때까지 볶는다.

향이 올라오면 양파를 넣고 반투명해질 때까지 볶고, 던전 돼지와 던전 소의 혼합 다진 고기를 넣는다.

다진 고기가 어느 정도 익으면 당근을 넣어서 같이 볶고, 당근

---

* Nam pla, 태국식 피시소스.

이 익기 시작하면 나머지 재료인 가지와 피망을 넣어 볶는다.

전체적으로 잘 익으면 남 플라와 굴소스를 섞은 것을 끼얹고 맛이 잘 배도록 섞으며 볶아준다.

끝으로 바질잎을 뜯어 넣고 살짝 더 볶아준다.

그런 다음에는 그릇에 밥을 담고 그 위에 볶은 것들을 듬뿍 얹은 후, 다른 프라이팬으로 만들어둔 반숙 계란프라이를 올리면 채소가 듬뿍 들어간 가파오 라이스 완성이다.

다음은 간이 월남쌈 차례다.

양상추는 적당한 크기로 뜯고, 당근과 오이는 채 썬다.

그런 다음에는 뜨거운 물에 담갔다 꺼낸 라이스페이퍼 위에 양상추, 당근, 오이, 게살맛 어묵을 순서대로 올리고 빙글 말아준다.

그러고는 반으로 잘라 보기 좋게 그릇에 늘어놓은 다음, 스위트 칠리소스를 곁들이면 완성이다.

응응, 녹색이 보기 좋네~.

채소가 듬뿍 들어가서 아주 보기 좋아.

자아, 그럼, 녀석들이 있는 곳으로 가져가 보실까.

"밥 다 됐어~."

·················.

············.

······.

푸흐흐흐흐, 웃으면 안 되는데 페르와 곤 옹의 얼굴을 떠올리니 자꾸 웃음이 나네.

이어진 한 방 먹여주기 작전으로 인해 점심 메뉴도 채소가 잔뜩 들어간 가파오 라이스와 월남쌈이 되었는데…….

페르와 곤 옹은 음식을 내놓자마자 눈이 휘둥그레져서 입을 뻐끔거렸거든.

그 상태로『고, 고기……』라느니『고, 고기가 없어……』라고 중얼거리기도 했고.

그래서 "고기라면 가파오 라이스에 들었어. 아주 조금"이라고 말해줬더니 녀석들은 세상이 끝난 것처럼 절망으로 가득한 표정을 지었다.

고기 좀 못 먹은 정도로 그런 표정 짓지 말라고 딴죽을 걸고 싶어서 입이 근질근질했다고.

세 끼째 채소를 내놓자 드라 짱과 스이의 입에서도 '고기를 먹고 싶어'라는 말이 나오기 시작해서, 다음부터는 원래대로 고기 메뉴로 복귀시킬까, 하고 있었더니 페르와 곤 옹이 항복하기로 한 것인지『미안하다』라고 사과를 했다.

3연속으로 채소투성이 음식을 먹은 게 어지간히도 고역이었던 모양이다.

그 둘의 애수가 감도는 모습을 보고 있자니 이쪽이 나쁜 짓을 한 것 같아 마음이 불편해지기 시작했다.

죄책감에 오늘 저녁에는 고기를 잔뜩 사용해 던전 소의 상위종 & 기간트 미노타우로스 스테이크를 구워주기로 약속하자 금방 기분을 풀어주었지만.

약삭빠른 녀석들 같으니.

그런고로 점심 식사를 마친 후에는 다 같이 모험가 길드로 향하기로 했다.

　어제 맡긴 물건들의 매매 대금을 받기 위해서다.

　과연 우라노스에서 사냥한 사냥감의 값어치는 얼마나 되려나…….

◇　◇　◇　◇　◇

　모험가 길드에 도착하자 길드 마스터는 왕도로 가기 위한 준비로 바쁜지 "매입 대금은 준비해 두었네. 요한에게 받아가게"라고 하기에 창고에 있는 요한 아저씨를 찾아갔다.

　우리 일행이 창고에 들어서자 요한 아저씨가 금방 알아채고 말을 걸어왔다.

　"오~ 왔구만."

　"안녕하세요. 길드 마스터가 이쪽으로 가라고 하셔서요."

　"어엉, 좀 기다려. 어디 보자~ 내역을 설명해주지. 우선은…….″

　『잠깐. 우선 고기를 내놓아라.』

　페르가 설명을 하려는 요한 아저씨와 내 사이에 끼어들어 '고기를 내놔라'라고 말했다.

　『그래. 고기를 다오.』

　고기라는 단어에 민감해진 곤*옹까지 그런 소리를 했다.

　아니, 너희들이 느닷없이 요한 아저씨를 위협하듯이 얼굴을 들이미는 바람에 놀라셨잖아.

"이, 이봐."

경직된 얼굴로 요한 아저씨가 내게 도움을 구했다.

"아~ 네네, 페르랑 곤 옹은 뒤로 물러나."

『하지만 고기가.』

『음, 고기를 받아야지.』

"그런 소릴 한들, 여기서 먹으려고? 그럼 생으로 먹어야 하는데? 날고기로."

아무리 나라도 여기서 요리를 할 수는 없다고.

『이렇게 된 거, 날고기라도 좋다. 네가 고기를 안 주는 바람에 고기를 먹고 싶어 미칠 것 같단 말이다.』

『음. 나도 마찬가지네.』

페르와 곤 옹은 3연속 채소 파티가 상상 이상으로 괴로웠던 모양이네.

"그래그래, 알았어."

요한 아저씨에게 부탁해서 고기를 먼저 받기로 했다.

"코카트리스에 록 버드, 그리고 오크 고기야."

가장 많을 듯한 오크 고기를 페르와 곤 옹에게 내밀었다.

"일단 이것만 먹어."

오늘 저녁 식사는 호화스럽게 스테이크 파티를 할 건데 너무 많이 먹으면 좋지 않을 것 같아서 조금 작은 고깃덩이를 내밀었다.

『이것뿐이냐?』

『주공, 이건 너무 적지 않은가?』

두 녀석들은 불만인 눈치였다.

"오늘 저녁이 스테이크인데 너무 많이 먹으면 맛있게 먹을 수가 없잖아. 그래도 되겠어?"

그렇게 말하자 마지못해 납득해주었다.

『드라 짱이랑 스이는 어쩔래?』

덩달아 피해를 입기는 했지만 똑같이 3연속 채소 파티 메뉴를 먹은 드라 짱과 스이에게도 염화로 물어보았다.

『나는 됐어. 이제 와서 날고기는 먹고 싶지 않으니까.』

『스이도 필요 없어~. 주인이 구운 고기가 훨씬 맛있으니까!』

『그래? 오늘 저녁에는 스테이크를 잔뜩 구울 테니까 많이 먹어.』

『물론이지!』

『많~이 먹을래~!』

"이봐, 형씨, 고기는 아직 많이 남았어. 얼른 챙기라고."

어이쿠, 요한 아저씨가 내놓은 고기로 작업대 위가 가득 차 버렸네.

나는 아저씨가 내놓은 고기를 부지런히 아이템 박스에 담아 나갔다.

"그리고 이게 마지막이야."

요한 아저씨가 커다란 고깃덩어리를 수레에 실어 가져왔다.

우으, 자세히 보니 징그럽네.

"자이언트 미믹 프로그다."

껍질을 벗기고 내장도 빼내기는 했지만 거의 개구리의 원형이 남아 있는 고기다.

"이것도 매입하게 해줬으면 최고였을 텐데 말이야."

듣자하니 이 자이언트 미믹 프로그의 고기는 매물이 거의 나오지 않는 최고급품이라 시장에 나오면 쟁탈전이 벌어질 게 분명하다는 모양이다.

보기에 징그러운 데다 개구리 고기인데 말이야.

정 그렇다면 팔아버릴까, 라는 생각이 떠오른 참에 곤 옹이 입을 열었다.

『그 고기는 내가 좋아하는 것 중 하나라네. 주공, 기대하겠네.』

큭…… 저렇게 말하면 그대로 가지고 돌아갈 수밖에 없잖아.

뺨을 실룩거리며 자이언트 미믹 프로그의 고기를 아이템 박스에 넣었다.

"좋아, 그럼 매입 내역에 관해 설명하도록 하지. 우선은…………."

요한 아저씨가 이런저런 내역들을 설명해주었지만 내용이 너무 많아서 오른쪽 귀로 들어와 왼쪽 귀로 빠져나갔다.

"……이렇게, 다 합쳐서 금화 3610닢이야."

히익, 던전에 다녀온 것도 아닌데 터무니없는 액수가 나왔네.

매물로 내놓은 사람은 나지만.

눈이 휘둥그레져서 놀라고 있자 요한 아저씨가 웃으며 "그 유명한 우라노스산 마물이니 말이야"라고 말했다.

분명 그런 곳에 서식하는 마물인 데다 그곳에만 서식하는 변이종이라고 하니 그만큼 가치가 있을지도 모르지만.

사냥 한 번으로 이렇게 터무니없는 액수를 벌게 되다니.

"이번에도 백금화와 대금화를 준비했어. 확인해 보라고."

아저씨가 그렇게 말하더니 내 앞에 작은 마대를 내밀었다.

주머니를 열어 백금화와 대금화의 개수를 세어보았다.

백금화가 하나, 둘, 셋·············· 36닢.

그리고 대금화가 1닢.

합계 백금화 36닢에 대금화 1닢으로 딱 맞았다.

"딱 맞네요."

"이야~ 역시 형씨가 있으면 심심할 일이 없다니까. 또 재미있는 물건을 가져오라고."

"길드 마스터를 너무 고민에 빠뜨리면 겨우 돋아난 머리카락이 다시 빠질 테니 적당히 하겠습니다."

"푸하하하핫, 말재주도 좋구먼, 형씨."

"그럼 또 오겠습니다."

"그래."

거래 대금을 챙겨서 우리 일행은 모험가 길드를 뒤로 했다.

그런데 페르와 곤 옹은 돌아오는 길 내내 어째서인지 안절부절 어쩔 줄을 몰라 했다.

"페르, 곤 옹, 왜 그래?"

『빨리 집으로 돌아가자.』

『음, 그리고 맛있는 고기를 먹게 해주시게, 주공.』

뭐야, 고기 먹을 생각에 들떠서 그런 거였어?

하여간 너희도 참.

무심결에 웃음이 나왔다.

『어이, 웃을 일이 아니다.』

페르가 부루퉁해져서 말했다.

"그래그래, 미안해. 그럼 좀 이르지만 집에 가서 저녁 식사를 할까."

『음!』

『역시 주공이네!』

『좋았어, 스테이크다!』

『고기~!』

저녁 식사라는 말에 집으로 향하는 일동의 걸음이 빨라졌다.

"이, 이봐, 천천히 좀 가."

속도가 너무 빨라서 페르의 털을 잡았지만 속도를 늦추기는커녕 『빨리 따라와라!』라는 답만 돌아왔다.

나 참, 밥 문제가 얽히면 다들 물불을 안 가린다니까.

이 먹보들 같으니.

후우…….

아침 식사를 마치고 거실에서 호지차를 마시며 한숨을 돌렸다.

오늘 아침에는 오랜만에 호지차를 우려 봤다.

그도 그럴 게, 어제는 고기를 잔뜩 먹어서 위장이 담백한 것을 달라고 야단이었거든…….

페르와 곤 옹, 드라 짱과 스이도 오랜만에 고기를 잔뜩 먹었다.

두꺼운 스테이크를 굽고 또 구워도 먹는 속도를 따라잡을 수 없을 정도였다.

소금과 후추를 비롯해서 평소 쓰는 각종 스테이크 소스에 레몬 소금과 와사비 소금 등, 고급 소금을 뿌린 것을 모두 먹어본 후, 주문을 받아가며 추가로 구웠다.

특히 고기에 굶주려 있던 페르와 곤 옹은 끊임없이 먹어 대서 아주 질려버릴 정도였다.

나도 분위기에 휩쓸려 두껍고 커다란 스테이크를 구워 먹었지만 말이야, 다시 생각해도 너무 많이 먹었어…….

그런 식으로 어제 저녁에 푸짐하게, 엄청난 양의 고기를 먹었음에도 불구하고 먹보 콰르텟은 오늘 아침에도 힘차게 고기를 주문했다.

심지어 페르는 『요전에 잡아온 코카트리스의 변이종을 먹고 싶군』이라면서 구체적인 주문까지 덧붙였다.

어쩔 수 없이 어제 모험가 길드에서 회수해온 코카트리스(변이종)의 고기를 사용해서 이거면 만족하겠지, 라는 생각으로 진하게 간을 한 코카트리스 데리야키 덮밥(마요네즈도 격자무늬로 듬뿍 토핑해서)를 만들어줬더니 몇 번이나 추가 주문을 하며 팍팍 먹어치웠다.

어제의 고기 파티에 이어서 맛이 강한 고기를 먹었음에도 멀쩡한 것을 통해, 먹보 콰르텟에게는 소화 불량이라는 개념이 없다는 사실을 새삼 깨달았다.

참고로 내 아침 메뉴는 어제 아침에 먹고 남은 감자와 양파를 넣은 된장국에 계란을 넣은 것과 다시마 츠쿠다니*와 연어살을 넣은 주먹밥, 그리고 오이와 가지 절임이었다.

역시 아침 식사는 이 정도가 적당하다니까.

그런고로 아침 식사를 마치고 느긋하게 쉬던 중이다.

페르와 곤 옹과 드라 짱과 스이는 아침부터 사이다와 콜라 같은 자극적인 걸 마시고 있다.

『어이, 추가 주문이다. 이번에는 사이다로 다오.』

『나도 주시게. 이번에는 검은 콜라라는 것이 좋겠어.』

『나도 더 줘! 나는 이번에도 사이다로.』

『스이도~. 스이는 있지, 콜라가 좋아.』

"그래그래."

페르와 드라 짱과 스이에게는 네이호프에서 손에 넣은 청녹색과 남색과 옅은 보라색을 띤 바닥이 깊은 각자의 전용 도기 그릇

---

* 어패류, 해초, 채소 등을 간장과 설탕 따위를 넣고 달게 졸인 반찬.

에, 그리고 곤 옹에게는 마찬가지로 네이호프에서 한꺼번에 샀던 바닥이 깊고 녹색을 띤, 덮밥을 담기에도 제격인 그릇에 따라주었다.

곤 옹한테는 전용 그릇이 없으니까.

동료가 된 게 최근이니 어쩔 수 없지만.

곤 옹은 딱히 신경 쓰지 않았지만 전용 그릇은 있는 게 좋겠지?

식기도 좀 더 추가로 사두고 싶었으니 나중에 사러 가볼까.

이왕이면 네이호프에서 산 것과 비슷한 걸 갖고 싶은데…….

그래, 이런 정보라면 마리 씨가 잘 알지도 모르겠다.

람베르트 씨의 가게에 가서 마리 씨에게 물어볼까?

뭐, 가기로 한다 쳐도 오늘은 하고 싶은 일이 있으니 그게 끝나고 난 다음이 되겠지만.

◇　◇　◇　◇　◇

아침 식사 후 휴식을 마친 우리는 내 오늘의 목적을 달성하기 위해 거리로 나섰다.

『그래, 처음은 당연히 닌릴 님의 교회일 테지?』

"아니, 그렇지 않아. 우리 집에서 가장 가까운 건 대지의 여신 키샤르 님의 교회니까."

『뭐라고?!』

"뭘 그렇게 놀라, 당연히 가까운 곳부터 순서대로 돌아야지. 대지의 여신님, 물의 여신님, 바람의 여신님, 불의 여신님, 전쟁의 신님 순서로 돌 거니까 닌릴 님의 교회는 세 번째야."

그렇다, 오늘은 기부 순회의 날인 것이다.

내가 사는 도시인데도 아직 안 했었으니까.

닌릴 님, 키샤르 님, 아그니 님, 루사루카 님까지, 네 여신의 교회가 이 도시에 있다는 사실은 알았지만 전쟁의 신의 교회가 있다는 건 몰랐다.

이 정보는 우리 종업원이자 이 마을 출신인 페이터가 알려주었다.

그렇게 크지는 않아서 조금 알아보기 어렵다는 모양이지만, 어디에 있는지 확인해두었으니 괜찮을 거다…… 아마도.

아 참, 그리고 모든 교회에서 고아원도 운영하고 있다는 모양이다.

그런고로 가장 먼저 방문한 것은 대지의 여신 키샤르 님의 교회였다.

이 도시에서 신자 수가 가장 많은 곳은 키샤르 님의 교회라는 모양이다.

농업이 번성한 이곳 레온하르트 왕국과 엘만 왕국에서는 작황과 직접적인 관계가 있는 대지의 여신 키샤르 님을 신앙하는 사람이 압도적으로 많다고 한다.

슬그머니 교회 안으로 들어가자 많은 아이들이 열심히 청소를 하고 있었다.

"아저씨, 아직 청소가 안 끝났으니까 조금만 기다려."

빗자루질을 하던 활발해 보이는 남자아이가 그렇게 말했다.

아, 아저씨…….

나, 살짝 충격 받았어.

"저기, 사제님을 뵈러 왔는데. 좀 불러와 줄 수 있을까?"

"알았어. 조금만 기다려."

그렇게 말하더니 남자아이가 떠나갔다.

그리고 잠시 후⋯⋯.

"빨리~."

"이 녀석, 그렇게 밀지 말거라."

남자아이는 하얀 수염을 보기 좋게 기른 할아버지 사제의 등을 밀며 데려왔다.

"이거이거, 오래 기다리셨습니다."

"아뇨, 저기⋯⋯."

"당신은, 무코다 씨이시군요."

"네? 저를 아십니까?"

"그야 유명하니까요. 허허허."

유명하다니, 내가?

그런 생각이 들었지만 내 뒤에 있는 콰르텟을 보고 아아~ 하고 납득했다.

특히 페르와 곤 옹 같은 덩치 두 마리를 데리고 다니면 눈에 띌 수밖에 없으니까.

뭐 아무튼 그건 둘째 치고, 기부를 하러 왔다고 이야기했다.

그러자 할아버지 사제는 반색을 했다.

"정말, 정말로, 감사합니다. 이 도시는 다른 도시에 비해 여유가 있는 편이지만, 아이들이 많다 보니 이래저래 필요한 물건이 많아서 말이지요…….”

할아버지 사제의 말에 따르면 이곳의 영주인 란그릿지 백작도 그럭저럭 원조를 해주어서 다른 도시에 비하면 많이 나은 편이기는 하단다.

그 세련된 대머리 아저씨, 제법인걸?

아, 지금은 모발 파워 덕분에 대머리가 아니게 되었던가?

일단은 금화 300닢에 해당되는 백금화 세 닢을 기부금으로 건네고, 아이들을 위한 선물로 고기 딘전산 딘전 돼지와 딘전 소 고기덩어리를 주었다.

청소를 하던 아이들이 고기를 보고 난리를 피운 걸로 미루어, 원조를 받고 있기는 해도 고기는 자주 먹을 수가 없을 거겠지.

다들 기뻐하는 모습을 보니 나도 덩달아 기뻤다.

할아버지 사제님과 이야기를 듣고 찾아온 수녀님, 그리고 아이들의 배웅을 받으며 우리 일행은 다음 교회로 향했다.

그다음부터는 물의 여신 루카 님의 교회며 바람의 여신 닌릴 님의 교회, 불의 여신 아그니 님의 교회를 순서대로 들렀다.

어딜 가도 나를 알고 있었다.

도시에서 유일한 S랭크 모험가라는 사실과 커다란 늑대와 드래곤을 사역마로 데리고 있다는 사실이 알려졌는지 “도시에서 모르는 사람은 없을 겁니다”라고들 말했다.

기부에 관한 이야기를 하고 백금화 세 닢과 아이들에게 먹일 고기를 건네자 하나같이 그 액수에 놀라기는 했지만 다들 기뻐하는 동시에 매우 고마워했다.

역시 고아원까지 운영하려니 다들 자금 사정이 팍팍한 것이리라.

슬그머니 이야기해준 바에 따르면 란그릿지 백작의 원조도 받고 있으니 되도록 고아들은 수용하려 하고 있다는 모양이다.

그 때문인지 어느 고아원이나 아이들의 수가 많았다.

이 도시에서 길거리를 방황하는 아이들을 거의 볼 수 없었던 건 그런 방침 때문이었구나, 하고 납득했다.

그 이야기를 듣고 나는 이곳, 카레리나는 거점으로 삼고 있는 도시이기도 하니 정기적으로 기부를 하자는 생각을 했다.

그리고 마지막은 전쟁의 신 바하근 님의 교회였다.

페이터가 알려준 대로 와봤는데…….

"여기가 맞나?"

마을 외곽에 있는, 정원이 있는 조금 낡은 개인의 집으로 보이는데.

머뭇거리고 있어 봐야 달라질 건 없으니 일단 들어가 보았다.

"실례합니다~."

낡은 나무 울타리에 달린 문을 통해 들어가자 정원에서 나뭇가지를 휘두르며 칼싸움 놀이를 하는 아이들이 있었다.

"아저씨, 누구야?"

아, 아저씨…….

이번에도 대미지를 입었다.

"저기, 여기가 전쟁의 신의 교회가 맞니?"

"응, 맞아. 아저씨도 저쪽 나라에서 온 용병이야? 그런 것치고는 비실비실한데."

남자아이가 그렇게 답했다.

하지만 비실비실하다는 말은 좀 빼지 그러니.

"바보, 뒤를 좀 보라고. 사역마를 데리고 있으니까 모험가야."

나를 보고 비실비실하다고 한 남자아이에게 괄괄해 보이는 여자아이가 말했다.

"누가 바보라는 거야! 바보라고 한 쪽이 바보거든?!"

"뭐야, 나랑 싸워보자는 거야?!"

자자, 애들아, 성격이 너무 급한 거 아니니?

아이들이 일촉즉발의 분위기를 풍겼다.

주변에 있는 아이들은 싸워라, 싸워, 하고 부추기고 있다.

눈싸움을 하는 남자아이와 여자아이 사이에 끼어들려던 그때, 집 안에서 덩치 큰 할아버지가 뛰쳐나왔다.

"이 녀석들~ 너희 또 싸우는 거냐!"

"켁, 원장 선생님이다! 다들 튀어~."

일고여덟 명쯤 있던 아이들이 거미 새끼 흩어지듯 도망쳤다.

"나 원, 여전히 도망치는 것 하나는 빠르구먼……. 그래, 자네는 여기 뭐 하러 왔나?"

"그게, 여기가 전쟁의 신의 교회가 맞나요?"

"카하핫. 일단은 그렇지. 교회라기보다는 주로 고아원이라는 명목으로 운영하고 있지만."

"그게 말이죠……."

나를 모르는 듯한 원장 선생님에게 이러쿵저러쿵 자기소개를 하고 기부를 하러 왔다고 이야기했다.

그러자 놀란 투로 "정말인가?!"라고 되묻더니 집 안을 향해 "노에리아! 노에리아! 당장 좀 와봐!"라고 소리쳤다.

그러자 원장 선생님과 나이는 비슷해 보이지만 젊을 적에는 미인이었을 듯한 할머니가 나타났다.

"왜 그렇게 소리를 질러?"

"그게 말이야……."

원장 선생님이 할머니에게 나에 관한 이야기를 했다.

그러자 할머니는 원장 선생님하고 똑같이 "정말로?!"하고 놀랐다.

"네에."

다른 교회와 마찬가지로 백금화 세 닢과 고기를 건네자, 원장 선생님과 할머니는 울음을 터뜨렸다.

듣자 하니 이 두 분은 원래 소국군 출신의 용병으로, 용병 일을 그만두고 이 나라에 와서 고아원을 열었다고 한다.

아이를 좋아했지만 결국 아이가 생기지 않았던 두 사람에게 고아원 운영은 천직처럼 느껴졌다는 모양이다.

그 덕에 힘들어도 어찌어찌 버텼지만, 최근에는 기부가 거의 없어서 특히 어려운 상태였다는 듯했다.

심지어 소국군에서 보내오는 고아는 계속 늘어나서 날이 갈수록 운영이 힘들어지고 있었다고 한다.

본래 이 나라에 사는 사람 중에는 전쟁의 신을 신앙하는 사람이 거의 없었던 탓에 란그릿지 백작의 원조금도 얼마 되지 않았지만, 그 적은 원조금으로 겨우 연명하던 참이라는 듯했다.

그 때문에 두 사람은 울면서 몇 번이나 "고맙네, 고마워"라고 말했다.

저렇게까지 고마워하니 쑥스럽다고 해야 할지, 어떻게 하면 좋을지 모르겠다고 해야 할지.

눈물이 마르지 않은 두 사람의 배웅을 받으며 잽싸게 자리를 떴다.

꽤나 고생이 많았나 보다, 싶은 동시에 이 기부금으로 조금은 경제적인 어려움이 해소되었으면 좋겠다는 생각이 들었다.

"그러면 다음은 람베르트 씨의 가게로 가자."

『에에~ 아직 갈 데가 남았어~? 스이, 배고픈데~.』

『주공, 나도 배가 고프군그래.』

『나도~.』

『나도다. 밥이 먼저다.』

"아~ 여기저기 들렀더니 시간이 많이 지났네. 그러면 일단 집에 돌아가서 점심을 먹고서 람베르트 씨의 가게로 갈까."

그렇게 말하자 다들 좋아라고 찬성하기에 먹보 콰르텟의 배를 채우기 위해 우리 일행은 일단 집으로 돌아가기로 했다.

일단 집으로 돌아가서 당연하다는 듯이 고기를 주문하는 먹보 콰르텟에게 기간트 미노타우로스 고기에 야키니쿠 소스를 버무려서 구운 것을 쌀밥에 듬뿍 얹은, 간단하지만 폭력적으로 맛있

는 야키니쿠 덮밥을 내주어 늦은 점심 식사를 마쳤다. 그러고서 예정대로 람베르트 씨의 가게로 향했다.

『좀 전에 먹은 주공의 고기 요리도 맛있더구나. 아직 내가 모르는 고기 요리도 많겠지.』

고기를 먹어서인지 곤 옹은 기분이 좋은 듯했다.

『음, 당연하다.』

『맞아맞아. 특이한 걸 예로 들자면, 던전에서 나온 내장을 구운 것도 맛있었어.』

『고기 던전에서 나왔어~. 스이도 그거 좋아~.』

『오오, 그거 말이군. 내장은 맛이 없을 게 뻔하다고 생각했다만, 예상과 달리 맛있었지.』

『그러게 말이야. 내장은 냄새가 별로라 못 먹을 건 없지만 어지간하면 먹을 생각이 안 들잖아. 그런데 그렇게나 맛있다니. 씹으면 좌악~ 하고 감칠맛이 입안을 가득 메운다니깐.』

『맛있었어~.』

내장을 구운 거라면, 곱창구이를 말하는 건가?

곱창구이에 관한 이야기로 페르와 드라 짱과 스이가 이야기꽃을 피우고 있다.

『내장? 내장은 잡내가 심해서 맛이 없을 터인데……. 그렇게나 맛있다는 말이냐?』

곤 옹이 의아하다는 얼굴로 다른 녀석들에게 물었다.

『음. 그건 제법 맛이 있었지.』

『어엉, 맛있었어.』

『맛있었어~.』

나머지 셋이 하나같이 맛있었다고 답했다.

그것도 모자라 그 맛이 떠오른 건지 다들 침을 흘리고 있는데.

『그래, 맛있었다 이거지? 나도 먹어보고 싶군그래~ 주공~.』

그렇게 말하며 곤 옹이 나를 뚫어져라 쳐다보았다.

해달라는 격렬한 무언의 압박이 느껴지는데.

『오랜만에 나도 먹고 싶군, 그건.』

『나도 동감이야.』

『스이도 먹고 싶어~.』

그러한 말과 함께 시선이 내게 집중되었다.

나 참, 너희들까지 그러기냐~.

"그래그래, 알았어. 오늘 저녁은 곱창구이로 하면 되잖아. 하지만 그건 연기가 나니까 밖에서 해야 해. 저녁 식사니 깜깜해진 다음에야 준비할 수 있고, 벌레가 가까이 오지 않도록 결계도 잘 쳐줘야 해."

『주공, 괜찮네. 그 일은 내가 책임지고 맡도록 하지.』

하여간 약삭빠르게 이럴 때만 책임지겠다는 소릴 한다니깐.

이렇게 모두의 주문으로 저녁 메뉴가 결정된 참에 람베르트 씨의 가게에 도착했다.

람베르트 씨의 가게는 오늘도 성황을 이루고 있었다.

특히 마리 씨가 맡고 있는 비누와 샴푸 등을 판매하는 구획에는 다양한 연령대의 여성 손님들이 모여 있었다.

열정적인 여성 손님들의 인파에 압도되어 좀처럼 말을 붙이지

못하고 있던 중에, 마리 씨 쪽에서 먼저 나를 알아보고 말을 걸어주었다.

"무코다 님, 어서 오세요. 무슨 일로 오셨나요?"

"사실은 마리 씨에게 묻고 싶은 게 있어서요……."

이 도시에서 식기를 사려고 하는데, 네이호프에서 산 것과 같은 좋은 식기를 파는 가게는 없느냐고 물어보았다.

"아아, 그렇다면 좋은 가게가 있답니다. 이 거리를 똑바로 따라가다가 두 번째 모퉁이를 돌면 바로 보이는 가게예요."

마리 씨의 정보에 따르면 주인장이 상당히 안목이 있어서 한 해에 몇 번은 네이호프까지 직접 물건을 사들이러 간다는 듯했다.

마리 씨는 그 가게에서 사면 틀림없을 거라고 보장하더니, 자신이 주최하는 다과회에서도 그 가게에서 구입한 티세트를 사용하고 있다고 했다.

흠흠, 제법 좋은 가게인 모양이네.

람베르트 씨도 그렇지만 마리 씨도 상인의 부인이라 그런지 정보통이란 말이지.

맞아, 이왕 온 김에 집에 있는 목욕탕의 확장공사를 어디에 가서 부탁하면 좋을지도 물어봐야지.

"감사합니다. 바로 들러볼게요. 그리고 묻고 싶은 게 하나 더 있는데요……."

겸사겸사 목욕탕을 확장하려 하는데 그런 공사를 부탁하려면 어느 업자를 찾아가면 좋을지를 물어보았다.

그러자 마리 씨는 람베르트 씨 댁의 목욕탕 공사를 했었고 관리도 맡아서 해주고 있다는 업자를 알려주고 소개장까지 써주었다.

"이야, 덕분에 살았습니다. 감사합니다."

"아뇨아뇨, 이 정도 일이라면 언제든지 물어보러 오세요."

"으음~ 그래서 말인데요……."

준비했던 답례품을 가죽 가방의 주머니에서 꺼냈다.

"대단한 물건은 아니지만 이거라면 마리 씨도 좋아해주실 것 같아서요."

그렇게 말하며 보여드린 것은, 이 가게에 헤어팩을 공급할 때 용기로 쓰는 잼 병에 옮겨 담은 올인원 젤이었다.

미용 관련 상품을 답례로 드리면 마리 씨가 좋아할 것 같았거든.

하지만 스킨이나 로션, 크림 등 여러 가지를 준비하는 건 너무 지나칠 것 같고.

그래서 생각한 것이 이거 하나면 충분하다고 하는 올인원 젤이다.

간단하게 피부 손질을 할 수 있다고 해서 유행하고 있는 것 같기도 하니까.

그런고로 마리 씨에게 보여드리며 올인원 젤에 관해 설명하자……

"세수를 한 후에 이걸 바르면 피부가 촉촉해진다는 말이죠?"

"네, 네에."

예상했던 것보다 반응이 격렬하다고 해야 할지, 마리 씨의 눈이 번쩍거리고 있는데.

"건조하다고 해서 오일을 바르면 피부가 끈적해지고…… 그런 고민이 끊이질 않는 제 피부도 이걸로……."

아이고, 마리 씨가 자신만의 세계로 들어가 버리셨네.

"어흠. 저기, 받으세요……."

"어머, 내 정신 좀 봐. 부끄러운 모습을 보여드렸네요. 오호호호."

쑥스러운 듯이 그렇게 말하면서도 마리 씨는 내가 건넨 올인원 젤이 든 병을 소중한 물건처럼 끌어안았다.

"사용해보시고 마음에 들면 저한테 말씀해주세요. 그리 많지는 않지만 조금은 마련해드릴 수 있으니까요."

"그 말씀을 믿겠어요. 때가 되면 모쪼록 잘 부탁드릴게요."

자자잠깐, 마리 씨, 눈빛이 너무 진지한데요.

마리 씨의 눈빛에 압도된 나는 감사 인사를 하고서 잽싸게 가게를 뒤로했다.

후우…….

올인원 젤 크림을 마리 씨에게 건네기엔 아직 너무 일렀나?

뭐, 뭐어, 이미 줘 버린 걸 어쩌겠어.

응, 다음으로 넘어가자, 다음으로.

소개받은 식기 가게로 가자.

목욕탕 확장을 위한 공사 업자는 나중에 찾아가기로 하고, 일단 오늘은 당초의 목적대로 곤 옹을 위한 식기를 사러 가기로 했다.

페르 일행은 가게 밖에서 기다리라고 한 후, 마리 씨가 소개해 준 식기 판매점 안에 들어갔다.

"어서 오십시오."

주인장으로 보이는 중간 체격의 코밑에만 기른 수염이 특징적인 아저씨가 미소를 띤 채 맞아주었다.

"어떤 물건을 구하러 오셨습니까?"

"그게 말이죠……."

아이템 박스에서 페르 일행의 도기 그릇을 꺼내 주인장에게 보여주었다.

"네이호프에서 산 건데, 이런 느낌의 그릇 중 색이 다른 걸 찾고 있는데요."

"잠시 살펴봐도 되겠습니까?"

콧수염을 기른 주인장에게 청녹색 그릇을 건넸다.

"흐흠흠. 이건 피르미노 공방의 작품인 듯하군요."

어느 공방의 작품인지까지는 잘 기억이 안 났는데 그런 이름이었던 것 같기도 하고.

"잠시 기다려주십시오. 분명 피르미노 공방에서 만든 이 형태의 작품은……."

그런 소리를 하며 콧수염을 기른 주인장이 가게 안쪽으로 들어갔다.

잠시 후 돌아온 주인장은 페르 일행이 쓰고 있는 것과 비슷하게 생긴 바닥이 깊은 그릇을 들고 있었다.

"이게 그 물건과 같은 피르미노 공방의 작품 중 형태도 같은 듯보입니다만, 어떠십니까?"

주인장이 가져온 바닥이 깊은 그릇은 역시나 중후한 겨자색을 띠고 있었다.

"괜찮네요~. 빛깔도 지금 가지고 있는 것만큼이나 중후한 색을 띠고 있어서 아주 좋아요."

곤 옹 전용 그릇으로도 제격인 것 같으니 이건 무조건 사야지. 마음에 들어 했으면 좋겠는데.

구입하기 위해 겨자색 그릇의 가격을 묻자 금화 21닢이라고 한다.

네이호프에서 샀을 때는 금화 20닢까지 하지는 않았지만, 아무래도 현지에서 살 때와 같을 수는 없겠지.

운송비며 기타 경비가 들었을 테니 당연히 비교적 비싸질 수밖에.

어쩔 수 없다 생각하고 이 바닥이 깊은 그릇은 일단 사기로 했다.

그 밖에도 특히 많은 양을 먹는 페르 일행이 쓸 큰 그릇이 필요하다고 설명한 후, 물건을 보여 달라고 했다.

"이 물건은 최근 인기 상승 중인 로렌스 공방의 작품입니다."

주인장이 보여준 것은 오프 화이트* 계열의 바탕색에 금색 테두리 장식이 특징적인 도자기처럼 보이는, 크고 넓적한 그릇이었다.

크기는 흠잡을 데가 없고 나쁘지는 않지만, 두껍지 않아 쉽게 깨질 것 같은데.

좌우간 페르 일행이 쓸 물건이니까.

특히 페르의 이빨이 이렇게 얇은 그릇에 닿으면 금방 깨질 것 같다.

"좀 더 두꺼운 그릇이 좋을 것 같은데요."

"흐음, 그렇다면……."

---

* 순백색이 아닌 다소 노란색을 띤 흰색이나 회색이 섞인 흰색 등을 뜻함.

그렇게 말하며 주인장이 다음으로 가지고 나온 것은, 마찬가지로 흰색이었지만 좀 더 순백에 가깝고 어느 정도 두꺼운 그릇이었다.

"이건 들여온 지 얼마 되지 않은 신진기예, 루드빅 공방의 작품입니다."

응응, 이거 괜찮아 보이는데?

백자 같은 느낌이라 요리도 먹음직스러워 보일 것 같아.

이것도 사자.

이건 신진기예의 작품이기도 해서 하나에 금화 7닢이나 했다.

같은 것이 다섯 개 있기에 전부 확보했다.

그 후에도 이런저런 물건들을 보여 달라고 해서 베이지색에 가까운, 바닥이 깊은 그릇 다섯 개와 갈색의 큼직한 덮밥 그릇 같은 것이 있기에 그것도 다섯 개 구입했다.

합쳐서 금화 96닢이었다.

네이호프에서 사는 것보다 비교적 비싸기는 했지만 마음에 드는 물건을 샀으니 나쁘지 않은 거래였다.

지불을 마치고 식기류를 아이템 박스에 집어넣고서 가게를 나섰다.

콧수염을 기른 주인장도 환한 미소를 띤 채 배웅해주었다.

"다들, 오래 기다렸지?"

『왜 이렇게 늦었어~!』

『그래, 너무 오래 걸리지 않았느냐!』

『목이 빠지도록 기다렸다네. 덕분에 스이가 내 머리 위에서 잠들어버리지 않았는가.』

『Zzz…….』

"미안미안. 살 것도 다 샀으니 집으로 돌아가자."

『음. 도착하면 약속한 대로 내장 요리를 해다오.』

『웅웅. 좌악~ 하고 감칠맛이 입 안 가득 퍼지는 그거!』

『주공, 기대하고 있겠네.』

『으음…… 밥? 밥이다~!』

저녁 식사 이야기가 나오자마자 스이가 잠에서 깨어났다.

"스이, 밥은 아직이야. 집에 돌아가서 밥 줄게."

『웅!』

스이가 기쁜 듯이 푸들푸들 몸을 떨었다.

자아, 집으로 돌아가면 곱창구이를 준비해 볼까.

페르, 곤 옹, 드라 짱, 스이가 창밖을 물끄러미 쳐다보고 있다.

밖에는 비가 억수같이 쏟아지고 있었다.

집에 돌아온 지 얼마 안 돼서 빗방울이 뚝뚝 떨어지기 시작하더니, 눈 깜짝할 새에 장대비가 된 것이다.

"안 됐지만 날씨가 이러니 곱창구이는 중지해야겠어."

그렇게 말하자 곱창구이를 가장 기대하고 있던 곤 옹이 실망했는지 고개를 푹 숙였다.

『내장 요리…….』

덩치도 큰 드래곤에게서 애수가 느껴지네.

"아~ 숯불구이는 무리지만 다른 내장 요리를 만들어줄게."

그렇게 말하며 토닥토닥, 곤 옹의 어깨를 두드리자 벌떡 고개를 들었다.

『주공, 정말인가?!』

너무도 격렬한 반응에 다소 식겁해서 "어, 으응"이라고 답하자마자 곤 옹은 기운을 차렸다.

『이야~ 그래, 그렇단 말이지. 내장 요리를 먹을 수 있다는 것이로군. 기대되는군그래!』

『내장 요리를 먹을 수 있는 건가. 좋군.』

『정말이야?! 아싸!』

『스이도 기대돼~.』

곤 옹과 나의 대화를 듣고 있던 나머지 셋도 내장 요리를 먹을 수 있게 되자 잔뜩 신이 났다.

『좋아, 그렇다면 얼른 만들어라.』

그렇게 말하며 페르가 앞발로 내 등을 밀었다.

"야, 밀지 말라고."

『주공, 어서 만들어주면 좋겠군. 내장 요리, 기대하고 있겠네.』

곤 옹까지 눈을 반짝반짝 빛내며 그런 소릴 했다.

『나도 기대하고 있을게~.』

『주인~ 스이도~.』

엄호 사격이라도 하듯 드라 짱과 스이까지 거들다니.

"하아, 알겠어. 만들어 올 테니 다들 거실에서 기다려."

나는 모두의 등쌀에 못 이겨 부엌으로 향했다.

"어쩔 수 없지, 만들어보실까."

만들 요리는 곱창 덮밥이다.

매콤달콤한 된장으로 간을 해서 볶은 곱창을 밥 위에 얹으면……

탱글탱글한 곱창이 엄청나게 먹고 싶어져서 인터넷 레시피를 보고 만들어본 적이 있었단 말이지.

두말할 것 없이 밥이랑 궁합이 끝내주게 잘 맞는 데다, 이게 또 맥주하고도 잘 어울리거든.

맥주하고 잘 어울린다, 이게 포인트다.

원래도 오늘 저녁은 곱창구이를 할 예정이었던지라 차가운 맥주를 쭈욱~ 들이켤 생각이었다고.

뭐, 어쨌든 개인적으로 곱창에는 역시 매콤달콤한 된장이 제일 잘 어울린다고 생각한다.

"재료도 그렇게 많이 필요하지 않아서 거의 지금 있는 걸로도 해결되고 말이야~."

부족한 거라고 해봐야 두반장과 실파 정도니까.

그런고로 인터넷 슈퍼에서 잽싸게 두반장과 실파를 구입한 후, 요리를 시작했다.

우선 던전 소의 곱창을 꺼내고.

로센달 고아원의 아이들이 꼼꼼하게 처리를 해준 덕에 내장은 깨끗한 상태다.

그 던전 소의 곱창을 한입 크기로 썰어 끓는 물에 살짝 데친다.

던전 소의 곱창은 냄새가 나지 않지만 일단은 기름기 제거도 해야 하니까.

그 후, 양파는 얇게 쐐기(wedge) 모양으로 썰고, 마지막에 얹을 실파를 송송 썰어둔다.

그리고 된장, 간장, 설탕, 술, 다진 마늘, 두반장을 섞은 조미료도 만들어둔다.

그런 다음 달군 프라이팬에 참기름을 두르고 곱창을 볶는다.

기름이 잔뜩 나오니 중간중간 필요 없는 기름은 키친타월로 가볍게 닦아줘야 한다.

곱창이 익으면 양파를 넣고, 숨이 죽으면 혼합 조미료를 끼얹는다.

이제 전체를 비비듯이 볶아주면 완성이다.

프라이팬을 기울여 한쪽으로 필요 없는 기름을 빼가며 볶은 것을 쌀밥 위에 듬뿍 얹고, 마지막으로 실파를 솔솔 뿌려주면…….

"매콤달콤 된장 곱창 덮밥 완성! 크으~ 냄새 좋다."

먼저 살짝 맛만 볼까, 했더니 어째서인지 소름이 돋았다.

부엌 입구를 보니 냄새를 참을 수 없었던 것인지 먹보 콰르텟이 고개를 내밀고 이쪽을 빠~히 쳐다보고 있었다.

"어흠. 지금 가져갈게."

곱창 덮밥을 모두의 앞에 내려놓자, 기다렸다는 듯이 우걱우걱 달려들어 먹기 시작했다.

『주공, 내장이 이렇게 맛있을 줄은 몰랐네!』

곤 옹은 그토록 바라던 내장 요리를 먹게 되자 한껏 신이 난 듯했다.

맛도 마음에 드는지 우걱우걱 먹는 속도가 줄지 않았다.

『이전에 먹었을 때와 같은 구수한 맛은 없지만, 이건 이것대로 맛있네. 밥에 잘 어울려.』

『흠, 확실히 나쁘지 않군. 한 그릇 더.』

『맛있어~. 스이도 한 그릇 더~!』

드라 짱, 페르, 스이도 마음에 드는 모양이다.

『주군, 나도 한 그릇 더 주시게!』

"알았어."

모두에게 추가 음식을 준 후, 나도 먹기 시작했다.

"자, 그럼 이걸 안주로 한잔해야지."

인터넷 슈퍼에서 사둔 캔맥주를 아이템 박스에서 꺼냈다.

A사의 은색 캔에 든 저릿할 만큼 알싸한 맛의 드라이 맥주를 준비했다.

당연히 아주 차갑게 식혀두었다.

푸쉭, 하고 캔을 따서 준비를 마쳤다.

"잘 먹겠습니다~."

곱창볶음과 쌀밥을 호쾌하게 퍼서 입에 넣었다.

"크~~~ 맛있어!"

매콤달콤 된장맛 곱창볶음과 쌀밥.

이 최고의 조합이 어울리지 않을 리가 없다.

곱창볶음과 쌀밥을 차분하게 맛보고서 꿀꺽 삼킨 후에는 당연히 이거다.

꿀꺽꿀꺽꿀꺽꿀꺽, 푸하~.

"크~ 최고야!"

진한 곱창 덮밥의 뒷맛이 남은 입 안을, 아주 차갑게 식은 알싸한 맛의 맥주가 씻어내 준다.

그리고 다시 곱창 덮밥을 호쾌하게 덥썩.

이거 멈출 수가 없네.

우걱우걱 먹는 페르 일행에 지지 않을 기세로, 나 역시 곱창 덮밥을 실컷 만끽했다.

◇　◇　◇　◇　◇

저녁 식사를 마치고 다 같이 씻었으니 이제 자는 일만 남았다.

페르 일행은 이미 꿈나라에 가 있다.

나만 할 일이 조금 있어서 혼자 카페오레를 마시며 깨어 있었다.

"페르는 죽어라고 목욕을 싫어하네. 이제 슬슬 욕조에 몸을 담가 보는 게 어떠냐고 해도 '그런 데 안 들어가도 나는 언제나 깨끗하다'고 하면서 절대로 안 들어오려고 하고."

목욕을 싫어하는 페르에 관해 혼잣말을 했다.

반대로 곤 옹은 목욕이 마음에 든 모양이지만.

하지만 말이야, 아무리 생각해도 지금의 목욕탕은 좁은 데다 덩치도 큰 탓에 매일 함께 씻기에는 무리가 있으니, 미안하지만 며칠 간격으로 씻겨야겠어.

오늘은 곤 옹도 같이 목욕을 했는데 사흘만의 목욕이라 그런지 엄청 좋아했었지…….

곧 옹도 느긋하게 씻을 수 있도록 얼른 목욕탕 확장 공사를 하고 싶은걸.

"내일, 마리 씨에게 소개받은 공사업자한테 가볼까."

그렇게 내일의 예정이 정해졌지만, 그 전에 할 일이 있었다.

내가 혼자서 깨어 있는 이유이기도 한 그 일을 처리해야 하는 것이다.

"어흠, 저기, 다들 계신가요~?"

그렇게 말을 걸자 우다다다, 달려오는 발소리가 들려왔다.

『이제야 말을 걸어왔느니라~!』

이 목소리는 닌릴 님인가?

이제야라니, 한 달에 한 번이니 늦지는 않았을 텐데.

『기다리고 있었어~. 여러모로 조사해서 만반의 준비를 해뒀다고~ 우후후.』

키샤르 님, 그 웃음소리는 무서운데요.

여러모로 조사해서 만반의 준비를 해뒀다니, 내 인터넷 슈퍼의 외부 브랜드로 계약한 건 어디까지나 드러그스토어거든요?

백화점에서나 파는 고급 화장품이나 해외 화장품은 못 산다고요.

살살 좀 부탁드리겠습니다.

『좋았어! 기다렸다고~. 조금만 더 있으면 맥주가 떨어질 것 같아서 살짝 초조했거든.』

맥주를 사랑하는 아그니 님이다.

그만한 양을 공물로 바쳤는데 조금밖에 안 남았다니, 과음하시는 것 아닌가요?

『아이스크림. 그리고 케이크도…….』

루카 님은 여전히 아이스크림이 좋은 모양이다.

그리고…….

『왔군. 나는 결심을 굳혔네! 전쟁의 신, 자네는 어쩔 건가?』

『어엉, 나도 결심했어! 그런 걸 보고 났더니 마시고 싶어서 견딜 수가 있어야지!』

이 전에 없이 진지한 목소리는 헤파이스토스 님과 바하근 님인가?

아니, 결심을 굳혔다니, 무슨 결심?

무서워 죽겠네.

"저기, 그러면 주문을 받겠습니다. 우선 닌릴 님부터 말씀하시죠."

……………….

…………

…….

"하아, 끝났다, 끝났어."

드디어 신들의 주문을 다 받았다.

그나저나 다들 가차 없이 시시콜콜하게 주문을 해대네.

공물을 한 달에 한 번만 바치기로 했으니 이해가 안 되는 건 아니지만.

게다가 최근에는 상당히 조사를 해서 이 회사의 이 제품이 좋겠다는 식으로 주문을 하는 바람에, 꼼꼼하게 메모를 해두지 않으면 엉뚱한 걸 사버릴 것 같단 말이지.

특히 키샤르 님의 조사 실력은 장난이 아니다.

요전에 발매된 신제품이 어쩌니저쩌니 했는데.

그렇게 자세하게 설명해 봐야 나도 잘 모른다고.

일본에 있는 게 아니니까.

나 참, 대체 미용 관련 제품에 관해 얼마나 열심히 조사를 한 거람.

그나저나 이번에 가장 나를 놀라게 한 건 애주가 콤비인 헤파이스토스 님과 바하근 님이란 말이지.

그 두 분도 위스키에 관해 상당히 조사를 한 것 같았다.

설마 그런 걸 주문할 줄은 몰랐어.

꽤나 큰 결심을 했네에.

어쨌든, 모레 밤에 건네기로 약속했으니 내일은 공사업자한테 다녀와서 꼼꼼하게 신들이 주문한 물건들을 조달하도록 할까.

"자아, 내일도 이래저래 할 일이 있으니 그만 자야지."

나는 하품을 하며 모두가 자고 있는 침실로 향했다.

"으음, 여기가 맞을 텐데. 안녕하세요~."

주변을 살피며 안으로 들어가 사람을 불렀다.

우리는 오늘 마리 씨가 소개해준 공사업자를 찾았다.

오늘의 동행은 페르와 스이다.

드래곤팀인 곤 옹과 드라 짱은 공사업자한테 간다는 사실을 알고는 자진해서 집을 보고 있겠다고 했다.

목욕탕 확장은 곤 옹을 위해서 하는 건데 말이지.

목욕을 할 수만 있다면 디자인 같은 건 전혀 상관없다는 게 곤 옹의 입장인 듯하다.

그런고로 공사업자의 사무실에 실례한 것인데…….

"아무도 없네."

안은 휑뎅그렁한 것이 개미 새끼 한 마리도 없었다.

"저기~ 실례합니다."

만약을 위해 한 번 더 사람을 불러보자…….

"네에네, 지금 가요~."

그러한 말과 함께 작은 할머니가 나타났다.

120센티미터 전후의 키에 할머니 같은 얼굴.

그럭저럭 연세가 있는 드워프 여성이다.

몇 번인가 본 적이 있지만, 이것이 이 세계 드워프의 여성인 것이다.

로리 소녀일 거라 생각했어?

훗, 그런 건 다 환상이야.

이 세계의 여성 드워프는 다들 나이가 들면 늙는다고.

"안녕하세요. 람베르트 상회의 마리 씨에게 소개를 받고 왔습니다만……."

"어이쿠, 마리 씨한테?"

"네, 소개장도 가져왔습니다."

일단 그 드워프 할머니에게 마리 씨가 써준 소개장을 보여주었다.

"저는 람베르트 씨와 가까이 지내고 있는 무코다라고 하는데, 사실은 집에 있는 목욕탕을 확장하고 싶어서 말이죠……."

이러저러한 사정으로 목욕탕 확장 공사를 생각하고 있다고 드워프 할머니에게 설명했다.

"람베르트 씨댁의 소개로 왔다면 거절할 수가 없겠구먼. 다만 우리 쪽도 지금은 일이 밀려있거든. 왜, 가난하면 쉴 틈이 없다고들 하잖아. 아하하."

드워프 할머니가 그렇게 말하며 호쾌하게 웃었다.

그 후, 드워프 할머니(애니카 씨라는 듯했다)와 의논하여 공사 담당인 남편분(브루노 씨라고 하는데, 역시나 드워프라는 모양이다)이 사흘 후라면 조금 시간이 빈다고 하기에, 사흘 후에 집으로 사전 답사를 와달라고 했다.

"그러면 사흘 후에 기다리겠습니다."

"그래. 남편한테도 잘 전달해둘게."

사흘 후로 약속을 잡은 후, 우리는 공사업자의 사무실을 뒤로

했다.

집으로 돌아온 뒤에는 다 같이 점심 식사를 마치고 오후 내내 자유 시간을 가지기로 했다.

페르 일행은 정원에서 햇볕을 쬐고 있겠단다.

나는 어제 신들이 말한 주문품을 마련하기로 했다.

세세한 지정 사항도 있었으니 헷갈리지 않도록 해야지.

날짜가 바뀌어 다음 날 밤.

페르 일행도 잠자리에 들어 나 혼자만 깨어 있다.

오늘은 딱히 할 일이 없어서 하루 종일 쉬었다.

뭐, 말은 이렇게 해도 나는 심심해서 우리 종업원들이 지하에서 하고 있는 작업에 참가했지만. 인기 상품인 샴푸와 트리트먼트, 그리고 지금도 왕도에서 폭발적으로 팔리고 있는 데다 귀족님을 비롯한 일부 부유층들이 갖고 싶어 안달복달하고 있다는 대대대인기 상품, 【신약 모발 파워】를 용기에 담는 작업이다.

이제 다들 익숙한 손놀림으로 적당히 수다도 떨어가며 작업을 할 만큼 베테랑이 되었다.

처음에는 나도 했었지만 단조로운 작업인데 다들 질리지도 않고 잘 해주고 있다.

차례로 리필품이 만들어지는 광경은 그야말로 압권이었다.

다만 모두 다 인기 상품이다 보니 람베르트 씨로부터의 주문도 늘어나기도 해서, 요전부터 생각했던 거지만 종업원을 더 늘리는 게 좋겠다는 생각이 들었다.

그러면 종업원용 집도 준비해야 할 텐데…….

그래, 이번에 공사업자인 브루노 씨가 사전 답사를 와주실 테니 그때 그 일에 관해서도 상담해볼까.

그런 생각을 하며 방금 우려낸 커피를 한 모금 홀짝였다.

"그럼, 시작해볼까."

정기 행사인 신들에게 공물을 바치는 의식을 하려는 거다.

"여러분, 계신가요~."

『있느니라! 조금 전부터 대기하고 있었던 것이니라!』

『당연히 있지~.』

『좋았어, 왔구나!』

『……기다렸어.』

『이때를 기다리고 있었네!』

『그래! 이때가 오기만을 말이야!』

평소랑 똑같네.

다들 이미 대기하고 있었던 모양이다.

애주가 콤비가 평소보다 더 기합이 들어가 있는 것 같기는 하지만.

『그러고 보니, 지금 있는 도시에서도 교회에 기부를 해줬다면서? 고맙다.』

이 목소리는 아그니 님인가?

"네에. 제가 사는 도시니까요. 앞으로도 여유가 있을 때는 기부를 하려고 합니다. 그리고 다른 도시에 갔을 때도 생각이 나면요."

『그러냐. 그래주면 고맙겠어. 내 교회는 장소에 따라 주머니 사정이 좋지 않은 곳도 있으니까.』

『이 몸의 교회도 마찬가지다. 이 몸의 교회는 아그니의 교회보다 팍팍한 곳이 많을지도 모르겠구나. 너, 제법 잘 벌고 있는 듯하니, 그렇게 팍팍한 곳은 도와줬으면 하느니라.』

유감 여신님인 닌릴 님도 빈곤하게 생활하고 있는 신도들이 마음에 걸리는 듯했다.

"알겠습니다. 물론 전부 다는 무리지만 생각이 나면 되도록 돕도록 하겠습니다."

『음, 부탁 좀 하느니라.』

『내 교회도.』

"물론이죠, 루카 님."

『내 교회는 고맙게도 신자가 많아서 그렇게까지 궁핍하지는 않을지 모르지만, 신도 중에 어려움에 처한 애가 있으면 도와줬으면 좋겠어.』

"네, 키샤르 님. 그렇게 하겠습니다."

『뭐, 우리 쪽은 장인 집단이라 입에 거미줄 칠 일은 없겠지만, 전쟁의 신네는 이 녀석들의 교회보다 한층 더 힘들 걸세. 부탁 좀 하겠네.』

『대장장이신, 고마워. 너도 보고 왔으니 알겠지만, 내 신도들은 분쟁 지대에 많아서 말이지. 거친 일에는 익숙해도 그 이외의 것은 젬병인 놈들이 많아.』

"괜찮습니다, 바하근 님. 기부할 때는 공평하게 같은 금액을 건네고 있으니까요."

늘 시끌벅적한 신들이지만, 그래도 신도들을 신경 쓰고 있기는 하구나.

신들이 직접 지상에 손을 댈 수는 없을 테니, 그 대신이라고 하기에는 좀 그렇지만 내가 할 수 있는 일은 최대한 하겠습니다.

이러니저러니 해도, 나 역시 가호도 받고 여러모로 도움을 받고 있으니까.

아주 조금 숙연해진 분위기를 떨쳐내고자 신들에게 공물을 바치기로 했다.

"그럼 닌릴 님부터 시작할까요."

『음. 매번 이때가 되면 가슴이 콩닥거리는 게 멈추질 않느니라!』

닌릴 님의 주문은 평소대로라고 해야 할지, 뚝심이 있다고 해야 할지, 이번에도 단것이었다.

홀케이크와 한정 케이크, 그리고 도라야키 등이다.

한정 케이크는 농후 레어 치즈 케이크와 농후 베이크드 치즈 케이크, 그리고 국산 밤으로 만든 몽블랑 등등.

그리고 정석이라 할 수 있는 딸기 쇼트케이크와 초콜릿 케이크를 홀케이크로 준비하고 그 밖에도 각종 과일 타르트와 애플파이 등도 한판씩 준비했다.

거기에 마지막으로 닌릴 님이 너무도 좋아하는 각종 도라야키.

단팥, 통팥, 밤이 든 것을 잔뜩 준비했다.

"이게 닌릴 님의 공물입니다. 받아주십시오."

『음! 고맙느니라~!』

거실 테이블 위에 올려둔, 단것이 그득그득 들어있는 종이상자가 사라졌다.

『좋았어~! 케이크가 가득, 도라야키가 듬뿍인 것이니라~!』

평소처럼 그 자리에서 상자를 연 것인지 닌릴 님의 외침이 들려왔다.

『나 참, 닌릴 시끄러워. 다음은 내 차례니까 네 궁에 가서 열라고.』

『흐응, 키샤르 네가 그러지 않아도 집에 가서 느긋하게 즐기려고 했느니라. 안녕이니라.』

안녕이니라, 라니요, 닌릴 님······.

『나 참, 닌릴은 아무리 시간이 흘러도 정신이 없네. 기다렸지? 다음은 내 차례지?』

"아, 네, 다음은 키샤르 님 차례입니다."

키샤르 님이 주문한 것은, 저번에 상당히 마음에 드셨는지 이번에도 ST-Ⅲ 시리즈였다.

이전에 산 ST-Ⅲ 시리즈의 로션과 클랜징 폼을 재주문, 그리고 스페셜 케어를 위한 것이라며 ST-Ⅲ의 마스크 팩을 주문하셨다.

이 마스크 팩, 가격을 보면 깜짝 놀랄걸.

6장들이 상품이 금화 1닢이다.

마스크 팩이라는 건, 한 번 쓰고 버리는 거잖아?

그렇다고 치면, 한 장에 일본 엔으로 약 1,600엔이나 한다는 거잖아.

으아아~.

한 번에 그 가격인데, 그런 걸 어떻게 쓰는 거람.

그리고 입욕제와 보디 케어 제품이 필요하시다기에 살짝 비싼 목욕 소금 몇 종류와 보디 클렌저, 그리고 보디 오일을 골라보았다.

"여기 있습니다. 주문하신 ST-Ⅲ의 마스크 팩도 들어있어요."

『꺄악~ 얼마나 기대하고 있었다고~! 고마워~. 후흐응, 오늘 밤에 바로 써봐야겠어.』

그걸 쓰겠다는 건가.

아니, 쓸 수 있다는 것 자체가 대단하다.

나였다면 아까워서 도저히 못 쓸 텐데.

『여자는 말이야, 예뻐지는 데 돈을 아끼지 않는 법이야.』

우으, 키샤르 님이 내 생각을 읽으셨나 보네.

마음을 다잡고, 다음은 아그니 님이다.

"그리고 다음은, 아그니 님의 공물입니다."

『좋았어, 기다렸다고!』

아그니 님은 당연히 맥주다.

늘 즐겨 드시는 S사의 프리미엄 맥주와 Y비스 맥주, 그리고 S사의 검은 라벨이 붙은 맥주를 상자째로.

그 외에는 지난번과 마찬가지로 국산과 해외의 지역 맥주 맛 비교 세트를 준비했다.

특히 여러 가지 맥주를 마시는 데 재미가 들렸는지 이번에는 다양하게 넣어달라고 하셔서, 여러 종류를 모아보았다.

국산 지역 맥주 세트는 물론이고 독일 맥주, 벨기에 맥주, 아일랜드 맥주의 맛 비교 세트.

색다른 느낌을 주기 위해 하와이 맥주 맛 비교 세트와 오스트레일리아 맥주 맛 비교 세트 등도 골라보았다.

"여기 있습니다. 영차."

아그니 님의 공물인 묵직한 종이상자 몇 개가 사라졌다.

부스럭~ 하고 종이상자를 여는 소리가 나더니 아그니 님의 들뜬 목소리가 들려왔다.

『오오~ 처음 보는 게 들어있구만. 역시 뭘 좀 안다니깐, 너는~. 고맙다!』

좌우간 여러 종류를 넣었으니까요.

다만 해외 맥주는 마셔본 적이 없는 것들뿐이라 맛은 보장 못하겠지만요.

그리고 다음은 루카 님.

"다음은 루카 님의 공물입니다. 여기 있습니다."

이쪽도 평소처럼 케이크와 아이스크림을 주문하셨다.

루카 님은 정말로 아이스크림을 좋아하시네~.

케이크는 한정품은 물론이고 각종 조각 케이크를 넉넉하게 준비했고, 아이스크림은 프리미엄 아이스크림과 대표 제품, 신제품 등, 골고루 골라서 채워 넣어 보았다.

늘 그렇지만 양과 종류가 엄청나네.

『응. 고마워.』

그런 말과 함께 케이크와 아이스크림이 가득 담긴 종이상자가 사라졌다.

그리고 다음은 이 두 분이다.

『좋았어, 다음은 우리 차례네!』

『기다리고 또 기다렸던 그것이로군!』

『그래서, 있던가?』

『연락이 없었던 걸 보면, 문제없었던 거지?』

"아, 네에."

그렇게 답하자『오오~』하고 기뻐하는 두 분의 굵직한 목소리가 들려왔다.

"그나저나 과감한 선택을 하셨네요. 이렇게 비싼 걸 주문하시다니."

『그야 그렇지. 위스키에 관해 조사하다 보니 실로 맛있게 마시고 있는 녀석이 있었더래서 말이야.』

『그래. 그래서 그 위스키에 관해 조사하다가 여기까지 온 거지. 그렇게까지 했는데 안 마셔볼 수가 있나.』

『음. 그렇게 맛있는 위스키라면 우리에게는 마셔본다는 선택지밖에 없으니 말이네.』

아니, 그렇게 할 사람은 두 분뿐일 걸요.

그 두 분이 주문하고서 애타게 기다렸던 것은 바로, 두 분도 몇 번인가 마신 적이 있는 특징적인 병에 든 12년 숙성 국산 위스키다.

고급 위스키라 불리는 종류다.

가격은 무려 금화 다섯 닢에 은화 네 닢.

비싸다는 건 알았지만 설마 이 정도일 줄이야.

술 한 병에 이 가격이라고, 한 사람의 예산을 뛰어넘는 가격이라니깐?

두 분이 힘을 합쳤기에 주문할 수 있었던 거다.

이로써 대부분의 예산을 썼으니 나머지는 저렴한 걸로 많이 넣어달라고 하셨다.

안 그러면 마실 술이 떨어지고 말 테니까.

그런고로 나머지는 두 분도 그럭저럭 맛있다고 했던 저렴한 위스키를 중심으로 구입했다.

평소보다 신중하게 종이상자를 테이블 위에 올려놓았다.

"그럼 받아주십시오."

『그래, 고맙네!』

『기다리다 목 빠지는 줄 알았네! 고마워!』

그런 두 분의 목소리와 함께 종이상자가 사라졌다.

그리고 곧장 종이상자를 여는 부스럭 소리가 들려왔다.

『오오~.』

고급 위스키를 본 것이리라.

번듯한 상자에 들어있어서 척 봐도 고급스러우니까.

『전쟁의 신, 오늘 밤에는 이 위스키를 찬찬히 맛보세.』

『어엉, 철저하게 맛보자고.』

서, 설마, 저걸 하룻밤에 비우지는 않겠지?

아니, 가능한 일이라 무서운데.

뭐, 뭐어, 그건 두 분의 자유니까. (나는 모르는 일이야)

자아, 마지막은 데미우르고스 님이다.

뭐, 그래 봐야 일주일만이지만 말이야.

데미우르고스 님에게도 꾸준히 공물을 바쳐야지.

일본주와 캔 안주, 그리고 최근에는 신도분이 좋아한다는 매실주가 메인이긴 하지만, 뭘 보내도 기본적으로는 기뻐해주셔서 편하기도 하고.

게다가 일주일 간격으로 대화를 한 탓인지, 창조신님을 상대로 이런 소릴 하기는 좀 그렇지만 사람 좋은 할아버지 같아서 신들 중에서는 제일 말하기가 편하단 말이지.

가끔씩 계시 같은 걸 내려서 난감할 때도 있지만.

그런고로 마지막은…….

"데미우르고스 님, 계신가요~."

데미우르고스 님에게 보내는 공물은 평소와 같다.

메인은 일본주, 그리고 안주, 거기에 신도분이 좋아한다는 매실주다.

일본주는 코치, 나가노, 야마가타, 야마구치, 니가타와 같은 유명 양조장의 1.8리터짜리 대음양 맛 비교 다섯 병 세트.

1.8리터 다섯 병은 조금 많을지도 모르겠다 싶었지만 홀짝홀짝 마시며 즐겨주세요.

그리고 안주는 평소처럼 각종 프리미엄 캔 안주와 이번에는 맛있어 보이는 말린 임연수어와 금눈돔이 있기에 그것도 넣어두었다.

건어물은 쌀밥과도 잘 어울리지만 일본주를 마실 때 안주로도 딱이니까~.

매실주는 호쿠리쿠 지방 특산 고급품종인 매실을 사용한 매실주 세트다.

데미우르고스 님도 매실주는 비교적 마음에 드셨는지, 최근에는 식전에 한잔할 때 즐겨 마신다고 하시기에 그 밖에도 고구마 소주로 담근 매실주와 브랜디로 담근 매실주도 같이 넣었다.

"부디 받아주십시오."

턱, 하고 테이블 위에 내려놓은 종이상자가 사라졌다.

『늘 미안하군그래~. 고맙군.』

"아뇨아뇨."

『오늘은 그 녀석들과도 교류를 한 듯하더군. 시끄러운 목소리가 내가 있는 곳까지 들릴 정도였다네.』

"네, 한 달에 한 번 교류하기로 했으니까요."

『폐를 끼쳐 미안하게 됐네.』

"괜찮습니다. 조금 시끄럽다고는 생각하지만 여러분께 가호도 받았고 신세를 지고 있는 면도 있으니까요."

『허어, 허어, 허어. 이세계의 물건을 손에 넣을 수 있는 것이니. 신이라 해도 흥분할 만하지. 허나 민폐를 끼쳐서는 아니 될 일. 너무 귀찮게 구는 자가 있다면 내게 말하게나. 그 자를 아주 자~알 타일러둘 터이니.』

'자~알 타일러두겠다'는 말이 의미심장하게 들려서 살짝 무서운데요.

하지만 요전에 데미우르고스 님의 벌이 효과가 있었는지, 아직 민폐를 끼쳤다고 할 만한 일은 없었으니까.

이전처럼 와~ 하고 난리를 치며 개인적으로 신탁을 내리지도 않았고.

그건 그렇고, 가호라는 말이 나와서 문득 떠오른 바를 데미우르고스 님에게 물어보았다.

"그러고 보니 조금 궁금해서 그런데요. 곤 옹은 가호가 없더라고요. 페르와 쌍벽을 이루는 에인션트 드래곤이니 뭔가 있을 줄 알았는데."

『그것 말인가. 애초에 펜리르도 모든 개체가 가호를 받은 건 아니네. 우연히 자네의 사역마에게 닌릴이 가호를 내린 것이지. 과거에는 분명 아그니나 루카의 가호를 받은 자도 있었을 걸세.』

"헤에~ 그렇군요."

『그리고 에인션트 드래곤은, 이 세계를 만들었을 때 모종의 목적이 있어서 내가 만든 존재네. 하지만 시행착오가 있었다고 해야 할지, 좀 더 이렇게 하는 게 낫지 않을까, 아니, 이건 이렇게 하는 게…… 따위의 생각을 하며 만들다 보니 재미가 붙어서 말이지. 만들어진 개체가 모두 예상했던 것보다 강해지고 말았다네.』

데미우르고스 님은 자신도 모르게, 실수로 그랬다는 투로 말했지만, 딴죽을 걸 부분이 넘쳐나는데.

그렇게 가벼운 느낌으로 에인션트 드래곤을 만든 거였다니.

『그래서 말이네, 거기에 추가로 가호를 내리면 지나치게 강해질 것 같아 가호를 내리지 않았다네.』

신이 지나치게 강해질 것 같았다고 할 정도니, 가호는 내리지 않는 게 정답이었겠지.

에인션트 드래곤인 곤 옹은 스테이터스 수치만 봐도 엄청나니까.

그에 필적하는 페르도 대단하기는 하지만.

『자네의 사역마인 그 펜리르는 특별하다네. 종족의 평균적인 힘으로 치면 에인션트 드래곤이 단연 강하네만, 그 펜리르는 자신의 힘과 닌릴의 가호 덕에 에인션트 드래곤과도 대등하게 겨룰 수 있을 정도가 되었지. 역대 최강이라 해도 될 것이야. 정말 대단한 일이지.』

우오, 생각을 읽으셨네.

나 참~ 그러지 좀 마시라고요.

『이거 미안하게 됐군. 자네가 있던 세계의 말로 '프라이버시'를 존중해주어야 하거늘.』

제 말이 그 말입니다.

그나저나 페르가 역대 최강의 펜리르라~

강하다는 거야 알았지만 역대 펜리르 중 최강이라 한들, 먹보처럼 고기 타령이나 하는 모습밖에 안 떠오르는데.

아니, 본론으로 돌아가서 데미우르고스 님의 말씀에 따르면 세계를 만들어냈을 때 에인션트 드래곤도 만들었다면, 에인션트 드래곤이 이 세계에서 가장 오래된 생물이라는 뜻인가?

『음, 그 말이 맞네. 참고로 수명은 2만 년 정도 되지.』

우으, 또 생각을 읽으셨어.

"에인션트 드래곤의 수명은 2만 년이나 되는군요……."

『그렇다네. 원초의 에인션트 드래곤은 자네 사역마의 선선대지.』

……곤 옹은, 아직 젊은 거였구나.

할아버지 같아서 곤 옹(翁)이라고 이름을 붙인 건데.

곤 옹이라는 이름이 정착되었으니 이제 와서 바꿀 수도 없지만.

『문제없을 것이야. 에인션트 드래곤은 2000년쯤 살면 지식이 축적되어 영감이나 할망구처럼 되기 마련이니. 허어허어허어.』

아앗~ 또~.

『미안하대도. 뭐, 지금은 문제없지 않나. 아닌 게 아니라 젊은 자네가 여인과 이런저런 짓을 하는 모습을 끙끙대며 상상하는 것을 읽는 것보다야~.』

"잠깐, 데미우르고스 님! 그건 농담이 아니라 진짜로 프라이버시를 엄청나게 침해하는 짓이거든요?!"

『허어, 허어, 허어, 예를 든 것뿐이네.』

허어허어허어, 하고 웃어넘길 일이 아니라고~.

정말, 절대로 하면 안 됩니다?

따, 따, 딱히 여성과 이런저런 걸 하고 싶다는 상상을 한 건 아니지만.

저한테도 사생활이라는 게 있으니까요.

부탁 좀 드립니다, 진짜로.

『괜찮네, 괜찮아. 알아들었네.』

뭐가 괜찮다는 건지.

하아~.

아무튼 '곤 옹'이라고 이름을 붙여도 괜찮은 거였다는 뜻이지?

"저기, 데미우르고스 님의 말씀 중에 조금 신경 쓰이는 게 있는데, 그에 관해 물어도 되겠습니까?"

『음. 자네에게는 신세를 지고 있으니 뭐든 답해줌세.』

뭐든 답해주겠다니, 그런 소릴 해도 되는 겁니까, 데미우르고스 님.

"그게, 아까 모종의 목적이 있어서 에인션트 드래곤을 만들었다고 하셨는데, 어떤 목적입니까?"

『속된 말로 하자면, 억지력과 보험이라네.』

"억지력과 보험?"

『그래. 저렇게 강한 게 있기만 해도 어리석은 행위를 견제할 수 있지 않겠나.』

뭐, 그야 그렇죠.

『게다가 말이네, 신이 지상의 일에 지나치게 참견할 수 없다는 건 자네도 알 테지?』

"네, 그렇게 들었습니다."

『물론 세계가 시작될 때는 우리 신들이 씨앗을 뿌리지만 말이지, 그 후부터는 지켜볼 뿐이라네. 그 세계를 일희일비하며 계속 지켜보는 것이지. 허나, 슬프게도 비극으로 가득한 세계가 되어버리는 일도 있기 마련이네. 그렇게 될 경우의 보험을 겸한 것이야.』

"응? 그렇게 될 경우의 보험이라니……."

『자네도 에인션트 드래곤의 스테이터스를 보지 않았나. 그 중에【궁극마법】에인션트 드래곤의 혼이라는 게 있었는데, 기억하는가?』

"궁극마법 에인션트 드래곤의 혼……. 분명 보긴 했던 것 같네요……."

『이건 그 시대를 살아가는 에인션트 드래곤 중 어느 한 마리가 계승하는 마법이네만, 이번 대에는 자네의 사역마가 계승한 듯하네.【궁극마법】에인션트 드래곤의 혼이란 그 이름대로 에인션트 드래곤의 혼을 사용한 궁극마법이네. 세계를 끝낼 수 있지.』

……………네?

아무것도 아니라는 듯이 말씀하셨는데, 뭐요오오오오오?!

세계를, 끝내?

종말?

"네에에에에에에에?!"

『허어허어허어, 걱정할 것 없네. 자네의 사역마는 지금을 즐기고 있는 듯하니. 세계를 끝낼 생각은 눈곱만큼도 없을 것이야. 게다가 말이네, 애초에【궁극마법】에인션트 드래곤의 혼을 발동하려면 내 허가가 있어야 하거든.』

아니아니아니, 뒤집어서 생각하면 데미우르고스 님이 허가하면 세계가 끝장난다는 거잖아요오오오.

『그런 셈이지. 나는 이래 봬도 이 세계의 창조신이니.』

"아무것도 아니라는 듯이 그런 소릴 하시다니~~~."

『허어허어허어. 괜찮대도. 이 세계는 아직 희망으로 가득하다네.』

"에이~ 데미우르고스 님은 그렇게 말씀하셨지만, 르바노프 신성왕국 같은 데는 처참하다던데요."

그 나라는 완전 인간족 지상주의인 종교 국가라고 하는 데다, 속국에 해당되는 르바노프교를 국교로 삼고 있는 나라도 그런 식이라던데.

얼마 전 만났던 르바노프교 사람들의 태도를 보니 대충 어떨지 짐작이 간단 말이지.

『그렇긴 하네. 어리석은 자는 어느 세계에나 솟아나기 마련이니. 허나 괜찮네. 그대가 어떻게든 해줄 거라 기대하고 있겠네.』

"네? 기대하고 있겠다니, 왜 저한테 그러십니까? 데미우르고스 님, 말도 안 되는 소리 마세요."

『괜찮네, 괜찮아. 지금 당장이 아니라도 좋네. 한가할 때 잠깐 가서 혼쭐을 내주면 그 어리석은 자들도 얌전해질 것이야.』

"아니아니아니, 글쎄 왜 저한테 그러시냐고요. 잠깐 가서 혼쭐을 내주라니, 그럴 게 아니라 데미우르고스 님이 신탁이든 뭐든 내리는 편이 효과가 있을 텐데요."

『한낱 사기꾼, 사이비 종교인에 불과한 녀석들이 신인 내 말에 진지하게 귀를 기울일 것 같은가. 그런 녀석들은 힘으로 찍어 누르는 게 제일이라네.』

"힘으로 찍어 누르라 하신들⋯⋯."

어떻게 힘으로 찍어 누르라는 건데요.

『무슨 소릴 하는 건가. 이 세계 최고 전력인 펜리르와 에인션트 드래곤이 곁에 있건만. 누워서 떡 먹기래도.』

누워서 떡 먹기라니, 너무 가볍게 말씀하시는 거 아니냐고요~.

애초에 왜 전데요?

이런 건 그야말로 용사가 할 일 아닌가요?

저는 그냥 휘말려든 이세계인이라니까요.

『뭐, 그런고로 부탁 좀 하겠네. 달성하는 그날에는 좋은 게 기다리고 있을지도 모르고~. 다음에 보세나~.』

"앗, 잠깐만 기다리세요! 데미우르고스 님?!"

『한가할 때 해도 괜찮네~.』

그 말을 끝으로 데미우르고스 님과의 통신은 끊겼다.

"나 참~ 대체 뭐냐고~. 이번에는 너무 억지가 심하시잖아.
……그나저나, 좋은 게 기다리고 있을 거라니, 뭐지?"

파멸적인 연애운을 올려주시려나?

혹시, 색시가 생기나?

아니아니아니, 속으면 안 돼.

이건 한껏 기대했다가 뒤통수 맞는 패턴이라고.

…………조금은, 기대해도 되려나?

"그 좋은 게 대체 뭐냐고요, 데미우르고스 님~."

답을 듣지 못해 답답한 마음으로 나는 침대에 기어들어갔다.

데미우르고스 님의 난감한, 억지스러운 계시를 모두에게 이야기할까 망설였지만, 데미우르고스 님이 한가할 때 해도 된다고 하셨으니 일단은 보류하기로 했다.

　좌우간 지금은 할 일이 많으니까.

　그걸 마치고서 어떻게 할지 생각하자는 결론에 다다랐다.

　뭐, 귀찮은 일을 나중으로 미뤘다고 할 수도 있겠지만.

　어찌 되었건, 할 일부터 해치우자.

　우선 예정해두었던 목욕탕 확장 공사부터.

　오늘은 공사업자가 사전 답사를 오기로 약속을 한 날이다.

　문지기 담당인 타바사와 페이터에게 그렇게 설명하고 공사업자인 브루노 씨가 오면 이곳으로 안내하라고 말해두었으니 괜찮을 거다.

　페르 일행과 아침 식사를 마치고 식후 휴식 시간에 커피를 마시며 느긋하게 쉬던 중…….

　똑똑——.

　"무코다 씨, 공사업자인 브루노 씨가 왔어."

　현관에서 타바사의 목소리가 들렸다.

　"네에~ 지금 갈게."

　현관문을 열자 타바사와 페이터, 그리고 작지만 우락부락한 체격에 수염이 덥수룩한 드워프가 세 명 늘어서 있었다.

"공사를 부탁드린 무코다입니다. 오늘은 잘 부탁드리겠습니다."

"어엉. 내가 브루노다. 이쪽이야말로 잘 부탁하지. 오늘은 사전 답사라 두 명만 데리고 왔다."

"네, 들어오세요."

그렇게 말하며 브루노 씨 일행을 집 안으로 들였다.

"그러면 무코다 씨. 우리는 일하러 돌아갈게."

"응."

"야, 가자."

"응."

용건을 마친 타바사와 페이터가 대문 쪽으로 돌아간다.

그 두 사람을 배웅하며 '으응?' 하고 생각했다.

……뭔가, 두 사람의 거리가 가까워진 것 같은데?

나는 고개를 갸웃했지만 지금은 그게 문제가 아니었다.

브루노 씨 일행을 상대해야 하기 때문이다.

"그럼 오시자마자 죄송하지만 목욕탕으로 가시죠."

"그래."

드워프 세 명을 우리 집 목욕탕으로 안내했다.

"호오~ 제법 넓고 좋은 목욕탕이로군. 여길 더 넓게 하겠다고?"

브루노 씨가 의아하다는 듯이 물었다.

그렇게 생각할 만도 하지.

이것도 충분히 넓으니까.

보통 사람이 쓰기에는.

나는 브루노 씨에게 우리 집의 사정을 간단히 설명했다.

그리고 실제로 거실에서 쉬고 있던 우리 집 사역마들, 페르, 드라 짱, 스이, 곤 옹을 보여주기도 했다.

배짱이 두둑하기로 유명한 드워프도 페르와 곤 옹의 모습을 보고는 놀란 눈치였다.

"사역마와 함께 목욕을 하다니. 심지어 그 사역마를 위해 목욕탕을 확장하겠다니, 과연 S랭크 모험가는 씀씀이가 다르구만."

브루노 씨는 내가 S랭크 모험가라는 사실을 알았는지, 그런 소리를 중얼거렸다.

뭐, 돈을 벌 수 있는 것도 이 녀석들 덕분이니까.

게다가 목욕을 좋아하는 곤 옹을 위한 일이기도 하고.

크게 만들어두면 페르가 들어올 때도 넉넉할 테고.

페르는 목욕을 싫어하기는 해도 아예 안 씻는 건 아니니까.

그 후에는 목욕탕 확장을 위한 회의를 했다.

우선 욕조가 문제다.

좌우간 이 세계의 욕조는 비싸니까.

특수한 방법으로 부순 마석의 가루를 반죽에 넣어 구운 도기제라 엄청 비싼 제품이다.

화려한 색이 들어간 것이나 그림이 들어간 것은 더욱 비싸져서, 자칫 잘못하면 공사비용보다 비싼 경우도 있는데 취향 문제도 있어서 대부분은 시공 의뢰자측이 준비한다고 한다.

그런고로 나도 직접 준비하기로 했다.

내일에라도 이전에 람베르트 씨의 소개로 욕조를 샀던 일라리오 상회에 가볼까 한다.

그런 다음에는 공사 방법에 관한 이야기로 이어졌는데, 외벽을 뚫고 새로운 외벽을 만들거나 옆방의 벽을 뚫고 넓게 하거나, 둘 중 하나라고 한다.

외벽을 뚫을 경우에는 목욕탕 이외의 곳에는 손을 대지 않으니 다른 방의 넓이도 그대로 유지되지만 새로 외벽을 만들어야만 해서 공사 기간이 길어지고, 보기 좋은 형태로 되어 있는 집에서 그 외벽 부분만 불쑥 튀어나올 테니 집의 외관이 손상되는 것이 난점이라는 듯했다.

그리고 옆방의 벽을 뚫을 경우는 당연히 그만큼 방이 좁아지게 되지만 공사 기간은 이쪽이 더 짧다고 한다.

요컨대 넓이냐, 공사 기간이냐의 문제인 것이다.

나는 공사 기간을 선택했다.

옆방의 벽을 뚫을 경우에는 나흘이면 충분하다고 하셨으니까.

목욕탕 옆방은 솔직히 말해서 별로 안 쓰기도 하고.

브루노 씨와 상의해서 목욕탕 확장공사는 모레부터 시작하기로 했다.

그리고 목욕탕 확장공사와는 별개로…….

"브루노 씨, 목욕탕 건과는 별개로 상의하고 싶은 게 있는데요……."

나는 브루노 씨에게 노예를 늘리고 싶으니 그들이 살 집의 건축도 부탁할 수 없을지 상의해 보았다.

어디에 지을 거냐고 하기에 안채 뒤쪽으로 안내했다.

이미 지어진 세 채의 집 뒤편에는 나무가 자라나 있는데, 그 나무를 베어 공터로 만들면 꽤 넓은 땅을 확보할 수 있다.

그곳에 지었으면 한다는 의사와 앞으로의 일을 생각해서 서너 채 정도는 집을 지어두고 싶다고 이야기했다.

그러자 브루노 씨는 "나무 벌목 작업이랑 공터 정리 쪽은 다른 업체에 부탁해. 우리는 어디까지나 건축가니까. 공터를 만들고 나면 세 채든 네 채든 지어주지"라고 했다.

다만 그럼에도 지금은 바빠서 당장 지을 수는 없다는 듯했지만.

목욕탕 확장공사와는 달리 집을 지으려면 아무래도 나름의 공사기간이 필요하다고 한다.

심지어 우리 집 같은 경우는 더더욱 그럴 거란다.

앨번이 마침 밭일을 하고 있기에 양해를 구해서 앨번 일가의 집을 브루노 씨에게 보여드리고 이것과 비슷한 수준으로 해달라고 부탁했더니 살짝 어이가 없다는 투로 "목욕탕 딸린 노예의 집은 난생처음 보는구먼"이라고 하셨거든.

목욕탕을 넣으면 수도 공사도 해야 하니 비용도 비싸지고 공사 기간도 당연히 길어진다고 한다.

브루노 씨의 말에 따르면 지금 맡고 있는 일이 두 달 후 정도에 정리될 테니 실제로 우리 종업원용 주택의 공사를 시작할 수 있는 건 그 이후가 될 거란다.

브루노 씨는 그때까지 공터로 만들어 바로 공사를 시작할 수 있도록 준비해두라고 말했다.

벌목 작업과 공터 정리라.

그쪽은 페르 일행의 마법으로 어떻게든 될 것도 같은데……

뭐, 일단 검토해보기로 할까.

그렇게 브루노 씨 일행의 사전답사와 논의가 끝난 후, 드워프하면 역시 술이지, 라는 생각에 그들이 돌아가기 전에 뇌물로 위스키를 한 병씩 건넸는데…….

위스키 병을 보자마자 브루노 씨의 눈빛이 바뀌었다.

"오, 너, 이건, '환상의 주점'의……!"

어라, 브루노 씨, 아세요?

"자자, 브루노 씨. 그 이야기는 하면 안 된다는 말 못 들으셨나요?"

내가 그렇게 말하자 브루노 씨가 화들짝 놀란 얼굴로 입을 틀어막았다.

그리고 "너희들, 금방 갈 테니 밖에서 기다려라"라며 함께 온 두 사람을 먼저 내보내더니…….

"잠깐, 이리 좀 와."

"왜 그러세요, 브루노 씨."

브루노 씨는 주변에 사람이 없는지를 확인하더니 작은 목소리로…….

"주인장은 S랭크 모험가일 거라는 이야기를 언뜻 듣기는 했지만, 그 가게 주인장이 댁이었군."

"뭐어. 그나저나 브루노 씨는 그 이야기를 어디서 들으셨나요?"

"응? 내 동생놈한테. 더할 나위 없이 맛있는 술을 얻었으니 나눠주겠다면서 편지랑 같이 보내왔더군."

여행을 갔던 도시에서 시간이 날 때 내 취미로 술집을 열었다.

여러 가지 규약을 내걸었고 운영 장소도 시간도 정해지지 않은, 그야말로 신출귀몰하는 가게라 드워프들 사이에서는 '환상의 주점'이라 불리고 있다.

왜 드워프들 사이에서만 소문이 난 것인가 하면, 손님이 죄다 드워프였거든.

딱히 내가 출입 인종을 드워프로 한정 지은 것도 아닌데.

맛있는 술에 대한 집념에 있어 드워프를 당해낼 자는 없다는 것이리라.

뭐, 그런 아는 사람만 아는 내 가게를 브루노 씨는 알고 있었던 거다.

"그래서, 이 도시에서는 '환상의 주점'을 안 하는 거냐?"

브루노 씨가 기대에 찬 눈으로 나를 바라보았다.

수염 난 아저씨에게 그런 시선을 받은들…….

게다가 다른 이유도 있지만…….

"지금은 좀 바빠서요."

내가 그렇게 말하자 브루노 씨는 이 세상의 종말이라도 맞은 듯 절망에 찬 눈으로 고개를 푹 숙였다.

어, 그렇게 좌절할 일이야?

뭔가 내가 나쁜 짓을 한 것 같잖아.

"으음~ 조금 전에 드린 술과 같은 것이라면 몇 병 정도 마련해 드릴 수 있지만요."

그렇게 말하자 브루노 씨가 고개를 번쩍 들었다.

"정말로?!"

"네, 네에. 그 정도라면요."

"이얏호! 그렇다면 모레부터 시작할 공사도 초특급으로 이틀 만에 끝내주지!"

한껏 신이 나서 브루노 씨는 그렇게 선언했다.

"네? 나흘 걸릴 걸 이틀 만에요? 너무 서두르다가 날림공사가 되면 곤란한데요⋯⋯."

"바보 같은 소리! 드워프가 일을 날림으로 할 리가 있나!"

"그렇다면 상관없지만⋯⋯. 괜찮으시겠어요?"

"물론이지. 그 대신이라고 하기는 그렇지만⋯⋯. 이 술, 조금 더 마련해줄 수 없을까?"

"그 정도 부탁이라면 들어드릴 수 있죠."

"좋았어! 꼭이다! 약속한 거야!"

그렇게 말하더니 브루노 씨는 잔뜩 신이 난 채로 돌아갔다.

동행 두 사람은 의아한 얼굴로 브루노 씨를 쳐다봤지만.

그나저나 역시 드워프한테는 술이 최고네.

이로써 초특급으로 공사가 끝난다면 나야 고맙지.

나흘 걸린다고 들었을 때는 아이템 박스에 들어있는 여행용 욕조를 써야 하나 싶었지만, 이틀 정도라면 참을 수 있으니 안 써도 될 것 같네.

드워프에게는 술을. 이보다 확실한 방법도 없을 거야.

퉁탕땅, 퉁탕땅, 요란한 소리가 집 안에 울려 퍼졌다.

목욕탕 확장공사를 하는 소리다.

공사도 벌써 이틀째다.

사역마인 페르, 곤 옹, 드라 짱, 스이는 어제 공사 소리를 듣고 아주 질려버렸는지, 공사를 시작하기 전에 일찌감치 정원으로 피신했다.

그러고는 따끈한 햇볕을 받으며 잔디밭 위에서 낮잠을 자고 있다.

나로 말하자면 브루노 씨가 자잘한 부분을 어떻게 할지 물어볼지도 모른다는 생각에 거실에서 대기 중이다.

인터넷 슈퍼에서 구입한 귀마개가 매우 큰 도움이 되고 있다.

공사 쪽은 브루노 씨가 선언한 대로 순조롭게 진행되어서 오늘 중에 무사히 끝날 예정이다.

일라리오 상회에서 입수한 썩 괜찮은 욕조도 오전 중에 브루노 씨에게 건네 두었다.

뭐, 지금은 탈의실 구석……이 아니라 대부분을 차지하고 있는 상태지만.

마도구에서 문제없이 뜨거운 물이 나오는지, 배수는 잘 되는지 확인하고 나서 마지막으로 욕조를 설치하면 공사는 종료된다는 모양이다.

이번에 일라리오 상회에서 입수한 욕조는 기존에 집에서 쓰던 욕조와도 비슷한, 디자인이 제법 괜찮은 물건이었다.

기존에 집에서 쓰던 욕조는 꽤나 돈을 들인 것인지 둥그런 도기제에 바탕은 아이보리색이고 바깥쪽 측면 상부에 형형색색의 예쁜 꽃들이 그려져 있는 것이었다. 그것과 비슷한 물건을 구하려면 값이 꽤 나가는 데다 그런 물건의 재고가 있을지 어떨지도 알 수 없는 상황이었는데 천만다행이다.

가능하면 색이라도 비슷하게 맞추게 흰색 계열이 있었으면 좋겠다고 생각했더랬다.

뭐, 그래도 곤 옹이 여유롭게 들어갈 수 있어야 하니 가장 중요한 조건은 크기였지만.

최악의 경우에는 색이나 디자인은 다 제쳐놓고 기존에 쓰던 욕조와 따로 놀아도 어쩔 수 없으니 큰 걸로 하자고 생각했는데, 다행히도 이전 것과 분위기가 비슷한 게 있었다.

아주 조금 노란기가 섞인 옅은 크림색에 빨강과 핑크색 꽃무늬가 들어간 특대 사이즈 욕조가.

이건 바로 사야지.

가격은 금화 540닢.

이것도 많이 깎아준 거라는 모양이다.

점원에게 이유를 묻자, 너무 커서 오랫동안 팔리지가 않았기 때문이라고 했다.

오랫동안 자리만 차지하고 있던 게 팔렸다며 점원도 아주 후련하다는 표정이었다.

내 쪽도 크기는 물론이고 디자인도 좋은 걸 사서 대만족이다.

이거야말로 Win-Win이지.

그런고로 무사히 괜찮은 느낌의 욕조를 손에 넣은 것이다.

그 험상궂은 곤 옹 전용으로 쓰기에는 디자인이 지나치게 귀여운 것 같지만.

뭐, 우리 집 욕조의 디자인에 맞춘 거니 그 부분은 참아달라고 해야지.

이제 남은 일은 공사가 끝나기를 기다리는 것뿐이다.

엄청 기대되네.

해가 저물 무렵, 브루노 씨가 말을 걸어왔다.

"오래 기다렸군. 공사 다 끝났어."

곧장 공사가 끝난 목욕탕을 보러 갔다.

"오오~ 넓어졌네."

그러기 위한 공사였으니 당연하기는 하지만, 목욕탕은 이전의 두 배 정도의 넓이가 되어 있었다.

이번에 새로 장만한 곤 옹을 위한 욕조도 원래 있던 욕조 옆에 보기 좋게 설치되었다.

"배수도 문제없을 거야. 어때?"

"네, 완벽하네요."

역시 드워프라고 해야 할까.

뭔가를 만드는 일에 있어서는 당해낼 종족이 없겠어.

"당연하지. 그렇게 맛있는 술을 받아놓고 허투루 일을 할 수는 없으니까."

약속대로 어제 공사를 마칠 때 위스키를 나눠줬더랬다.

당연히 오늘도…….

"약속했던 술입니다. 어제보다 넉넉하게 드릴 테니 다 함께 즐겨주세요."

사전에 준비해둔, 어제 건넨 것과 같은 큰 병에 든 위스키를 스무 병 정도 꺼냈다.

"고맙구만! 사양 않고 받아가겠어!"

브루노 씨도 종업원 분들도 위스키를 보자 방긋 웃는 얼굴이 되었다.

정말 술을 좋아하네~.

아닌 게 아니라 이곳에 공사를 하러 와준 분들 열 명 중 대부분이 드워프더라고.

그 밖에도 인간족과 수인도 있었지만 그쪽도 술이라면 사족을 못 쓴다고 하고.

그런 분들이 모였으니 많이 필요할 것 같아서 어제도 큰 병으로 드렸다.

어제 열 병 정도를 드렸더니, 예상대로 브루노 씨네 사무실에서 술판을 벌였다는 모양이다.

오늘도 당연히 그럴 예정인지, 나도 참가하지 않겠느냐고 브루노 씨가 물어봐 주었지만 정중하게 거절했다.

술은 마실 수 있어도 센 편은 아닌 내가 드워프나 그들과 어울릴 수 있는 분들과 마시고 무사할 리가 없으니까.

게다가 오늘은 멀끔해진 목욕탕을 다 같이 만끽하고 싶기도 하고.

그리고 요전에 이야기했던 노예의 집에 관한 일은, 내 쪽에서 나무를 벌목하고 공터로 만들고 나서 브루노 씨에게 문의하면 그때 공사 예정을 잡아보자는 방향으로 결론이 났다.

나와 브루노 씨가 그런 이야기를 하는 동안에도 종업원분들은 이미 연회 생각으로 머릿속이 가득해졌는지, 와글와글 웅성웅성 떠들어대고 있었다.

공사도 이야기도 끝나자 브루노 씨를 비롯한 일행은 술병을 끼고 신이 나서 돌아가려 했는데, 아직 중요한 게 남았다는 생각이 들어서 나는 브루노 씨를 허둥지둥 불러 세웠다.

"브루노 씨, 공사 대금이요!"

"오오, 깜박할 뻔했구먼. 그걸 깜박했다간 마누라한테 야단맞는 정도로는 안 끝났을 텐데. 아이고, 큰일 날 뻔했어."

브루노 씨가 살짝 안심한 얼굴로 그렇게 말했다.

공사 대금은 다 합쳐서 금화 270닢.

백금화와 대금화로 지불해도 된다기에 백금화 두 닢과 대금화 일곱 닢으로 지불했다.

"백금화는 오랜만에 보는군. 역시 S랭크 모험가, 벌이가 좋은 모양이구만."

브루노 씨는 그렇게 나를 놀렸지만, 브루노 씨네야말로 바쁘게 일해서 꽤나 많이 벌고 있잖아요.

뭐, 아무튼 그제야 모든 일이 끝나서 브루노 씨 일행은 돌아갔다.

그리고 브루노 씨 일행과 교대하듯이 사역마들, 페르, 곤 옹, 드라 짱, 스이가 집 안으로 들어왔다.

『이제야 끝났나.』

페르가 터벅터벅 가장 먼저 들어왔다.

"그래. 상당히 넓어진 데다 이전보다 멀끔해졌어, 목욕탕. 이제 곧 옹도 느긋하게 몸을 담글 수 있을 거야."

『그것참 기대되는군.』

곤 옹은 드라 짱과 스이를 태운 채 목욕탕이 상당히 넓어졌다는 이야기를 듣고 기뻐했다.

『요즘 매일 목욕을 했는데 어제는 못 했으니까. 오늘은 꼭 하자.』

『스이도 목욕할래~.』

드라 짱의 말대로 요즘 매일 목욕을 하긴 했었지.

목욕을 좋아하는 사람들은 안 하면 찜찜하니까.

"그렇다면 지금 바로 목욕하러 갈까?"

『잠깐! 지금 바로라니, 그 무슨 소리냐!』

기세를 몰아 다 같이 목욕탕으로 직행, 하려고 했더니 페르가 제동을 걸었다.

"왜 그래, 페르~."

『밥이 우선 아니냐.』

『음, 그도 그렇군.』

『밥이 무엇보다도 우선이기는 하지.』

『밥~.』

그랬다.

먹보 콰르텟에게는 무엇보다도 밥이 중요했지.

나는 잽싸게 부엌으로 향해 저녁 준비를 시작했다.

◇　◇　◇　◇　◇

저녁 식사를 마친 나와 곤 옹과 드라 짱과 스이는 곧장 목욕탕으로 갔다.

참고로 저녁 메뉴는 만들어두었던 기간트 미노타우로스 고기의 된장 양념구이 덮밥이었다.

밥 위에 1센티미터 정도의 폭으로 썰은 양상추를 얹고, 구운 기간트 미노타우로스의 된장 양념구이를 올리고 흰깨를 조금 뿌린 거다.

내 입으로 말하자니 좀 그렇지만, 매우 맛있었습니다.

곤 옹은 무진장 마음에 들었는지 또 먹고 싶다는 소리까지 했다.

뭐, 그렇게 저녁을 먹고 잠시 쉬었다가 목욕탕으로 향했다.

페르에게도 일단 같이 가자고 해봤지만 여전히 목욕이 싫은지 언짢은 얼굴로 『너희끼리 씻으면 되지 않으냐』라고 말했다.

그런고로 나와 곤 옹과 드라 짱과 스이만 목욕탕에 왔다.

"어때, 넓지?"

『우오~ 엄청 넓어졌네에.』

『넓어~!』

드라 짱은 넓은 목욕탕 안을 날아다녔고 스이도 통통 뛰며 돌아다녔다.

『이 정도면 나도 느긋하게 몸을 담글 수 있겠군그래.』

곤 옹도 넓어진 목욕탕을 보고 만족스러워 했다.

저녁을 먹기 전에 두 개의 욕조에 뜨거운 물을 받기 시작했더니 딱 좋게 받아져 있었다.

"좋아, 우선 곤 옹의 몸을 씻어주자. 스이, 곤 옹한테 따뜻한 물을 끼얹어줘."

『네~에.』

스이가 촉수를 샤워기처럼 변형시켜, 욕조에서 따뜻한 물을 빨아들여 곤 옹의 몸에 뿌렸다.

"드라 짱은 이걸 써서 구석구석 문질러 줘."

그렇게 말하며 미리 사둔 수세미를 드라 짱에게 건넸다.

『어쩔 수 없지.』

"그걸로 네 몸도 씻어도 돼."

『바보냐?! 이런 걸로 씻으면 아프잖아. 난 섬세하다고!』

"풋, 그래그래. 그럼 평소처럼 스펀지로 씻어."

『알아들었으면 됐어, 알아들었으면.』

『이것 봐라, 그러면 꼭 내가 둔감하다는 것 같지 않으냐. 드라처럼 작고 연약한 종족의 애송이가 아니라, 나는 에인션트 드래곤이기에 모든 면에 있어서 튼튼하게 되어 있는 것뿐이거늘.』

『누가 나약하다는 거야!』

『사실 아니냐.』

『나약해~.』

『젠장~ 스이까지 저런 소릴 하다니~.』

"그래그래, 드라 짱이 강하다는 건 내가 알아. 그러니까 싸우지 마."

그런 소리를 주고받으며 곤 옹의 몸을 대형 세척솔로 벅벅 문질러 나갔다.

늘 생각하는 거지만 알몸에 타월 한 장 허리에 두른 모습으로 에인션트 드래곤에게 솔질을 하는 내 모습을 상상하면, 어이가 없다는 말이지~.

그렇게 생각하긴 해도 곤 옹이 『거긴 좀 더 세게 해주시게』라느니 『거기도』라면서 주문을 해대서 힘을 팍 주고 문지를 수밖에 없다.

꽤 중노동이라고.

벅벅, 벅벅.

벅벅, 벅벅.

"후우, 이 정도면 되려나. 스이, 헹궈줘."

『네~에.』

곤 옹의 몸을 스이의 촉수 샤워기가 헹궈 나갔다.

나와 곤 옹과 드라 짱과 스이는 그제야 욕조에 몸을 담갔다.

"흐아아아아~."

어깨까지 탕에 담그자 무의식중에 할아버지 같은 목소리가 흘러나왔다.

조금 전까지 곤 옹의 몸을 구석구석 대형 세척솔로 힘주어 벅벅 문지른 탓인지 더더욱 노곤했다.

탄산이 첨가된 유자향 입욕제가 지친 몸을 달래주었다.

『역시 목욕은 기분 좋다니까~.』

『기분 좋아~.』

드라 짱과 스이가 평소처럼 탕에 둥둥 뜬 채 느긋하게 그런 소리를 했다.

"곤 옹은 어때~?"

『………….』

"곤 옹?"

옆을 보니 곤 옹은 기분 좋은 나머지 잠들었다.

"아~ 역시 목욕은 좋은 거라니까아~."

『그러게에.』

『맞아~.』

제 9 장

마검의 올바른 사용법

아침 식사를 마치고 거실에서 느긋하게 모닝커피를 마시고 있다.

페르, 곤 옹, 드라 짱, 스이도 콜라를 마쉬며 쉬는 중이다.

"저기, 오늘은 너희가 도와줬으면 하는 일이 있는데, 부탁해도 될까?"

『흠, 나는 사냥을 가고 싶었다만 뭐, 상관없지.』

『나도 한가하니 괜찮네.』

『나도 사냥은 가고 싶지만, 네가 없으면 어차피 맛있는 밥을 먹을 수 없으니까. 도와줄게.』

『스이도 괜찮아~. 주인 도와줄래~.』

"그게, 뒷마당에 있는 나무를 말이지……."

모두에게 종업원을 늘릴 예정이라 그들의 집을 짓기 위해 나무를 베어 공터로 만들 필요가 있다고 설명했다.

"실제 공사는 나중에 시작할 거지만, 시간이 있을 때 일찌감치 해두는 게 좋을 것 같아서."

나중에 하자고 미루다 보면 끝이 없을 테니까.

뭐, 뒷마당에 있는 나무는 열 그루도 안 되지만, 그중 굵은 나무가 몇 그루 있어서 평범하게 베려면 꽤나 고생을 할 것 같단 말이지.

『뭐냐, 나무를 베면 되는 거냐? 그런 건 마법을 쓰면 금방이지.』

『맞아.』

『음. 순식간에 끝날 게야.』

『스이도 풋 해서 나무 벨래~.』

이 녀석들한테는 순식간에 끝날 일인가 보다.

그리고 스이의 풋은 베는 게 아니라 녹이는 거잖니.

뭐, 이야기를 하고 보니 공터로 만드는 데는 얼마 안 걸릴 것 같네.

페르 일행과 함께 안채 뒷마당을 찾았다.

무슨 일인가 싶었는지 일을 시작하기 전인 토니 일가와 앨번 일가, 전직 모험가들이 모여들었다.

"소란스럽게 해서 미안해. 사실은 말이야……."

페르 일행에게 했던 것과 같은 설명을 종업원 일동에게 해주었다.

"옮겨 담기 작업이 많이 힘들어졌잖아. 코스티 군, 람베르트 상회에서도 공급량을 좀 더 늘릴 수 없겠느냐는 연락이 오지 않았어?"

람베르트 씨쪽과의 중개역을 맡고 있는 코스티 군에게 묻자 난감한 얼굴로 "네, 사실은 몇 번인가 그런 문의를……"이라고 답했다.

그렇겠지.

비누나 샴푸도 그렇지만 발모제도 잘 팔리고 있으니까.

"아까도 말했듯이 공사는 아직 멀었지만 그럴 예정은 있으니까, 그때까지 조금만 더 여기 있는 사람들끼리 버텨줘."

내가 그렇게 말하자 종업원 일동은 "물론이죠"라면서 힘껏 고개를 끄덕여주었다.

"그리고 코스티 군도 가능한 범위 내에서 공급하면 돼. 람베르트 씨라면 강요는 안 하겠지만, 너무 압박이 강해지면 나한테 말해."

그러자 코스티 군은 조금 안심한 듯이 미소를 지으며 "네"라고 말했다.

"자아, 그럼 시작해 볼까."

"저기요."

"응? 왜 그래, 테레자?"

망설이듯이 테레자가 말을 걸어왔다.

"베어낸 나무는 어떻게 하실 건가요?"

"음~ 글쎄, 그대로 둘 수는 없으니 처리를 해야 할 텐데……."

그러고 보니 베어낸 나무를 어떻게 처리할지는 생각하지 않았다.

아이템 박스에 넣어뒀다가 나중에 도시 밖의 넓은 장소에서 불태워 처리할까.

"저기, 쓰실 일이 없다면, 주실 수 있을까요?"

"나무를?"

"네."

테레자에게 자세히 물어보니, 특이한 이유 때문은 아니었다.

가마에 넣을 장작으로 쓰고 싶다는 것이었다.

지금은 토니가 정원수를 손질할 때 벤 나뭇가지 등을 장작 대신 사용하고 있는데, 그것만으로는 턱없이 부족하다는 모양이다.

그리고 부족한 장작은 지금까지 사서 썼다는 듯했다.

"그랬구나. 알아채지 못해서 미안해. 그래, 그렇겠지. 가마에는 장작이 필요하지."

테레자에게 몇 번이나 갓 구운 빵을 받아놓고도 못 알아채다니, 못난 주인이 따로 없네.

"베어낸 나무는 마음껏, 전부 장작으로 써. 어느 정도의 길이로 베어서 구석에 쌓아두면 될까? 잘게 베어두는 게 좋다면 그렇게 할게."

"아뇨아뇨, 구석에 쌓아서 두시면 그다음은 저희가 알아서 할게요. 그렇지, 여보?"

테레자가 동의를 구하자 남편인 앨빈이 몇 번이고 고개를 끄덕였다.

"알겠어. 그럼 그렇게 해둘게."

그렇게 이야기가 마무리되자 모두가 오늘의 일을 하기 위해 흩어졌다.

"그래서, 너흰 왜 여기 있는 건데?"

다들 흩어진 뒤에도 전직 모험가팀의 쌍둥이, 루크와 어빈은 자리에 남아 있었다.

"우리는 오늘 휴일이라 한가하거든요."

"맞아맞아. 나무를 베는 건 페르 님 일행이 하는 거죠? 재미있을 것 같아서 구경하려고 남았습니다."

"구경이라니, 너희들 정말. 뭐, 상관은 없지만 방해는 하지 말라고."

"에이, 방해를 왜 합니까~."

"맞아맞아, 그런 짓은 안 합다."

구경하러 왔다는 쌍둥이는 내버려 두고 우리는 작업에 착수하기로 했다.

"그러면 페르, 곤 옹, 드라 짱, 스이, 각각 나무를 베어주겠어?"

『음. 나는 이 나무를 베지.』

페르는 전방 대각선 우측에 있던 굵은 나무를 베기로 한 듯했다.

『나는 이 나무를 베겠네.』

곤 옹은 좌측에 있는 굵은 나무를 골랐다.

『칫, 굵은 나무를 다 빼앗겨 버렸네. 어쩔 수 없지, 난 이걸로 할래.』

드라 짱은 페르와 곤 옹이 고른 것보다는 가느다랬지만 그럼에도 꽤 굵은 나무를 골랐다.

『스이는 있지~ 이거!』

스이가 고른 나무도 드라 짱이 고른 나무와 비슷해 보였다.

"그러면 다들 나무를 베어………… 아~앗! 스톱, 스톱! 아직 베지 마~!!!"

모두에게 나무를 베어달라고 하기 직전, 엄청나게 중요한 사실을 알아챘다.

『왜 갑자기 큰소리를 치고 그러냐.』

"아무튼 다들 일단 이쪽으로 모여 봐."

녀석들이 투덜대면서 모여들었다.

"저, 저기, 얘들아. 다들 나무는 여유롭게 슈팍, 하고 벨 수 있는 거지?"

『당연하다.』

『음, 물론이네.』

『당연하잖아.』

『스이도 벨 수 있어~.』

그렇지이.

그래서 말인데…….

"나무를 벨 때 말이야, 그 뒤에 있는 우리 집 담장까지 슈팍, 하고 베이지 않을까? 뭐, 뭐어, 우리 집 담장 정도에서 그치면 괜찮지만, 우리 집 뒤에 있는 집에 피해가 가면 매우 난감해지거든."

『흠, 그런 거였나. 평범하게 하면 뒤에 있는 집도 두 동강 나겠지.』

『음, 듣고 보니 그렇군. 그렇다면 힘 조절을 해야 한다는 뜻인가. 나는 힘 조절이 서툰데 말일세.』

『아~ 네가 말린 이유가 그거였어? 확실히 일정 수준으로 힘 조절을 하는 게 어렵기는 하지.』

『풋 하면 안돼~?』

이런…….

이거 얘네한테 시키면 안 되겠다.

지나친 힘의 폐해라고 해야 할지, 힘 조절을 해도 조절이 안 될 것 같은 기분이 든다.

무조건 뒤에 있는 집이 피해를 입을 거야.

"크크크크크, 너무 강한 것도 문제네."

"푸픕, 뒤에 있는 집에까지 피해를 주는 건 확실히 큰 문제지."

어이, 바보 쌍둥이, 웃을 일이 아니라고.

"자, 너희는 물러나. 손대면 안 돼."

『흠, 나무는 안 베는 거냐?』

"벨 거지만 너희가 하면 뒤에 있는 집이 피해를 입을지도 모르잖아. 그러니까 안 돼."

그렇게 말하자 페르 일행이 항의를 해댔다.

"안 된다면 안 되는 줄 알아."

뒤에 있는 집이 피해를 입으면 큰일이라고.

그런고로 페르 일행은 써먹을 수가 없다.

그럼 누구에게 시킬까…….

"그럼 루크, 어빙, 이쪽으로 와 봐~."

"뭐, 뭡니까?"

"불길한 예감이……."

"어디 보자, 분명 브릭스트 던전에서 주은 유품 중에…… 찾았다! 여기."

브릭스트 던전에서 주은 모험가의 유품인 대형 도끼를 아이템 박스에서 꺼냈다.

그리고 바보 쌍둥이에게 건넸다.

""………….""

"무거워~. 빨리 받아~."

바보 쌍둥이는 마지못해 대형 도끼를 받아들었다.

"그걸 받았으니 뭘 해야 할지는 알겠지? 그 도끼를 써서 나무를 베어줘."

""역시 그렇게 되는 겁니까아~.""

"구경하겠다면서 이 자리에 있었던 게 잘못이라고. 하핫."

"네에, 하겠습니다, 하면 되잖아요~."

"그 대신 포상 좀 챙겨주십쇼~."

이 녀석들, 대놓고 요구하다니.

"뭐, 일을 제대로 하면 생각은 해볼게."

"좋아, 해보자! 어빙!"

"그러자, 루크!"

두 사람의 의욕에 불이 붙었다.

"하여간 약삭빠르기는."

두 사람은 의욕을 불사르며 곧장 나무를 베기 시작했다.

터엉~ 터엉~ 기분 좋은 소리가 울렸다.

"역시 전직 모험가답게 힘이 좋네에."

아니, 나도 모험가이기는 하지만.

하지만 아무리 그래도 저 대형 도끼는 너무 무거워서 제대로 휘두르기도 힘들다고.

『어이, 도와달라고 하기에 따라왔더니만, 우리가 할 일은 없는 거냐?』

"미안미안. 글쎄. 너희가 너무 강해서 엉뚱한 피해가 생길 것 같거든. 오늘은 이만 해산이야."

『흥, 시시하군. 잔디밭에서 낮잠이라도 자야겠다.』

『나도 그리할까.』

『나도~.』

『스이도 낮잠 잘래~.』

페르, 곤 옹, 드라 짱, 스이는 햇볕이 잘 드는 안채 앞 정원 쪽으로 떠났다.

자아, 쌍둥이한테만 떠맡길 수는 없으니 나도 참가해 볼까.

하지만 분명 도끼는 저것밖에 없었던 것 같은데…….

저것 말고 나무를 벨 수 있는 건 대형 도끼와 마찬가지로 유품으로 주운 검이나 스이가 만들어준 미스릴 검, 혹은 창인가.

창으로 나무를 베기는 어려울 것 같으니 검이 그나마 낫겠지?

하지만 유품으로 주운 검은, 이렇게 말하자니 좀 그렇지만 별로 날카롭지 않아 보였는데…….

스이 특제 미스릴 검 쪽은 끝내주게 날카롭기는 하지만 그걸로 나무를 베는 건 좀 그렇고.

못 할 건 없겠지만, 이가 나가서 엉망이 될 것 같으니까.

으음~ 어쩐다.

………………아, 그 두 가지 말고도 벨 수 있을 듯한…… 정도가 아니라 날카롭기로 따지면 미스릴 검을 능가하지 않을까 싶은 게 있었지?

쓸 기회는 물론이고 쓸 생각을 해본 적도 없어서 까맣게 잊고 있었다.

"으음, 네 자루 있었던 것 같은데. 오오, 있다, 있어."

내가 아이템 박스에서 꺼낸 것은, 다름이 아니라 마검이었다.

"우선 드랭 던전의 보스인 베히모스를 쓰러뜨리고 얻은 마검 칼라드볼그~. 그리고 브릭스트 던전에서 곤 옹이 모아둔 보물 중에 있었던 마검 흐룬팅에 마검 그람, 그리고 마검 에케작스."

끄집어낸 네 자루의 검을 일단 들어 보았다.

"칼라드볼그는 너무 무겁네. 흐룬팅은 그럭저럭 들 만하지만 벤다기보다는 찌르기에 특화된 검 같고. 그람은, 으~음 날 부분이 길지만 나쁘지 않지도. 에케작스는…… 뭔가 보석 같은 게 잔뜩 붙어 있어서 화려하네. 뭐, 나쁘지는 않지만……."

마검을 들고 살짝 휘둘러보거나 해서 상태를 확인하고 있자 쌍둥이가 소리쳤다.

"무, 무무무무, 무코다 씨?!"

"그그, 그, 그 검은?!"

바보 쌍둥이의 있는 대로 놀란 듯한 얼굴은 두 사람을 더더욱 바보처럼 보이게 했다.

"아~ 이거? 던전에서 나온 마검. 이건 드랭에서 얻었고, 이쪽은 브릭스트에서 곤 옹이 모아뒀던 거야."

"야, 야, 어빙. 내 귀가 이상해진 게 아니라면, 마검이라고 한 것 같은데. 분명 무코다 씨가 들고 있는 검은 보기만 해도 보통 검이 아니라는 게 느껴지지만, 마검이라니……."

"루크, 내 귀에도 마검이라고 들렸어. 하지만 마검이란 건 나라가 엄중히 보관하는 국보잖아. 그런 걸 개인이 가지고 있다니……."

쌍둥이가 그런 말을 중얼거리며 현실 도피를 했다.

"어~이, 돌아오라고. 현실이니까. 손에 넣어버린 걸 어쩌겠어. 이런 걸 모험가 길드에 내다 팔수는 없는 일이잖아."

"하하하하하, 어빙. 우리 주인은 정말로 상식을 초월하는 사람이었던 모양이야."

"하하하하하, 루크. 그러게 말이야."

그렇게 어이가 없다는 듯이 웃지 말라고.

뭐, 아무렴 어때.

계속하자, 계속해.

"이 네 자루 중에서는 그람이 괜찮으려나. 좋아, 그람을 써보자."

마침 그람 이외의 것은 아이템 박스에 다시 집어넣고, 어디.

"하나~ 둘, 영차~!"

슈팍──.

그람의 칼날은 마치 두부를 베는 것처럼 쉽게 나무줄기를 통과했다.

"잠까아아아아아아안!"

"무슨 짓이야아아아아!"

바보 쌍둥이의 절규를 외면하고 나는 마검 그람의 날카로움에 감탄했다.

그리고 크게 만족했다.

"이야아~ 역시 엄청나게 날카롭네. 이거라면 쉽게 나무를 벨 수 있겠어."

"마, 마검이……. 내가 악몽을 꾸고 있는 건가……."

"마, 마검으로……. 꿈일 거야, 누가 꿈이라고 말해줘……."

""저 사람 완전 이상해…….""
시끄럽거든?

나무를 베고 공터로 만드는 작업은 무난하게 끝났다.
이야아, 마검이 진짜 큰 도움이 됐어.
그거 알아?
마검으로 슈팍, 하고 벤 나무는 쓰러지지 않고 그대로 서 있어.
그걸 잽싸게 아이템 박스에 수납했지.
쌍둥이인 루크와 어빙이 나무 한 그루를 베는 동안 내가 나머지를 다 벴다.
바보 쌍둥이는 "우린 필요 없었잖아"라고 했지만 "내가 다 해도 상관없지만 그러면 당연히 포상도 없을 텐데?"라고 했더니 진지하게 일을 하기 시작했다.
베어낸 나무를 빈 공간에 꺼내놓고 나뭇가지를 친 뒤 적당한 길이로 베어 쌓았다.
그 작업을 반복했다.
마검 덕분에 작업이 완전 편했지.
내 쪽은 말이야.
바보 쌍둥이는 자신들이 벤 한 그루를 처리하느라 죽는 소리를 하고 있었거든.
나무줄기는 장작으로 쓴다 치고, 이파리가 붙어 있는 가지 쪽은 처분해야 하지 않을까 싶었지만 농촌 출신이었던 쌍둥이가 "이파리가 떨어지고 어느 정도 마르면 그것도 충분히 장작으로 쓸 수 있슴다"라고 하기에 한곳에 모아두었다.

그루터기는 힘이 없으면 못 뽑아낼 것 같아서 사역마인 페르, 곤 옹, 드라 짱, 스이를 소집했다.

페르와 곤 옹은 힘으로 뽑았고, 드라 짱은 흙 마법으로 뿌리가 얽힌 흙을 부드럽게 만들고 나서 끌어안은 채 쏘옥, 하고 뽑았다.

스이는 분열체를 만들어 슈와악, 하고 녹였다.

드라 짱의 흙 마법을 보고 옳거니 싶어서 나도 도전해 봤다.

뿌리라는 이물 주변의 흙만 부드럽게 만드는 건 꽤 어려웠지만 나도 어찌어찌 하나는 처리할 수 있었다.

나머지는 페르 일행이 가볍게 처리했지만.

뿌리도 상황을 살피러 온 테레자가 말려서 흙을 털어 장작으로 쓰겠다고 했다.

최대한 물건을 함부로 버리지 않으려는 저 정신은 본받아야겠네.

끝으로 뿌리를 뽑아낸 부분을 흙 마법으로 평평하게 만들고 작업을 종료했다.

루크와 어빙 쌍둥이에게는 상으로 와인과 맥주를 한 병씩 건넸다.

우리는? 이라고 말하는 듯한 표정인 페르, 곤 옹, 드라 짱, 스이에게는 간식으로 후미야의 케이크를 대접했다.

뭐, 그런 식으로 벌목과 공터를 만드는 작업은 무사히 끝났다.

그 뒤에는 마도 버너 문제가 남아 있기는 했지만 치안이 나쁘다고 하는 론카이넨에 갈 생각은 안 들었던 데다, 서두를 필요도 없을 듯해서 느긋하게 지냈다.

그러던 중에 늘 그랬듯 녀석들이 사냥하러 가고 싶다고 야단을 피워서 당일치기로 돌아올 수 있는 가까운 사냥터에 다녀오기도 하며 2주를 보냈다.

오늘은 오랜만에 상점가에 들러볼까 생각하며 커피를 마시던 중……

쿵쿵쿵쿵──.

"무코다 씨."

페이터가 급하게 문을 두드리며 나를 불렀다.

서둘러 현관으로 향해 문을 열었다.

"무슨 일이야, 페이터?"

"지, 지금, 르바노프교 녀석들이 왔는데."

"르바노프교?!"

분명 브릭스트에서 르바노프교와 다투기는 했지만 그건 누가 봐도 그쪽 잘못이었다.

그건 그렇고, 이 도시에 르바노프교의 교회는 없었을 텐데.

이 나라에서 르바노프교의 교회가 있는 것은 왕도뿐이라고 들었는데, 설마 군이 왕도에서 이곳까지 찾아온 걸까?

"바, 바르텔이 지금 혼자 대문을 지키고 있어. 당장 무코다 씨랑 타바사 씨랑 루크랑 어빙을 데려오라더라고."

전직 모험가들을 모두 소집한 걸 보면 브릭스트 때처럼 호위꾼을 끌고 온 모양이다.

"알겠어. 금방 갈게!"

내가 그렇게 말하자 페이터는 곧장 타바사 일행을 부르러 갔다.

"페르, 곤 옹, 드라 짱, 스이, 비상사태야!"

거실을 향해 그렇게 외치자 금방 녀석들이 나왔다.

『무슨 일이냐?』

"다들 브릭스트, 요전에 갔던 던전이 있는 마을에서 우리를 찾아온 무례한 놈들 기억해?"

『음, 기억한다. 우리를 보고 더러운 마수라고 지껄인 머저리들이지.』

『그래. 나도 기억하네. 고블린처럼 빽빽 소리를 질러댔지.』

『무지막지하게 악취미적인 꼴을 한 녀석들 맞지?』

『스이, 그 사람들 너무 싫어~.』

녀석들도 나와 마찬가지로 최악의 인상만 남은 모양이다.

"혼이 덜 났는지 그 녀석들의 동료가 이곳에 왔어. 쫓아내는 걸 도와줘."

『흥, 쫓아내는 걸로는 부족하다. 다신 기어오르지 못하게 박살을 내줘야지.』

페르가 이를 드러내며 그렇게 말했다.

평소 같았으면 잘 타일렀겠지만 이번에는…….

"경우에 따라서는 그래도 괜찮아."

『호오.』

혼자 문을 지키고 있는 바르텔에게 손을 댔다면 아무리 나라도 가만 안 있을 거라고.

나와 페르, 곤 옹, 드라 짱, 스이는 서둘러 대문으로 향했다.

◇　◇　◇　◇　◇

"무례한 것! 내가 누구인 줄 알고!"

"네가 누구인지는 몰라. 하지만 누구이건 간에 이 안으로 들일 수는 없다! 너는 집 주인의 허락도 없이 남의 집에 발을 들일 셈이냐?! 누가 더 무례할까!"

대문 쪽에서 격앙된 목소리와 그걸 되받아치는 바르텔의 굵은 목소리가 들려왔다.

"드워프 따위가 건방진 소릴 하다니! 상관없다, 문을 부수고 이 드워프는 베어버려라!"

덩치 큰 남자가 칼을 든 채 대문을 걷어차 부수려고 발을 드는 것을 보고, 나는 큰 소리로 외쳤다.

"그마안~!!!"

아슬아슬하게 도착했다.

"허억허억…… 바르텔, 괜찮아?"

"오오, 왔는가. 다행이로군."

평소 호기롭기 그지없던 바르텔도 우리를 보고 안심한 눈치였다.

그리고 우리가 도착한 지 얼마 안 돼서 페이터가 타바사, 루크, 어빙을 데리고 나타났다.

물론 다들 완전 무장 상태다.

"바르텔, 수고 많았어. 이제 괜찮아."

그렇게 말하며 대문 밖을 보자 브릭스트에서 보았던 르바노프교 녀석들과 비슷한, 번드르르한 옷을 입은 벼락부자 같은 집단과 금붕어 똥처럼 따라온 호위꾼인 듯한 덩치 크고 질 나빠 보이는 패거리가 있었다.

나 원, 언제 봐도 상스러운 집단이다.

"바르텔, 타바사, 페이터는 뒤에서 대기하고 있어. 루크, 어빙은······."

쌍둥이에게는 몰래 모험가 길드와 기사단에 연락하라고 말했다.

전직 모험가팀은 힘껏 고개를 끄덕인 후, 바르텔, 타바사, 페이터는 내 뒤에 서서 벼락부자 집단을 노려보았고 루크, 어빙은 조용히 자리를 떴다.

『페르, 곤 옹, 드라 짱, 스이, 다들 부탁 좀 할게.』

『음. 여차하면 갈기갈기 찢어주마.』

『그래. 내 드래곤 브레스로 재도 남지 않게 해주겠네.』

『내 얼음 마법으로 꿰어버리겠어.』

『스이는 있지, 퓻퓻 해서 녹여버릴 거야~!』

페르 일행에게 염화를 날리자 의욕적인 답변이 돌아와서 거꾸로 놀랐다.

『으음~ 내가 부탁하면 그때 손을 대는 거다? 그리고 너무 지나쳐서 죽어버리면 이쪽이 불리해지니까 적당히, 좌우간 적당히 하는 거야.』

모두에게 그렇게 못을 박아두고 벼락부자 집단에게로 시선을 돌렸다.

"저기, 우리 쪽 사람을 베어버리니 어쩌니, 흘려들을 수 없는 소릴 하신 것 같은데, 저희 집에는 무슨 일로 오셨습니까?"

"흥, 무례한 드워프 따위 어찌 되든 상관없지 않으냐. 그보다 우선 우리를 안으로 들여라."

상스러운 집단 중에서도 가장 악취미적이라 해도 과언이 아닐, 번쩍번쩍 화려한 망토를 걸친 뒤룩뒤룩 살찐 남자가 거들먹거리며 그렇게 말했다.

뭐라는 거야, 이 자식이.

바르텔을 베어버리니 어쩌니 하는 터무니없는 소릴 한 놈을 내가 안으로 들일 거라 생각한 거야?

"아, 싫은데요."

"뭐, 뭐라고?!"

"그게 놀랄 일인가요? 듣도 보도 못한 남, 심지어 우리 쪽 사람을 베어버리라는 소릴 하는 야만스러운 인간들을 집에 들일 리가 없잖아요. 상식적으로 생각을 해보면 아실 것 아니에요."

살짝 무시하는 투로 그렇게 말했더니 뒤룩뒤룩 살찐 남자가 파르르 몸을 떨기 시작했다.

"뭐, 뭐뭐뭐뭐뭐……."

푸흐흐, 얼굴이 새빨개졌는데 난 지극히 상식적인 소릴 한 것뿐이라고.

뒤에 있는 바르텔, 타바사, 페이터, 필사적으로 웃음을 참고 있는 거 다 알거든?

웃음 참는 소리가 여기까지 다 들리거든?

"주교님께 그 무슨 망발이냐! 시키는 대로 냉큼 우리를 안으로 들이기나 해라!!"

요란한 차림새를 한 추종자 한 명이 그렇게 외쳤다.

하아, 이것 봐, 르바노프교에는 바보밖에 없는 거야?

요전에도 이런 식이었는데, 르바노프교라고 하면 무슨 말이든 다 통할 거라고 착각하는 거 아냐?

본국인 르바노프 신성왕국이나 주변 속국이라면 그럴지도 모르지만, 여긴 레온하르트 왕국이라고.

"주교님인지 뭔지는 모르겠지만, 그쪽은 르바노프교에서 오신 분들이죠?"

"그렇다! 우리는 신성한 르바노프교의 성직……."

"아, 그런 얘긴 됐고요."

추종자의 말을 가차 없이 가로막았다.

"저를 비롯한 이 집 사람들 중 르바노프교 신자는 없거든요. 아닌 게 아니라 애초에 르바노프교라는 것 자체를 안 믿어요."

딱 잘라서 그렇게 말하자 벼락부자 집단 전체의 얼굴이 새빨개졌다.

"너, 너, 너 이노옴~~~! 우리 교단에 헌금하는 영예를 주려 했건만, 그만 됐다! 이 녀석들을 모두, 저기 있는 더러운 짐승들까지 다 베어버려라~!"

얼굴은 새빨개진 데다 이마에는 퍼런 핏대까지 불거진 살이 뒤룩뒤룩 진 남자가 요란하게 호통을 쳐댔다.

"뭐야, 역시 돈 뜯으러 온 거잖아. 진짜 답이 없네, 댁들은."

"크윽~."

나직하게 말했더니 살찐 남자가 발을 동동 굴렀다.

"빨리 이 녀석들을 베어버리래도!!!"

살찐 남자의 새된 목소리에 호위꾼들이 칼을 뽑았다.

"그러게 말을 들으셨어야지. 나쁘게 생각하지 마라."

호위꾼 중 한 명이 히죽 웃으며 그렇게 말했다.

『다들 부탁해! 너무 지나치면 안 되니까 견제부터 해.』

페르, 곤 옹, 드라 짱, 스이에게 염화를 날리자 먹보 콰르텟이 앞으로 나섰다.

그러더니…….

『흥, 송사리들이 기어오르다니. 죽고 싶어 환장한 모양이로군.』

『그걸 뽑은 이상, 너희는 우리의 적이다. 각오는 되었을 테지?』

사람 말을 할 수 있는 페르와 곤 옹이 그렇게 말하며 노골적으로 살기를 뿜어댔다.

"히, 히악……."

"주, 죽이지 마."

"주, 주주주주주, 죽고 싶지 않아~."

"사, 사사, 살려줘."

덩치만 큰 호위꾼들은 칼을 놓치더니 다리가 풀려 엉덩방아를 찧었다.

살찐 남자를 비롯한 벼락부자 집단은 페르와 곤 옹이 살기를 내뿜은 순간, 찍소리도 못하고 눈알을 뒤집은 채 쓰러졌다.

더럽게 오줌까지 지렸네.

『뭐냐, 우리는 살기를 조금 내뿜은 것뿐인데 전의를 상실한 거냐? 입만 살았군.』

『큰소리를 그렇게 치더니, 한심하군그래.』

그렇게나 잘난 척을 하던 르바노프교 녀석들의 꼴사나운 모습에 페르와 곤 옹도 어이가 없는 눈치였다.

『뭐야, 벌써 끝난 거야? 나랑 스이는 나서지도 못했는데.』

『풋풋 안 해~?』

드라 짱과 스이는 활약하지 못한 게 불만인 듯했다.

그러다 보니 쌍둥이가 모험가 길드와 기사단에서 사람을 데리고 돌아왔다.

"으음, 무슨 일이 있었던 거지?"

한 기사가 당황스럽다는 투로 묻기에 나는 이곳까지 와준 모험가 길드 직원들과 기사들에게 지금까지 있었던 일의 경위를 설명했다.

"종교의 이름을 빙자한 갈취라고밖에 표현할 길이 없군요."

대략적인 설명을 들은 모험가 길드 직원이 그렇게 말했다.

신랄하지만 그 말이 맞았다.

"이야, 이 녀석들은 틈만 나면 이런 짓을 하는 모양이더군요. 왕도에서도 문제가 되고 있습니다. 하지만 무코다 씨에게는 손을 대지 말라는 통지는 왕도에 있는 르바노프교 교회에도 전해졌을 텐데 말이죠."

40대 정도 되어 보이는 탄탄한 체격의 기사가 그렇게 말했다.

듣자 하니 이분은 란그릿지 백작령 제3기사단의 단장님이라는 모양이다.

"뭐, 어찌 되었건 갈취는 범죄지. 얘들아, 끌고 가서 감옥에 처넣어라."

"""""""""네!"""""""""

기사단 사람들이 다리가 풀린 호위꾼들을 밧줄로 묶어 끌고 갔다.

의식을 잃은 벼락부자 집단도 질질 끌다시피 해서 연행했다.

"무코다 씨에게 무슨 일이 생기면 보고하라는 엄명이 있었으니, 이 일은 서둘러 각하께 보고하도록 하겠습니다."

아이고, 백작님이 그런 명령을 내리셨구나.

백작님 쪽에서 임금님에게 연락을 취해서 엘만 왕국처럼 이 나라에서도 르바노프교를 추방해주면 만만세일 텐데.

"이쪽도 이 일을 왕도에 있는 본부에 최대한 빨리 보고하도록 하겠습니다."

모험가 길드 쪽도 이 일을 이 나라의 본부에 보고하겠다고 한다.

아아~ 모험가 길드까지 적으로 돌렸는데, 본국 쪽은 괜찮으려나~.

"그럼 또 무슨 일이 생기면 연락 주십시오."

"모험가 길드로서도 S랭크 모험가는 귀중합니다. 무슨 일이 있으면 편하게 연락하십시오."

그렇게 말한 후, 기사단장을 비롯한 기사단 분들과 모험가 길드 직원들은 돌아갔다.

이렇게 르바노프교에 관한 이번 사건은 일단락되었는데…….

이번 일은 나도 꽤 화가 났다.

그냥 화가 난 정도가 아니라 머리끝까지 화가 났다.

비상식적으로 느닷없이 들이닥쳐 돈을 뜯어내려 한 것도 그렇지만(심지어 이번으로 두 번째다), 무엇보다도 바르텔을 베어버리라는 소릴 한 데다 아무렇지도 않게 실행에 옮기려고 한 걸 용서 못 하겠다.

그 호위꾼은 내가 소리치지 않았으면 분명 바르텔을 벴을 거다.

지금까지도 르바노프교 녀석들은 그런 식으로 아무렇지 않게 베라고 명령했을 테고, 호위꾼은 그걸 실행했겠지.

명령하는 쪽도, 받는 쪽도 망설이는 낌새가 전혀 없었으니까.

르바노프교를 이대로 내버려 둬선 안 된다는 것 정도는 나도 알겠다.

이거, 데미우르고스 님의 계시를 실행에 옮겨도 될 것도 같은데.

지금까지는 딱히 우리랑 상관이 없으니 서둘러서 할 필요는 없겠다고 생각했지만 말이야.

이렇게 실제로 피해를 입었으니.

지금이라면 저 갈취 교단에게 한 방 먹여주는 것도 괜찮을 것 같다.

오늘 밤 즈음에 녀석들과 상의해 볼까.

저녁 식사 후, 각자 음료를 마시며 쉬는 중에 나는 이야기를 꺼냈다.

"얘들아, 오늘 있었던 일 말인데."

『오늘 있었던 일이라면, 그 쓰레기 같은 놈들 말이야?』

사이다를 마시고 있던 드라 짱이 르바노프교 녀석들을 두고 쓰레기 같은 놈들이라고 했다.

뭐, 쓰레기 같은 놈들이기는 하지.

"그래, 실은 말이야…………."

나는 녀석들에게 데미우르고스 님의 계시에 관해 이야기했다.

그때는 이 신이 무슨 소릴 하는 거람, 아무리 그래도 너무 억지잖아, 라고 생각했는데 말이지.

이제 와서 생각해 보니 데미우르고스 님은 이렇게 될 걸 알았던 게 아닐까 싶었다.

모두에게 끝까지 설명을 한 직후…….

『후하하하하하하, 실로 재미있을 것 같은 이야기로군.』

『크아하하하하하, 설마 신께서도 보증한 쓰레기였을 줄이야~.』

페르도 곤 옹도 웃고는 있지만, 이빨이 훤히 보여서 무섭거든?

게다가 눈이 번쩍번쩍 빛나고 있다고.

이런, 이미 의욕만점 모드에 돌입했잖아…….

『후하하, 그 머저리들을 박살 낼 수 있는 거야? 엄청나게 재미있을 것 같네.』

『와아~! 스이가 싫어하는 사람들 해치울래~.』

드라 짱도 스이도 무진장 의욕적이다.

『이렇게 된 김에 나라를 통째로 박살 내줄까?』

『그것도 좋겠군. 그 녀석들이 우릴 짐승이라 했으니 말이야. 짐승답게 마구 날뛰어주는 것도 재미있을지도 모르겠어.』

『오, 그거 재미있을 것 같네. 내가 쓸 수 있는 모든 마법을 선보여주겠어.』

『잔뜩 퓻퓻할 수 있는 거야~? 아싸~!』

잠깐, 왜 나라를 박살 내는 쪽으로 이야기가 흘러가는 건데?

너희가 그런 소릴 하면 농담으로 안 들리거든?

르바노프 신성왕국은 마음에 안 들지만 망국(亡國)으로 만들 생각까지는 없다고오오오.

"잠깐! 나라까지 박살 낼 필요는 없어!"

이야기의 내용이 너무도 불온해서 나는 허둥지둥 제지했다.

『어째서지?』

불만스러운 투로 말하는 페르를 따라 곤 옹과 드라 짱, 스이도 불만스러운 표정을 지었다.

"어째서긴, 데미우르고스 님도 잠깐 가서 혼쭐을 내주라고만 말씀하셨지, 멸망시키라고는 안 하셨어. 애초에 교회 녀석들이 마음에 안 든다고 해서 일반 시민한테까지 피해를 주고 싶지는 않아."

『흥, 물러 터졌군.』

『착해빠졌군그래~. 허나 주공다운 말이긴 해.』

우으, 그럴지도 모르지만 말이야. 그래도 일반 시민들을 휘말려 들게 하고 싶지는 않다고.

『그래서, 물러터진 너는 어떻게 하고 싶은데?』

『에이~ 퓻퓻 못 하는 거야~?』

물러 터져서 미안하게 됐다, 드라 짱.

그리고 스이, 왜 그렇게 아쉬워하는 거니.

그렇게 호전적으로 자라지 말아줄래?

"어떻게 하고 싶다기보다는……."

나는 생각했던 바를 모두에게 이야기했다.

만악의 근원은 르바노프교다.

그 르바노프교의 두목은 그들의 수장인 교황일 거다.

그러니 그 교황이 있는, 르바노프교 본산에 해당되는 교회를 박살 내는 게 좋지 않을까 싶다.

하지만 그것만으로는 좀 약할 것 같단 말이지.

애초에 르바노프교라는 영문 모를 종교가 대두한 것 자체가 이상한 일이니까.

그럼 어떻게 하는 게 답일지를 말하자면, 가장 좋은 방법은 신자가 생기지 않게 하는 거겠지.

그러다가 그럼 역시 그분에게 부탁하는 게 제일이 아닐까, 라는 생각에 다다랐다.

가짜 신에게는 진짜 신을 부딪히는 거다.

르바노프교의 본산에 해당되는 교회가 흔들리기 시작할 때, 그분께서 한 말씀 해주시면 효과가 끝내줄 거다.

내 생각을 말하자 페르, 곤 옹, 드라 짱, 스이도 마지못해 수긍해주었다.

아닌 게 아니라 일국을 힘으로 철저하게 짓밟고 나면 아무리 생각해도 지금과 같은 평온한 생활은 무리일 것 같았기 때문이다.

위험물을 보듯이 쭈뼛쭈뼛, 공포에 찬 눈으로 쳐다보면 도저히 버텨낼 수가 없을 거라고.

뭐, 그런고로 방향성이 정해졌는데…….

『좋아, 가자.』

『음. 당장 가지.』

『좋았어, 그 교회를 아주 산산조각으로 박살 내 버리자고!』

『스이도 박살 낼래~!』

의욕이 넘치는 녀석들은 바로 르바노프 신성왕국으로 가자고 재촉을 했다.

"아니아니아니, 당장은 무리야, 무리. 여행 준비를 해야 한다고. 이번에는 특히 마도 버너가 망가져서 못 쓰니까 밥은 여기서 충분히 만들어 가야 해."

여러 나라를 거쳐야 하는 장거리 여행인 만큼 나름의 준비를 하고 가야지.

안 그래도 먹보인 너희는 밥에 있어서는 유독 까다롭잖아.

『주공, 나를 타고 가면 하루면 도착하네. 뭐, 본래의 크기로 날아갈 경우의 이야기이긴 하지만.』

곤 옹이 그렇게 말했지만…….

"그건 안 돼. 요전에도 모험가 길드에서 주의를 받았잖아."

그때도 길드 마스터한테 기나긴 설교를 들었다고.

『그렇다면 본래 크기는 무리이려나. 허나 본래의 크기는 아니더라도 그래, 절반의 크기로 가도 이틀이면 어떻게든 될 걸세.』

"그래도 중간에 먹을 밥은 만들어서 가야 하잖아. 그러니까 당장은 무리야."

그렇게 말하자 페르가 불만스러운 투로 『흥』 하고 콧김을 내쉬었다.

『그럼 언제쯤 되는 거냐?』

"글쎄, 닷새 정도는 있어야……."

『닷새라고?! 길다! 내일 하루면 충분할 텐데. 모레 출발한다, 알겠냐.』

"자자잠깐, 멋대로 정하지 말라고, 페르~."

『흥, 멋대로인지 어떤지는 모두에게 물어보면 알 거다. 너희는 어떻게 생각하지?』

페르가 곤 옹, 드라 짱, 스이에게 물었다.

『나는 괜찮다.』

『나도 이의 없어.』

『스이도 괜찮아~.』

모두가 동의하자 페르가 으스대는 얼굴로 『그렇다는군』이라고 말했다.

크으으으윽.

"알았어, 알았다고. 내일 하루 동안 준비하면 되잖아요~. 하지만 마도 버너가 없으니까 노숙할 때 이게 먹고 싶다느니 저게 먹고 싶다느니 하는 소린 하지 마."

반박할 수가 없어져서 그렇게 말하자 페르가 『흠, 그 도구가 없으면 맛있는 밥을 먹는 데 그 정도의 지장이 생기는 건가』라고 중얼거렸다.

『어이, 그 도구는 이 도시에서 살 수 없는 거냐…….』

"그만큼 크고 성능이 좋은 건 없대. 론카이넨이라는 도시에는 있다는 모양이지만……."

『그렇다면 론카이넨이라는 도시에 가면 그만이 아닌가? 뭣하면 내가 얼마든지 데려다 드리겠네.』

곤 옹은 그렇게 말했지만…….

"아니, 그게 그 론카이넨이라는 도시는 콰인 공화국과 소국군의 경계에 있어서 치안이 좋지 않대."

『다소 치안이 좋지 않다 해도 너에게는 우리가 붙어 있으니 문제없지 않으냐.』

"뭐, 그야 그렇지만 말이야."

『하여간 너는 아무리 시간이 지나도 겁쟁이구나.』

드라 짱, 너무하잖아.

『주인은 스이가 지킬 거니까 괜찮아!』

스이가 두 개의 촉수를 양손처럼 들며 의기양양하게 말했다.

『좋아, 결정됐군. 그 르바노프교인가 하는 교회를 박살 내고 나면 론카이넨이라는 도시로 간다. 여행지에서 맛있는 밥을 먹을 수 없다는 건 큰 문제니까.』

『음, 확실히 그렇군. 맛있는 밥을 먹을 수 없다는 건 문제이고 말고.』

『응응, 우리한테 맛있는 밥은 무엇보다 중요한 거니까.』

『맛있는 밥은 중요해~.』

역시 먹보 콰르텟.

맛있는 밥을 위해서라면 뭐든 하겠다 이거구만.

"그래그래, 알았어. 론카이넨에도 가자."

『크크크크크, 소국군과의 국경이라. 마침 잘 됐군.』

페, 페르 씨, 그 음흉한 웃음소리는 뭡니까.

뭔가 나쁜 장난질을 꾸미고 있는 것 같아서 불안해지는데…….

"잠깐, 뭐가 마침 잘됐다는 거야?"

『글쎄다.』

글쎄다라니, 무슨 짓을 꾸미고 있는 거냐고, 페르~.

◇　◇　◇　◇　◇

모두와 결론을 낸 후, 다음 날은 여행을 나설 준비에 전념했다.

부지런히 여행 기간 동안 먹을 밥을 만들고, 종업원들에게 또 여행을 다녀오겠다고 하고서 그 사이에 필요할 듯한 것을 건네고.

종업원들은 우리가 또 길을 나서겠다고 해도 익숙하게 받아들였다.

모두를 사고서 그렇게까지 오랜 시간이 지난 것도 아닌데, 우리가 꽤 자주 집을 비워서겠지.

뭐, 모두에게 맡겨두면 집은 무사할 거다.

그리고 모험가 길드에도 가서 여행을 다녀오겠다고 전했다.

곤 옹을 타고 갈 거라 미리 신고해두지 않으면 난리가 날 테니까.

하지만 그럼에도 '르바노프교 본산에 해당되는 교회를 쳐부수고 오겠습니다'라고 솔직하게 말할 수는 없어서 목적지를 묻는 질문에는 "론카이넨 외 이곳저곳을……"이라고 말끝을 흐리며 답할 수밖에 없었다.

거짓말은 안 했다고.

분명히 '론카이넨 외'라고 했으니까.

그러고는 밤에, 아직 조금 이르지만 부탁도 할 겸 데미우르고스 님에게 공물을 바쳤다.

당연하다는 듯이 평소와 똑같이 주로 일본주로 꾸렸다.

이번에는 품평회에서 금상을 탄 적이 있는 일본주를 모은 세트에 매실주 두 병.

그리고 호화 캔 안주 세트다.

그걸 헌상하고서 내가 생각한 것을 말씀드리자…….

그 정도는 문제없다며 데미우르고스 님도 흔쾌히 OK해주셨다.

아마 이로써 르바노프교도 끝장날 거다.

진심으로 믿고 있던 신자분들은 불쌍하지만, 그건 어쩔 수 없다.

그럼에도 믿겠다고 한다면 오히려 대단하다고 해야 할 테고, 그렇게까지 신앙심이 깊은 사람을 어떻게 할 생각도 없으니까.

나머지는 상황을 보고 판단해야 하려나.

우리의 여행이 늘 그런 식이긴 했지만.

뭐, 그런고로 허겁지겁 여행 준비를 마치고 드디어…….

"그러면, 가볼까."

『음.』

『으하하, 기대되는구먼.』

『그러게.』

『박살 낼래~!』

하아, 다들 왜 저렇게 신이 난 걸까.

마치 소풍이라도 가는 것처럼 들뜬 콰르텟의 모습에 한숨을 내쉰 후, 배웅을 나온 종업원들에게…….

"그럼 뒷일을 부탁할게."

그렇게 말하고서 우리 일행은 르바노프 신성왕국을 향해 출발했다.

드랭 길드 마스터의 방은 이상할 정도의 정적에 휩싸여 있었다.

들려오는 소리라고는 서류에 깃펜을 놀리는 소리와 서류를 넘기는 소리뿐이다.

그런 정적 속에서 드륵~ 작기는 하지만 의자를 끄는 소리가 울렸다.

"엘랑드, 어딜 가는 거지?"

왕도에서 바보 마스터를 감시하기 위해 파견된 중진 엘프, 모이라 님이 그렇게 물었다.

"화, 화장실에……."

"헤에~ 한 시간 전에도 화장실에 다녀왔으면서? 당신, 나이 든 나보다 화장실을 자주 가는 것 같은데. 어디 아픈 거 아냐?"

"……여, 역시 괜찮은 것 같습니다."

모이라 님의 날카로운 딴죽에 엘랑드는 쩔쩔맸다.

그리고 자리를 뜨기를 포기하고 다시 자리에 앉았다.

"괜찮은 것 같다니, 무슨 말이 그래. 안 가도 괜찮을 것 같다면 처음부터 얌전히 일을 계속하라고. 분명히 말해두겠는데, 난 그다지 성격이 좋은 편이 아니라고."

"…………네."

약하디약한 목소리로 답을 한 후, 엘랑드가 체념한 듯 다시 깃펜을 집어 들었다.

똑똑———.

문을 두드리는 소리가 들려왔다.

"우고르입니다. 들어가도 되겠습니까?"

"들어와."

덜컥, 문을 열고 부길드 마스터인 우고르가 들어왔다.

"수고 많으십니다, 모이라 님. 우리 길드 마스터가 폐를 끼치지는 않았습니까?"

"하아……. 당신도 고생이 많았겠네. 내가 있는데도 한 시간마다 화장실에 가려 하는 바보는 처음 봤어."

그 말을 듣자마자 우고르의 이마에 퍼런 핏대가 울컥 솟아났다.

"바보 마스터, 어떻게 된 일입니까?"

"어? 아니, 저기, 그게, 그게 말이지………."

엘랑드는 매우 당황해서 땀을 폭포수처럼 흘리며 우고르에게서 시선을 돌렸다.

"뭐, 오늘은 좀 봐주라고. 첫날이니까."

생각지 못한 도움이었다.

모이라의 그 말에 엘랑드는 안도의 한숨을 내쉬었다.

하지만 그렇게 넘어갈 리가 없었다.

"사실은 말이지, 처음에 들었던 이야기가 너무 어이가 없어서 그런 녀석이 세상에 있을 리가 없다는 생각에 반신반의했거든. 심지어 동족이라는 소리에, 그런 녀석이 있다는 걸 믿고 싶지 않았던 마음도 있었고."

젊었을 적에는 분명 미인이었을 듯한 흔적이 남은, 주름이 잡힌 얼굴.

거기서 뿜어져 나오는 날카로운 눈빛에, 엘랑드는 뱀 앞에 놓인 개구리처럼 움츠러들었다.

"그런데 오늘 이 녀석의 상태를 보고 아주~ 잘 알았어. 이 녀석은 엘프의 수치야. 길드 마스터라는 요직에 앉아놓고 일은 제대로 하지 않다니, 그야말로 언어도단이지."

단호하게 엄격한 말을 쏟아내자 엘랑드는 더더욱 몸을 움츠렸다.

모험가 길드에서 하는 일에 상당한 자긍심을 가지고 있던 모이라는 엘랑드의 태도를 보고 깊은 분노를 느꼈던 것이다.

"은퇴한 몸이지만 아직은 내가 할 일이 있을 것 같군. 이번 일은 꽤나 오랫동안 해야 할 듯하지만. 뭐, 은퇴한 덕에 한참이 걸리더라도 문제될 건 없을 테니까."

"그, 그럴 수가아…………."

엘랑드가 가녀린 목소리로 비명을 질렀다.

그 눈빛은 절망으로 가득했다.

"모이라 님. 민폐가 많겠지만, 모쪼록 잘 부탁드립니다."

우고르가 모이라를 향해 성심성의를 다해 부탁했다.

"맡겨두라고. 이왕 일을 맡은 김에 이 글러먹은 놈을 단단히 고쳐놔 줄 테니까."

"오오, 꼭 좀 부탁드리겠습니다!"

그렇게 이야기꽃을 피운 모이라, 우고르와 달리 엘랑드는 종말을 맞이하기라도 한 듯이 죽은 생선 같은 눈을 하고 있었다.

그 후, 드랭 모험가 길드에서는 소란스럽기 그지없고 사고뭉치였던 길드 마스터의 생기 없는 모습이 종종 목격되었다나 뭐라나.

"자 그럼, 만들어 보실까."

정오가 지나 조금 한가한 시간.

앨번에게 받은 대량의 순무를 조금이라도 소비하고자 부엌에 섰다.

페르 일행의 것과는 별개로 만들고 있는, 내 전용 담백한 아침 식사에 곁들일 절임을 만들려는 거다.

아무리 나라도 아침부터 고기를 쌓아놓고 먹는 녀석들과 같은 걸 먹을 순 없으니까.

순무하면 역시 절임이다.

절임은 내 전용 일본식 아침 식사에서 빼놓을 수 없는 음식이기도 하고.

그런고로 아이템 박스에 보관해 두었던 순무를 두둥, 넉넉하게 꺼냈다.

"그나저나 많기도 하네……."

요전에 고기와 함께 녀석들에게 먹이기는 했지만 아직 많은 양이 남았다.

내 절임에 쓸 순무를 제외하고도 이렇게 많으니 원.

뭐, 내가 먹는 양은 얼마 안 되겠지만.

"응. 이거 또 채소가 듬뿍 들어간 고기 요리로 소비해야겠네."

정 안 되겠다 싶으면 내 아이템 박스에 넣어두면 열화될 일이

255

없겠지만, 고기 애호가가 모여 있는 탓에 의식적으로 채소를 사용하지 않으면 계속해서 쌓여버린단 말이지.

앨번이 엄청 열심히 농사를 지어주고 있는데.

요전에 앨번에게 양이 많은데 앨번 일행이 먹을 건 충분하냐고 슬그머니 물었더니, 내가 받고 있는 건 수확량의 5분의 1 정도밖에 안 돼서 문제없다는 듯했다.

그보다 고용주인 내가, 자신이 수확한 자랑스러운 채소를 많이 먹어줬으면 좋겠다고 역설하기도 했다.

그 바람에 주는 양을 줄여달라는 말을 입 밖에 내기가 더 어려워져 버렸다.

뭐, 채소는 몸에 좋으니 페르 일행에게도 정기적으로 먹여야겠다고 다짐하며 그대로 받기로 했다.

채소를 싫어하는 페르는 툴툴 불평을 하지만 고기와 함께 주면 결국 남기지 않고 와구와구 먹어치우니까.

어이쿠, 그건 나중에 생각하고 아침 식사용 절임부터 해야지.

만들려고 하는 것은 순무 소금 다시마 절임이다.

인터넷 슈퍼에서 소금 다시마*를 구입해 곧장 만들기 시작했다.

우선 잘 씻은 순무를 반으로 자르고, 그걸 다시 얇게 썬다.

앨번이 수확한 순무의 껍질은 단단하지 않아서 벗기지 않고도 그대로 사용할 수 있다.

순무 잎도 당연히 사용한다. 잎은 3센티미터 정도의 폭으로 큼

---

* 다시마를 네모지게, 혹은 잘게 썰어 소금이나 간장을 넣고 조린 것. 혹은 익힌 다시마에 소금, 설탕, 맛술 등을 뿌린 상품.

직하게 썬다.

그걸 비닐봉투에 넣고 소금 다시마와 설탕과 식초를 넣고서 주물주물주물주물.

이제 마도 냉장고에 넣고 하룻밤 절이면 된다.

"좋아. 내일 아침쯤이면 딱 먹기 좋아지겠네. 아침 식사 때 먹어야지."

◇　◇　◇　◇　◇

페르, 곤 옹, 드라 짱, 스이는 아침부터 코카트리스 데리야키 덮밥을 실로 맛있게 먹어댔다.

당연하다는 듯이 힘차게 추가 주문까지 했다.

아침부터 데리야키 덮밥 같은 맛이 진한 음식을 먹다니…… 라고 생각했던 적이 나에게도 있었지.

하지만 의외로 완전 멀쩡하더라고.

오히려 먹보 콰르텟의 입장에서는 두 팔 벌려 환영할 일이겠지.

매번 생각하는 거지만 정말 아침부터 잘도 먹네.

코카트리스 데리야키 덮밥을 우걱우걱 먹는 페르 일행을 곁눈질하며 나는 담백한 아침 식사를 즐겼다.

오늘의 메뉴는 매실 가다랑어포 무침이 든 주먹밥과 다시마 츠쿠다니를 넣은 주먹밥, 그리고 어제 절여둔 순무 소금 다시마 절임에, 최근 푹 빠져 있는 호지차다.

호지차의 구수한 향이 일본식 아침 식사 메뉴랑 끝내주게 잘 어울리거든.

사실 여기에 된장국도 있으면 좋았겠지만, 유감스럽게도 다 떨어졌다.

한 번 더 먹을 만큼은 남아 있을 줄 알았는데.

뭐, 된장국 없이 주먹밥과 절임, 호지차만 있어도 개인적으로는 충분하다고 생각하지만.

다시마 츠쿠다니가 든 주먹밥을 베어 문 후, 순무 소금 다시마 절임을 오독오독.

응, 맛있어.

다시마 츠쿠다니와 쌀밥의 조합은 말할 것도 없고, 순무 소금 다시마 절임은 식초를 넣어서 산미가 더해져 산뜻하다.

입가심으로는 최고라니까.

그런 생각을 하며 순무 절임을 맛보고, 다시 주먹밥을 베어 물었다.

그리고 호지차를 호로록 홀짝인다.

맛있어어.

아침밥은 정말 이거면 충분하다니까.

그런 식으로 주먹밥과 절임, 호지차를 맛보고 있자…….

빠안~.

"응? 왜 그래, 페르?"

『괜찮은 거냐?』

"뭐가?"

『오늘은 사냥을 하러 갈 예정인데, 그렇게 궁상맞은 밥만 먹어도 괜찮겠느냐.』

"궁상맞은 밥이라니."

주먹밥도 조금 큼지막하게 만들어서 내 아침밥으로는 충분하다고.

『주공, 나도 조금 그렇게 생각했었다네. 주공은 고작 그것만 먹어도 정말 괜찮으신 겐가.』

"곤 웅까지……."

『아니, 왜, 평소 네가 먹는 아침밥도 적지만 오늘은 더 적잖아. 배탈이라도 난 거야?』

"드라 짱까지 그런 소리 하기야~?"

분명 평소에는 여기에 된장국과 계란말이 같은 것도 추가해서 먹지만, 걱정할 만큼 적지는 않을 텐데.

『주인~ 괜찮아~? 배 아파~? 스이의 약 필요해?』

스이가 뻗은 촉수에서 또옥, 하고 물방울이 떨어졌다.

"아~! 완전 멀쩡해! 스이, 약은 필요 없으니까 안 만들어도 돼."

『다행이야아~.』

나 원, 다들 걱정해주는 건 고맙지만, 이상한 쪽으로만 지나치게 걱정한다니깐.

"있잖아, 애초에 나는 너희랑 달리 인간이라고. 아침부터 고기를 먹으면 위장이 못 버텨. 그래서 아침에는 내 전용으로 만든 담백한 걸 먹고 있는 거야. 그리고 오늘 아침 메뉴 말인데, 분명 평소보다 조금 반찬이 적긴 하지만, 나로서는 이걸로 충분하다고."

그렇게 말해도 다들 '정말로?'라고 묻는 듯한 눈으로 쳐다볼 따름이었다.

"아~ 정말. 아침부터 고기 생각밖에 없고 튀김은 물론이고 맛
이 진한 요리도 환영인 너희랑 달리 난 이런 거면 된다고!"

나 참, 너희랑 같은 것만 먹다간 난 매일 아침마다 진짜로 배탈
이 날 거라고.

후기

에구치 렌입니다. 『터무니없는 스킬로 이세계 방랑 밥 13권 ~탕수 소스 고기 경단 × 모험가의 방식~』을 구입해주셔서 정말로 감사합니다!

벌써 13권입니다. 이 시리즈를 이렇게 오랫동안 간행하게 되어 정말 기쁩니다.

여기까지 올 수 있었던 것도 이 작품을 읽어주시는 독자 여러분의 덕분이라 생각하며 진심으로 감사하고 있습니다.

13권은 드래곤에 미친 그분이 무코다 가에 들이닥치거나, 페르 일행이 사냥을 가자면서 주인공을 터무니없는 곳으로 끌고 가는 등, 이벤트가 한가득이니 여러분도 재미있게 봐주셨으면 좋겠습니다.

그리고 다음 달인 2023년 1월부터 드디어 『터무니없는 스킬로 이세계 방랑 밥』 애니메이션이 방송 개시됩니다!

제작은 많은 화제작을 만들고 계신 MAPPA에서 맡아주셔서, 기대가 무척 큽니다.

방송이 시작되면 부디 봐주십시오!

그리고 이번 13권과 동시에 본편 코믹스 9권, 스이가 주인공인 외전 『스이의 대모험』 7권도 발매되니 이쪽도 잘 부탁드립니다.

일러스트를 그려주고 계신 마사 선생님, 본편 코믹스를 담당하고 계신 아카기시 K 선생님, 그리고 외전 코믹스를 담당하고 계신 후타바 모모 선생님, 애니메이션 제작에 관여해주고 계신 여러분, 담당자인 I님, 오버랩 사 여러분, 정말로 감사합니다.

끝으로 여러분, 앞으로도 느긋하고 훈훈한 이세계 모험담 『터무니없는 스킬로 이세계 방랑 밥』의 WEB 연재, 서적, 코믹스, 애니메이션을 두루두루 잘 부탁드립니다.

14권에서 다시 뵐 날을 기대하고 있겠습니다.

Tondemo Skill de Isekai Hourou Meshi 13

©2022 Ren Eguchi
First published in Japan in 2022 by OVERLAP, Inc.
Korean translation rights reserved by Somy Media, Inc.
Under the license from OVERLAP, Inc., Tokyo JAPAN

터무니없는 스킬로 이세계 방랑 밥 13

탕수 소스 고기 경단×모험가의 방식

2024년 4월 15일 1판 1쇄 발행

저　　　자	에구치 렌
일 러 스 트	마사
옮 긴 이	정대식
발 행 인	유재옥
담 당 편 집	박치우

이　　　사	조병권
출판본부장	박광운
편 집 1 팀	최서영
편 집 2 팀	정영길 조찬희 박치우 정지원
편 집 3 팀	오준영 이소의 권진영
디자인랩팀	김보라 박민솔
디지털사업팀	박상섭 김지연 윤희진
라이츠사업팀	김정미 맹미영 이윤서
영업마케팅팀	최원석 박수진 이다은
물 류 팀	허석용 백철기
경영지원팀	최정연
발 행 처	(주)소미미디어
인쇄제작처	코리아피앤피
등　　　록	제2015-000008호
주　　　소	서울시 마포구 토정로 222, 502호(신수동, 한국출판콘텐츠센터)
판　　　매	(주)소미미디어
전　　　화	편집부 (070)4164-3962, 3963 기획실 (02)567-3388 판매 및 마케팅 (070)8822-2301, Fax (02)322-7665

ISBN 979-11-384-8262-2
ISBN 979-11-6190-011-7 (세트)

에구치 렌 지음
author · Ren Eguchi
마사 일러스트
illustration · Masa
정대식 옮김

터무니없는
스킬 로 🛒
이세계 방랑 밥

13 탕수 소스 고기 경단
× 모험가의 방식

[터무니없는 스킬로 이세계 방랑 밥] 13권 출간 기념
초판 한정 소책자
+

© Ren Eguchi/OVERLAP
Illustration by Masa

출출할 때 먹는 달지 않은 간식

"그럼 간식을 만들어 볼까."

『스이, 열심히 도울게~.』

스이가 간식 만드는 걸 돕겠다고 의욕적으로 나섰다.

『있지있지, 주인~. 오늘은 뭐 만들 거야~?』

"페르가 『출출하니 어느 정도 배를 채워줄 달지 않은 게 좋겠군』이라고 주문했잖아?"

『응. 페르 아저씨가 달지 않은 간식이 좋겠다고 했어~.』

"그러니까, 달지 않은 간식을 만들 거야. 이 감자를 사용해서."

그렇게 말하며 아이템 박스에서 꺼낸 마대를 턱, 하고 작업대 위에 올려놓았다.

어제 잔뜩 받은 앨번표 감자다.

『감자다~.』

"그래. 감자랑 스이가 좋아하는 치즈를 써서 감자 치즈 갈레트를 만들 거야."

『치즈면 하얗고 쭈~욱 늘어나는 거 말이지~?』

"하하, 맞아. 맛있을걸~? 그럼 우선 이 감자를 깨끗하게 씻자."

『씻을게~. 스이한테 맡겨줘~!』

그렇게 말하더니 스이는 감자를 휙휙 몸 안에 집어넣었다.

그러고는 몸 안에서 감자를 꺼내 내게 하나둘 넘겼다.

"오, 굉장한데, 스이~? 감자가 깨끗해졌어~."

흙투성이였던 감자가 말끔해져 있었다.

『에헤헤~. 스이, 굉장하지~? 더 많이 깨끗하게 할게~!』

스이는 그러한 말과 함께 감자를 팍팍 흡수해 나갔다.

하지만…….

"스이, 스톱~! 충분해, 이제 충분하다고."

감자가 작업대에서 흘러넘칠 만큼 쌓이고 말았다.

『에이~ 벌써 끝났어~? 스이, 더 잔뜩 깨끗하게 할 수 있는데~.』

"이 정도면 충분하니까 괜찮아."

아닌 게 아니라 간식이라고 하기에는 살짝 많아 보이지만, 뭐 괜찮겠지.

이러니저러니 해도 다들 먹어치울 테니까.

그리고 다음은…….

흐음흠. 좋았어, 앨번의 감자는 싹이 났을 걱정도 없고 스이가 엄청나게 깨끗하게 해줬으니 감자는 이대로 껍질째 써버려야지.

"스이, 다음 작업으로 넘어가자~."

『네에~!』

"다음은 말이야, 이 감자를 이런 식으로……."

샥, 샥, 샥——.

인터넷 슈퍼에서 구입한 채칼로 감자를 채 썬다.

『와~ 감자가 날씬해졌어~! 스이도 하고 싶어~!』

"그래그래."

스이가 쓸 채칼을 준비해서 건넸다.

"이렇게 하는 거야, 슥슥."

『응! 슥, 슥~!』

"그래그래. 잘한다잘한다."

『아싸~! 스이, 잘한대~! 슥, 슥, 슥~.』

나와 스이는 채칼로 감자를 계속해서 채 썰었다.

"후우, 끝났다. 스이, 도와줘서 고마워. 스이가 도와준 덕분에 생각보다 시간이 덜 걸렸어."

『에헤헤~. 스이, 열심히 했어~.』

"맞아. 고맙다."

그렇게 말하며 스이를 쓰다듬자 기쁜 듯이 찰랑찰랑 몸을 좌우로 흔들었다.

"그러면 다음으로 넘어가자. 이 채썬 감자를 볼 그릇에 넣고, 소금, 흑후추, 전분가루, 피자 치즈를 넣고 대충 섞는 거야. 그런 다음……."

프라이팬에 올리브유를 넉넉하게 둘러서 달군 후, 거기에 채썬 감자를 평평하게 깔고 뒤집개 등으로 눌러서 모양을 잡아가며 노릇노릇하게 익을 때까지 굽는다.

노릇노릇해지면 뒤집개로 뒤집어 뒷면도 노릇노릇해지도록 구우면…….

"감자 치즈 갈레트 완성~. 채썬 감자를 얇게 깔아서 만든 바삭바삭 크리스피 버전이야."

『우와아~ 좋은 냄새~! 있지있지, 주인~ 먹어도 돼~? 먹어도 돼~?』

"으~음, 그럼 만든 사람의 특권으로 맛을 볼까?"

『아싸~!』

스이가 흥분한 듯 몸을 푸들푸들 떨었다.

"응, 맛있는걸!"

깨문 순간 느껴지는 바삭바삭한 식감이 기분 좋다.

바삭바삭바삭바삭, 이거 끝내주네. 계속 들어가~.

이 식감과 치즈의 풍미는 애들도 어른들도 모두 좋아한단 말이지.

간식부터 맥주 안주까지, 어디에든 잘 어울리고.

맛보기용 감자 치즈 갈레트 크리스피 버전은 순식간에 사라졌다.

『주인~ 더 먹고 싶어~.』

"그럼 다음은 말랑말랑 버전을 만들어볼까? 하지만 맛보기는 이걸로 끝이야. 페르랑 곤 옹, 드라 짱도 간식을 기다리고 있으니까."

『응, 알았어~.』

"그럼 말랑말랑 버전을 구워보자."

말랑말랑 버전은 채 썬 감자를 두껍게 깔아서 굽기만 하면 된다. 처음에는 크리스피 버전과 마찬가지로 뒤집개 등으로 눌러서 모양을 잡아가며 굽고, 어느 정도 모양이 잡히면 약불로 바꾸고 뚜껑을 덮어서 속까지 잘 익게 한다. 속까지 익었다 싶을 때 뒤집어서 노릇노릇해지도록 구우면……

"좋아, 감자 치즈 갈레트 말랑말랑 버전 완성~."

『이것도 좋은 냄새가 나~.』

"그럼 이쪽도 맛을 볼까?"

감자 치즈 갈레트 말랑말랑 버전도 맛보기라는 명목으로 덥석.

『이쪽도 맛있어~!』

또다시 스이가 흥분한 듯 몸을 푸들푸들 떨었다.

반응이 참 격하네~.

"그러게. 이쪽은 이쪽대로 맛있어."

잘 구워져서 바깥은 바삭바삭, 안은 말랑말랑하고 치즈가 주르륵 흘러나온다.

이쪽 역시 애들부터 어른들까지 모두 좋아하겠는걸?

치즈가 이렇게 주르륵~ 흘러나오는 게 또 매력적이란 말이지.

이쪽도 당연히 순식간에 꿀꺽해버렸지만.

"스이는 어느 쪽이 좋아?"

그렇게 묻자 팔처럼 늘인 두 개의 촉수를, 팔짱을 끼듯이 꼬더니 『으~음, 으~음』하고 신음을 했다.

『있잖아, 둘 다 좋아~!』

한참 고민하다가 내린 답이 그거야?

하지만 뭐, 그 마음도 이해는 돼.

크리스피 버전도 말랑말랑 버전도 우열을 가리기 어려울 만큼 맛있으니까.

마음에 드는 쪽으로 구우려고 했지만…….

"그럼 둘 다 반반씩 구울까?"

『아싸~! 둘 다 먹을 수 있어~.』

기뻐하는 스이를 곁눈질하며 나는 크리스피 버전과 말랑말랑 버전의 감자 치즈 갈레트를 차례차례 구워 나갔다.

◇　◇　◇　◇

『음? 그릇이 두 개인데, 차이가 있는 건가?』

"아아. 이건 말야, 감자 치즈 갈레트라고 하는데, 이쪽이 바삭바삭한 식감의 크리스피 버전이고, 이쪽이 말랑말랑하고 안쪽에서 치즈가 주르륵~ 흘러나오는 말랑말랑 버전이야."

『엄청 맛있어.』

『……너희, 또 맛을 본다는 핑계로 먼저 먹었군.』

움찔.

"그, 그건 만드는 사람의 특권이야."

『흥, 뭐 됐다.』

『페르여, 그렇게 화내지 말거라. 주공, 우리가 먹을 것도 당연히 넉넉히 준비해 두었겠지?』

"다, 당연하지."

『그럼 됐어. 늦어진 만큼 잔뜩 먹어주자고!』

『스이도 잔뜩 먹을 거야~.』

"자자, 일단 다들 먹어 봐. 마음에 드는 쪽을 줄게."

그렇게 말하자 녀석들이 먹기 시작했다.

『고기는 안 들은 것 같군. 그게 아쉽기는 하지만 나쁘지 않아.』

『이 달지 않은 간식, 나는 마음에 드는군그래.』

『그러게. 분명 조금 출출할 때 먹기 딱 좋은 간식이야. 맛있는데, 이거?』

『맛있지~?!』

감자 치즈 갈레트는 제법 평가가 좋았다.

"저기, 너희는 어느 쪽이 마음에 들어?"

『흠. 나는 둘 다 나쁘지 않군.』

페르가 말랑말랑 버전을 꿀꺽 삼키고서 입 주변을 낼름낼름 핥으며 그렇게 말했다.

『나는 이 바삭바삭한 쪽이 훨씬 좋네. 이 식감이 좋아. 술안주로도 맞을 것 같고 말일세. 특히 그 맥주라는 술에 말이야.』

그렇게 말하며 곤 옹이 나를 흘끔흘끔 쳐다보았다.

뭐야, 맥주를 달라고?

그건 안 되지.

나는 곤 옹을 보고 손가락으로 엑스자를 만들어 보였다.

그러자 곤 옹은 노골적으로 실망한 듯이 고개를 푹 숙였다.

아니아니, 당연하잖아.

이건 간식으로 만든 거라고. 술안주로도 좋지만 그런 목적으로 만든 게 아니거든?

『난 이쪽이 더 마음에 들어. 치즈가 주륵~ 하고 흘러나와서 무진장 맛있어.』

드라 짱은 말랑말랑 버전이 취향인 모양이다.

이쪽도 맛있긴 하지이.

『스이는 있지~ 둘 다 좋아~!』

"하하, 나도. 둘 다 맛있으니까."

『좋아, 계속 먹자. 한 그릇 더!』

"그래그래."

이렇게 우리는 평소처럼 와자지껄 떠들며 간식 시간을 실컷 만끽했다.

맥주를 마시지 못한 탓인지 곤 옹은 약간 풀이 죽어 있었지만.

이세계 연근

의뢰를 받고 향한 소국군(群).

그곳에서 돌아오는 도중, 주변의 농산물이 한 자리에 모인다는 소국군 중에서도 네 번째로 규모가 큰 라드완이라는 도시에 들렀다.

원래는 관광을 하는 기분으로 이국의 정서를 맛보고 싶었지만 평소와 마찬가지로 동행자가 먹보 콰르텟인 페르, 곤 옹, 드라짱, 스이이다 보니.

결국은 배터지게 먹기 위한 노점 순회 투어가 되었다.

거의 끝 무렵에 잠깐 쇼핑을 할 수 있었는데, 그때 어떤 물건을 발견했다.

그것을 발견한 나는 홀린 듯이 그리로 다가갔다.

주인장의 앞에 산더미처럼 쌓인 그것에게로.

어지간히도 안 팔렸는지, 주인장의 표정이 어두웠다.

그 표정이 좋지 못한 주인장에게 말을 걸자, 그는 이 도시에서 이틀 정도 거리의 마을에서 왔다고 한다.

상품은 그 마을에서 공들여 키운 것들이다.

평소에는 콩을 팔았다는데(이날도 콩은 잘 팔려서 거의 다 팔았다는 모양이다) 콩은 비교적 농사를 짓는 마을이 많아서 가격도 저렴하다.

한편, 마을에서는 익숙한 그것은 다른 곳에서 파는 걸 본 적이 없다.

그렇다면 보기 드물기도 하니 팔리지 않을까, 라는 기대를 품고 가져왔다고 한다.

하지만 도통 팔리지 않아서 주인장은 "조금이라도 생활에 보탬이 되었으면 했는데"라고 투덜대고 있었다.

하지만 나에게는 좋은 소식이었다.

그것은 내가 아는 것보다 훨씬 컸지만, 아무리 봐도……

"연근이잖아."

마을에서는 '여근'이라고 부른다는데, 자세히 물어보니 안에 구멍이 나 있다는 점도 그렇고, 아삭아삭한 식감이라는 점도 그렇고, 썰어서 오래 두면 변색된다는 점도 그렇고 아무리 생각해도 연근이었다.

그럼 당연히 사야지.

게다가 안 팔려서 고민이라기에 망설임 없이 전부 다 사버렸다.

전부 사겠다고 해도 처음에는 믿어주질 않아서 몇 번이고 "전부 살게요"라고 말하다가 돈을 꺼내 보이자 그제야 믿어줬다.

주인장은 귀찮지만 이대로 마을로 다시 가지고 돌아가는 수밖에 없다고 생각하던 참이라, 그 수고를 덜었다며 크게 기뻐했다.

게다가 당초의 목적대로 추가 수입도 올려서인지 아주 방긋방긋 웃고 있었다.

기분이 좋아진 주인장에게 덤으로 남은 콩도 받았다.

콩은 딱히 필요 없었는데 말이지.

뭐, 언젠가 쓸데가 있을 테니 고마운 마음으로 챙겼다.

그런고로 이세계 연근을 손에 넣었는데.

집에 돌아와서 좀 쉬고 나서 시간이 나니까, 어쩐지 먹고 싶네?

그런고로 오늘 저녁 메뉴는 연근을 사용한 요리로 결정됐다.

어디 보자, 뭘로 할까~.

"생각했던 것보다 수다를 한참 떨었네."

테레자가 빵을 굽겠다기에 받으러 갔더랬다.

테레자 특제 시골빵은 무진장 맛있어서, 많으면 많을수록 좋으니까 만들 때는 넉넉하게 만들어달라고 했다.

그런데 테레자가 '지금 구울게요'라고 연락을 해주어서 곧장 받으러 갔고, 그러다가 이런 식으로 먹으면 맛있다는 둥의 이야기를 하게 됐다.

참고로 내가 좋아하는 건 노릇노릇하게 구운 테레자 특제 시골빵에 소금과 후추를 친 반숙 계란프라이를 얹어서 먹는 거다.

테레자의 시골빵은 전립분*을 사용해서 구우면 구수한 맛이 나는데, 거기에 부드러~운 계란프라이의 노른자가 곁들여지면……

이게 또 심플하지만 진짜 맛있단 말이지.

뭐, 그건 둘째 치고 정신을 차리고 보니 꽤나 오랫동안 수다를 떤 탓에 저녁 준비를 할 시간이 별로 없었다.

---

*껍질이 일부 포함된 통밀과 비슷하지만, 껍질까지 통째로 이용한 밀가루.

오늘은 연근을 사용한 요리를 하겠다고 결심했었는데 말이지.

시간이 별로 없으니 연근을 쓴다 해도 잽싸게 만들 수 있는 볶음이 되려나.

연근과 고기를 사용한 볶음 요리라면 그게 괜찮겠는걸.

그거라면 밥에도 어울리니 덮밥으로 할까?

응, 그러자.

그런고로 오늘의 메뉴는…….

"매콤달콤하게 볶은 연근 소고기 덮밥으로 하자."

재료는 가지고 있는 걸로 거의 해결할 수 있으려나.

"아, 마지막에 고명으로 올릴 흰깨랑 쪽파가 없었지. 이건 사야겠네."

인터넷 슈퍼를 띄워서 흰깨랑 쪽파를 산다.

"좋았어. 이제 재료는 다 있고."

그럼 후다닥 만들어볼까.

우선 쪽파를 송송 썰어둔다.

다음은 소국군의 도시에서 구한 이세계 연근.

이 연근의 껍질을 벗겨서…….

"평소 같았으면 세로로 반으로 썰었겠지만, 이세계 연근은 크니까 넷으로 썰까."

세로로 4등분한 다음에는 3밀리미터 정도의 폭으로 얇게 썬다.

이번에는 진한 매콤달콤한 맛이 나도록 볶을 거니 물에 담가두지 않고 이대로 써야지.

고기는 던전 소 고기다.

던전 소 고기를 얇게, 3센티미터 정도의 폭으로 썰면 써는 작업은 끝이다.

다음은 달군 프라이팬에 참기름을 두르고 이세계 연근과 던전 소의 고기를 넣고 볶는다.

고기가 익으면 술, 간장, 맛술, 설탕, 다진 마늘(튜브에 든 것이라도 OK)을 넣고 더 볶는다.

조미료가 전체적으로 배어들어 먹음직스러운 색이 감돌기 시작하면⋯⋯.

"완성~. 이제 갓 지은 밥을 퍼 담은 그릇에 이걸 듬뿍 얹고 흰깨를 우수수 뿌리고 실파도 뿌리면. 좋아, 매콤달콤하게 볶은 연근 소고기 덮밥 완성!"

곧장 거실로 가져가자 이미 배가 고픈 먹보 콰르텟이 모두 모여 있었다.

『오늘은 뭐냐?』

"오늘은 매콤달콤하게 볶은 연근 소고기 덮밥. 맛있을 거야~."

페르, 곤 옹, 드라 짱, 스이의 앞에 두둥, 하고 곱빼기 덮밥을 내려놓았다.

그러자 먹보들이 곧장 덤벼들었다.

『흠. 나쁘지 않군.』

『음. 이 진한 맛이 쌀과 잘 어울리는군그래.』

『맞아!』

『맛있어~.』

"그치그치? 이거 밥이 술술 넘어가네~."

나도 덮밥을 욱여넣으며 그렇게 말했다.

『그리고 이 구멍 뚫린 채소? 인가? 이거의 아삭아삭한 식감이 좋아!』

"역시 드라 짱! 맞아. 이건 연근이라고 하는 채소인데, 이 식감이 정말 최고란 말이지. 아 참, 이 연근만 매콤하게 볶은 킨피라라는 게 있는데 이게 또 아삭아삭해서 최고로 맛있어. 나중에 만들어야지."

그런 식으로 연근 킨피라에 관해 생각하고 있자…….

『흠, 이것만 볶은 것? 난 필요 없다.』

『나도 고기가 없는 건 좀 그렇군그래.』

『식감은 좋지만 이것만 있는 건 좀.』

『스이도 고기랑 같이 있는 게 좋아~.』

연근 킨피라, 맛있는데.

칫, 초육식파 녀석들 같으니.

『그보다 한 그릇 더다.』

『나도 부탁하네.』

『나도!』

『스이도~!』

"그래그래."

귀여움은 정의

"인터넷 슈퍼에서도 크리스마스 페어를 하고 있었으니, 당연히 이쪽에서도 하고 있겠지."

외부 브랜드인 후미야의 페이지를 들여다보니 컬러풀한 글씨와 화려한 케이크가 메인에 떴다.

그리고 그곳에는 예상했던 대로 '메리 크리스마스! 크리스마스 페어 개최 중!!'이라고 적혀 있었다.

『와~ 케이크케이크! 스이, 먹고 싶어~!』

"스, 스이? 낮잠 자고 있던 것 아니었니?"

『깼어~.』

스이가 통통 뛰며 그렇게 답했다.

호화스러운 크리스마스 케이크를 보면 잔뜩 신이 나서 홀케이크를 몇 개나 요구할 것 같아서 후미야의 페이지를 확인할 때는 조심, 또 조심하려고 거실을 벗어나 부엌까지 이동한 건데…….

어떻게 알아챈 거지?

스이한테는 단것 레이더라도 있는 건가?

『맛있을 것 같은 케이크가 엄~청 많아~! 이것도 맛있을 것 같아~. 아, 이것도! 저것도 맛있어 보여~.』

화면을 들여다본 채 스이는 흥분해서 이것도 저것도 다 맛있을 것 같다며 푸들푸들 몸을 떨었다.

"식후 디저트로 먹어도 되긴 하지만, 평소처럼 세 개까지만 이야."

『에이~ 가끔은 좀 더 먹고 싶어~.』

"아무리 그래도 말이지."

당분을 너무 많이 섭취하는 건 좋지 않으니까.

『주인~ 제발~.』

스이가 촉수로 내 팔을 잡고는 『제발~』하고 애원을 해왔다.

스이는 단걸 엄청 좋아하니까.

푸들푸들 떠는 스이에게 '마음껏 골라도 돼!'라고 말해주고 싶은 걸 꾹 참았다.

스이는 엄청 귀엽지만 아무리 그래도 '마음껏' 고르라고 하는 건 위험하다.

하지만…….

크리스마스니 특별히 조금은 더 줘도 되려나.

"그럼 조금만 더 먹는 거다? 특별히 오늘은 다섯 개까지 골라도 돼."

『정말?! 아싸~! 주인, 고마워~!』

귀여운 스이가 내 품으로 통~ 하고 뛰어들어서 쑥스러워졌다.

나는 스이에게는 무른 면이 있다.

자각은 있다고.

하지만 스이는 나의 휴식처인걸. 완전 귀여운걸.

어쩔 수 없잖아.

그런 변명을 속으로 뇌까리며 스이와 함께 후미야의 페이지를 살펴보았다.

『주인~ 스이는, 이게 좋아!』

스이가 촉수로 가리킨 것은 큼지막한 딸기가 잔뜩 박힌, 척 봐도 호화스러운 홀케이크였다.

설명문을 보니 스펀지케이크 사이에도 딸기 크림을 사용해 이 큼지막한 딸기를 넣었다는 듯했다.

음. 크리스마스에 걸맞은 스페셜하고 호화스러운 케이크군.

아니, 제일 먼저 이거에 눈독을 들이다니 대단한걸, 스이.

하지만…….

"하지만 말이야, 이걸 하나로 치는 건 좀……."

『어~? 왜애?』

"왜긴, 이 케이크는 크잖니. 평소에는 작은 삼각형 모양의 작은 걸 하나로 쳤잖아."

쇼트케이크의 사진을 가리키며 스이에게 그렇게 말했다.

크기가 완전 다르잖아.

『우~ 그치만 먹고 싶어~. 이거, 엄청 맛있어 보이는걸. 주인~ 제발~ 응~?』

푸들푸들 떨며 스이가 떼를 쓰듯 내 옷을 촉수로 잡아당겼다.

『스이, 지금보다 훨~씬 더 말 잘 들을게에~.』

스이가 촉수와 촉수를 맞대고 기도하는 듯한 자세로 나를 올려다본다.

·················네, 졌습니다.

"그러면, 이걸 하나로 치는 건 아무래도 좀 그러니까, 이 커다란 케이크는 두 개로 치자."

『와아~! 고마워~ 주인~!』

스이가 기쁜 듯이 통통 뛰어 올랐다.

방금 전에도 말했지만 난 스이에게 무르다. 엄청 무르다는 건 안다.

하지만 어떡해.

상대가 스이인걸!

그다음에 스이가 고른 케이크도 홀케이크였다.

이번에도 큼지막한 딸기가 두둥두두둥, 하고 올라간 딸기 타르트다.

향긋한 아몬드 타르트에 커스터드 크림을 올리고, 큼지막한 딸기로 장식을 한 타르트라 엄청 맛있어 보인다.

그리고 스이가 사랑하는 초콜릿 케이크.

엄선된 초콜릿을 사용해 라즈베리와 블루베리를 잔뜩 써서 장식한 아주 호화스러운 초콜릿 케이크다.

코코아 스펀지케이크에 초콜릿 크림, 베리 소스를 층층이 쌓은, '초콜릿의 쌉싸름한 맛이 감도는 가운데 상큼한 베리의 맛이 은은하게 느껴지는 최고의 일품'이라고 한다.

어른스러운 맛이라 스이에게는 아직 이르지 않을까 싶었지만, 스이가 눈을 반짝반짝 빛내며 『이거~!』라고 하는데 어쩌겠는가.

결국, 겉모습이 호화스러워서인지 홀케이크 쪽에 더 눈이 가는 모양이다.

구입 후 무사히 종이상자가 도착했다.

실물을 본 스이는 흥분해서 『와아~ 와아~』하며 빠른 속도로 푸들푸들 몸을 떨었다.

지금 당장 손(?)을 댈 것 같은 스이를 제지하며 "디저트는 저녁 먹고서 먹어야지"라고 타이르느라 한참을 고생했다.

그리고 크리스마스이기도 해서 기분을 내려고 아주 조금 호화스럽게 차린 저녁식사 후…….

『있잖아, 오늘 저녁밥은 좀 호화스럽네~?』

『흠, 그랬나?』

『그러고 보니 고기가 조금 많았던 것도 같군. 뭐, 어찌 되었건 맛있는 밥을 먹을 수 있다는 건 좋은 일이지.』

『후후후후후~ 스이는 다 알아~. 오늘은 있지, 밥 다음에 나오는 디저트도 굉장해~! 주인~ 꺼내줘~!』

"그래그래."

오후에 스이가 고른 홀케이크 세 개를 꺼내 주었다.

『굉장하지~ 응~?』

스이는 그렇게 말하며 맛있게 케이크를 먹기 시작했다.

그리고…….

"으음~ 페르랑 곤 옹이랑 드라 짱 거는 이거야."

괜찮아 보이는 게 있기에 수고를 덜고자 미리 사둔 것이다.

서로 다른 종류의 여덟 가지 쇼트케이크를 합쳐서 홀케이크로 만든 모듬 케이크.

여섯 개만으로 조합하려던 것에서 두 개를 더해 여덟 개로 늘린 데다 여러 가지 종류의 케이크가 있으니 충분히 호화스럽게 보이겠지?

　페르와 곤 옹과 드라 짱 앞에 모둠 케이크를 내놓았다.

　그러자 셋은 자신의 케이크와 스이의 케이크를 번갈아 쳐다보더니.

　『어이.』

　『주공, 너무 노골적이시구면…….』

　『이건 너무 편파적이잖아…….』

　그렇게 말하며 뚱한 눈으로 나를 쳐다보았다.

　큭…….

　"어, 어쩔 수 없잖아! 귀여움은 정의라고!"

다 같이 군고구마

인터넷 슈퍼에서 산 고구마를 씨고구마 삼아서 앨번에게 키워달라고 한 게 예상보다 훨씬 맛있었다.

그때 씨고구마로 썼던 건 베니아즈마라는 종이었다.

그걸 먹고 생각했다.

고구마는 종류에 따라 맛과 식감이 꽤나 다르구나.

그래서 여러 종류의 고구마를 앨번에게 키워달라고 해서 맛을 비교해 보는 것도 재미있겠다는 생각이 들었다.

그런고로 앨번만 믿기 발동.

앨번에게 여러 종류의 고구마를 키워달라고 부탁했다.

우리 밭은 이세계의 영양제를 뿌려둬서 영양이 풍부한 탓인지.

고구마는 쑥쑥 자라서 한 달 정도 만에 수확이 가능할 정도가 되었다.

그 결과, 미소를 띤 앨번이 웃는 얼굴로 모든 종류가 대풍작이라면서 어제 수확한 고구마를 가져온 것이었다.

◇　◇　◇　◇

"좋았어, 모닥불도 아주 적절하게 피워졌네."

고구마는 역시 군고구마지.

그런고로 쓸데없이 넓은 정원에 모닥불을 피웠다.

토니와 올리버 군, 엘릭 군에게 부탁해서 정원수를 손질하고 나온 나뭇가지를 모아 그걸 썼다.

참고로 올리버 군과 엘릭 군은 정원을 책임지고 있는 토니와 밭을 맡고 있는 앨번의 사이를 왔다갔다하며 바쁜 쪽의 일손을 돕고 있다는 듯했다.

어린데 부지런도 하단 말이지.

그런 올리버 군과 엘릭 군을 비롯해서 아이들을 모두 집합시켰다.

군고구마는 달콤하니 간식으로 딱일 것 같았거든.

우리 집에서는 나와 스이가 참가했다.

페르, 곤 옹, 드라 짱은 '군고구마'라는 말을 듣더니 안 오겠단다.

맛있는데 말이야.

"좋았어~. 얘들아, 그럼 군고구마를 만들 준비를 해보자~."

"있지있지, 무코다 오빠. 이거 빨간 감자지? 구울 거야?"

롯테가 이상하다는 듯이 말하며 고구마를 쳐다보았다.

그러고 보니 이쪽에서는 고구마를 빨간 감자라고 불렀지.

"그래, 구울 거야. 달콤하고 맛있거든~. 근데 롯테, 빨간 감자 구워먹은 적 없어?"

"없어~. 수프에 넣어 먹긴 하지만. 그러면 달콤해져서 맛있거든."

롯테의 말에 다른 아이들도 고개를 끄덕였다.

"확실히 수프에 넣어도 맛있긴 하지~."

돼지고기 된장국에 고구마를 넣으면 단맛이 우러나 맛있어지기도 하니까.

"하지만 군고구마도 맛있어. 뭐, 먹어보면 알 거야. 여러 종류를 준비했으니까 맛도 비교해 보자."

"여러 종류? 빨간 감자는 빨간 감자 아닌가요?"

올리버 군이 그렇게 물었다.

역시 농가의 아들이구나.

하지만 그건 말이지…….

"왜, 내 스킬이 있잖아……."

"앗! 이세계의……."

"그런 거야. 뭐, 일단 구워볼까."

그런고로 고구마를 구울 준비에 착수했다.

"너희들도 도와줘~."

아이들과 함께 작업을 한다.

"우선 이 하얀 종이로 고구마를 감싸고……."

키친타월로 고구마를 감싸서 물에 적신다.

그런 다음 알루미늄 호일에 감싸서 모닥불에 휙 던져 넣는다.

이번에 준비한 건 네 종류다.

뭐가 나올지는 각자의 운에 달렸다.

"무코다 오빠, 언제 먹을 수 있어?"

"음~ 다 구워지려면 좀 걸릴지도 몰라."

"그럼 놀고 올게. 스이, 술래잡기 하자!"

『할래~!』

롯테와 스이는 아주 친해 보였다.

둘이 술래잡기를 하는 걸 보자, 롯테보다 나이가 많은 다른 아이들도 몸이 근질근질해진 듯했다.

"이건 내가 보고 있을 테니까 괜찮아. 다 같이 놀고 와."

그렇게 말하자 '그래도 되나?' 싶었는지 아이들이 몇 번이나 내 눈치를 살폈다.

다시 한번 "괜찮으니 놀고 와"라고 말하자 그제야 달려 나갔다.

다 같이 힘차게 뛰어다니고 있다.

그걸 보고 있자니 '이렇게 보니 정원이 쓸데없이 넓은 것도 괜찮네'라는 생각이 들었다.

아이들의 즐거워 보이는 목소리를 훈훈한 마음으로 들으며 고구마가 골고루 익도록 얼마 동안 뒤집어주었다.

"어디, 슬슬 다 됐으려나."

장갑을 낀 손으로 제일 커다란 고구마를 감싼 호일을 신중하게 펼쳐 보았다.

이건 분명 '베니하루카'였던가.

"아뜨뜨."

먹음직스럽게 익은 고구마가 모습을 드러냈다.

그걸 반으로 쩍 갈라보니, 김이 폴폴 남과 동시에 달콤한 냄새가 풍겨왔다.

"응, 속까지 잘 익었네."

잘 됐다, 잘 됐어.

"얘들아~ 다 구워졌어~."

뛰어노는 아이들에게 말하자 금방 모여들었다.

"뜨거우니까 내가 펼쳐줄게. 그리고……."

아이들에게 핸드 타월을 나눠주었다.

"뜨거우니까 이걸로 감싸서 먹어. 방금 잘 익었는지 확인한 제일 큰 고구마는∼…… 여자애들부터. 받아, 롯테, 세리야."

"무코다 오빠, 고마워!"

"고맙습니다!"

다음 군고구마의 호일을 펼쳤다.

이건 뭐였더라?

크기로 미루어 좀 전과 같은 '베니하루카'나 '베니아즈마' 중 하나겠지만…….

뭐, 아무렴 어때.

"그럼 이건, 올리버 군하고 엘릭 군."

""고맙습니다!""

"코스티 군은 나랑 반씩 먹자."

"네!"

"그리고 스이는 통째로 하나. 스이라면 먹을 수 있지?"

『당연하지! 스이, 잔뜩 먹을 거야∼.』

다음에 펼친 것은…….

"와아."

코스티 군이 놀라서 탄성을 흘렸다.

"보라색이야∼."

롯테, 세리야, 올리버 군, 엘릭 군이 고구마의 색을 보더니 눈이 휘둥그레졌다.

그 이유는 금방 알 수 있었다.

보라색이 특징인 '퍼플 스위트 로드'라는 녀석이기 때문이다.

신기해서 먹어보고 싶었거든.

"신기하지? 맛은 좋대. 여기, 코스티 군."

"감사합니다."

코스티 군은 그 색을 보고 살짝 겁을 먹은 눈치다.

그 모습에 피식 웃은 후, 스이가 먹을 군고구마의 호일을 펼쳤다.

둥그스름한 모양이 특징적인 '안노이모(호박고구마)'군.

이것도 엄청 단 고구마지.

"이건 스이 거야."

『고마워, 주인~.』

"그럼 먹어보자."

다 같이 일제히 군고구마를 베어 물었다.

"달달해~!"

"맛있어!"

"부드러워!"

"맛나!"

"의, 의외로 맛있어."

베니하루카, 베니아즈마는 그야말로 고구마의 대명사니까.

구웠을 때 맛이 없을 리가 없다.

퍼플 스위트 로드는 분명 너무 보라색이라 순간적으로 '괜찮을까?' 싶지만, 막상 먹어보면 맛있고. 단맛이 강한 고구마에 비하면 조금 덜 달기는 하지만 그래서 오히려 좋기도 하단 말이지.

게다가 식감이 부드럽기도 하고.

"스이는 어떠니?"

『엄청 달고 맛있어~! 더 먹고 싶어~!』

"하하, 그래그래."

스이는 눈 깜짝할 새 먹어치웠는데, 다른 아이들도 지지 않았다.

반씩 가른 군고구마는 이미 아이들의 뱃속에 들어가 있었다.

"너희도 더 먹을 수 있을 것 같네."

그렇게 말하자 아이들은 반짝반짝 눈을 빛내며 응응, 하고 고개를 끄덕였다.

"그럼 이번에는 직접 골라볼까? 어떤 고구마가 나올지 한 번 보자."

그렇게 말하자 모닥불 주변에서 아이들이 어느 걸로 할까, 하고 와자지껄 떠들어댔다.

"위험하니까 너무 가까이 가진 말고~."

나는 즐거운 듯한 아이들의 모습을 바라보았다.

애들은 순수해서 좋단 말이야.

『있지있지, 주인~ 스이도 골라도 돼~?』

"당연하지. 어떤 게 좋니?"

『으음~ 이거~!』

스이가 촉수로 가리킨 군고구마의 포장을 펼쳐서 건네주었다.

"자, 여기."

『주인, 고마워~.』

"어때?"

『이것도 맛있어~.』

그렇게 말하며 맛있게 군고구마를 흡수하는 스이를 보던 중⋯⋯.

『주인~ 이거 줄게~.』

한 입 크기의 군고구마 끄트머리 부분을 스이가 내밀었다.

"먹어도 돼?"

『응. 나눠 먹자~.』

"하하. 고맙다, 스이."

스이에게 받은 군고구마를 한입에 먹었다.

『어때~?』

"응, 맛있네."

『그치~?』

이 촉촉한 식감과 강한 단맛은 '베니하루카'이려나?

그냥 군고구마인데 고급 디저트 같네.

『있지있지, 주인~ 더 먹어도 돼~?』

"그래."

『와아~!』

스이가 고르는 동안, 아이들에게도 골랐느냐고 물어보았다.

"다들 다 골랐니~?"

"골랐어~! 롯테부터 말해도 돼?"

"그래. 어떤 걸로 할래?"

롯테부터 순서대로 군고구마가 든 호일을 열어서 건네주었다.

"우와~ 뭔가 끈적거려~. 근데 엄청 달콤해!"

롯테가 고른 건 '안노이모'인 것 같네.

"내 건 아까 먹은 거랑 달리 부드러워. 단맛도 적당해서 난 이게 더 좋아."

세리야가 고른 건 식감이 부드러운 '베니아즈마'이려나?

"아까 먹은 거랑 완전 다르네. 뭔가 촉촉해. 게다가 아까 먹은 것보다 달아."

"내 것도! 올리버 형 거랑 같은 고구마 같아."

올리버 군과 엘릭 군은 '베니하루카'이려나.

"와, 같은 고구마인데 아까 전 거랑은 색깔도 식감도 단맛도 전혀 달라. 끈끈하고 엄청 달아!"

코스티 군은 롯테와 같은 '안노이모'구나.

다들 어느 정도 먹더니 서로 교환하며 즐겁게 맛보고 있네.

『주인~ 다음 거 골랐어~. 이거~!』

"오, 이거 말이지?"

스이가 고른 군고구마가 든 호일을 펼쳐서 건네주었다.

『와아~! 보라색 고구마다~.』

"그건 내가 아까 먹었던 '퍼플 스위트 로드'라는 거야. 부드럽고 깔끔한 단맛이 나지?"

『응. 이것도 맛있어~. 하지만 스이는 더 달콤한 고구마가 더 좋은 것 같아.』

"그럼 내가 고른 걸 반씩 나눠먹을까? 아마 달콤할 거야~."

내가 고른 군고구마는 반으로 갈라 보니 촉촉한 걸로 보아 '베니하루카' 같거든.

『응. 먹을래~.』

스이도 즐거워 보이고, 아이들도 즐거워 보이고. 이런 거 참 좋네.

평소 아무개 씨들 때문에 사냥이다 뭐다 해서 살벌한 일상을 보내다 보니 말이야.

아아~ 이런 훈훈한 광경을 보고 있으니 힐링된다아……

긴급 의뢰

"우오~ 한 달만의 지상이다!"

"이번에는 꽤 오래 있었죠."

"그만큼 수입은 쏠쏠하지만."

"얼른 길드에 보고하고 축배를 들자고!"

모험가로서도 베테랑의 영역에 도달한 데다 실력도 겸비한 4인조 S랭크 모험가 파티인 '심연의 관측자'가 한 달 만에 지상에 모습을 나타냈다.

멤버는 큰 덩치에 어울리는 대검을 사용하는 늑대 수인 발드, 신관복을 입고 메이스를 허리에 찬 거구의 회복마법사 세르주, 마른 체형이기는 하지만 기척 감지와 나이프 다루는 실력으로는 손꼽히는 실력자이기도 한 클라이브, 그리고 불 마법과 한손검을 능숙하게 다루는 파티의 리더 스테파노.

'심연의 관측자'는 최근 몇 년 동안 드랭을 거점으로 던전에 도전하고 있다.

그리고 착실하게 성과를 올려 S랭크가 되어, 모험가가 많은 드랭에서도 이름을 떨치고 있었다.

그렇듯 드랭에서 유명한 '심연의 관측자'가 등장하자 던전 출입구 부근에 있던 모험가들의 시선이 집중되었다.

어떤 이는 질투 어린 눈빛을, 그리고 어떤 이는 동경의 눈빛을 보내왔다.

"아~ 배고파. 빨리 제대로 된 요리를 먹고 싶어."

"그러게요. 맛없는 휴대식량은 이제 지긋지긋하니까요."

"나는 얼른 술이 마시고 싶어어."

"오늘은 코가 비뚤어지도록 마셔주겠어."

네 사람은 그런 시선은 아랑곳 하지 않고 농담을 주고받으며 도시에 있는 모험가 길드로 향했다.

◇　◇　◇　◇

'심연의 관측자' 네 사람이 모험가 길드에 들어서자…….

"아앗! 여러분, 마침 잘 왔습니다!"

드랭 모험가 길드의 부길드 마스터인 우고르가 달려왔다.

허둥대는 그의 모습에 네 사람은 눈을 꿈벅거렸다.

"돌아오자마자 미안하지만 긴급 의뢰입니다. 매우 중요하고도 위험한 임무지만, 보수는 그만큼 챙겨드리죠."

우고르의 말에 스테파노, 세르주, 발드, 클라이브는 얼굴을 마주 보았다.

"아, 위험하긴 하지만 이 의뢰에서 죽을 일은 없습니다. ……오히려 그 바보 멍청이를 반쯤 죽여주셨으면 하는 심정이긴 하지만요."

어쩐지 들어서는 안 될 듯한 말이 들려왔다.

네 사람 모두 속으로 '이거 귀찮은 일에 휘말려들 것 같은데……'라는 생각을 했다.

"부길드 마스터, 그거 거절할수는······."

결심을 굳힌 리더, 스테파노가 그렇게 입을 열었다.

"이 의뢰는 어떻게든 S랭크에게 맡기고 싶습니다. 공교롭게도 지금, 일정이 비는 건 여러분뿐이거든요. 강요하려는 건 아니지만 말입니다."

강요는 아니라지만 압박감이 엄청났다.

부길드 마스터인 우고르가 이 드랭 모험가 길드의 실질적인 수장이라는 것은 모두가 아는 사실이다.

이 도시에서 활동하는 이상, 그런 우고르가 이렇게까지 간절하게 한 부탁을 거절할 수 있을 리 없었다.

그렇게 우고르의 긴급 의뢰를 수락하게 되었는데······.

◇　◇　◇　◇

"의뢰 내용이 길드 마스터를 잡아오라는 거라니."

모험가 길드의 어느 방에서 의뢰 내용을 우고르에게 자세히 들은 '심연의 관측자' 일행은 당혹감을 감출 수가 없었다.

"드래곤을 좋아한다고는 들었지만 그 정도일 줄이야······."

"너무 괴짜 같은 나머지 헛웃음도 안 나오네요."

"뭐, 워낙 자유를 사랑하는 분이잖아. 실제로 이 길드를 운영하고 있는 건 부길드 마스터이기도 하고."

이 길드의 실무를 홀로 도맡아 분주하게 일하고 있는 게 부길드 마스터인 우고르라는 것은, 이곳의 모험가들이라면 누구나

아는 사실이다.

하지만 이름뿐인 길드 마스터라 해도 모험가 길드가 조직인 이상, 멋대로 굴어도 될 리가 없다.

심지어 이번에는 도를 넘어섰다.

"그렇다 쳐도 편지만 남겨두고 사라진 길드 마스터는 전대미문이겠죠……."

"왕도에 있는 본부에도 전이 마법도구로 사표를 보냈다던데."

"이거 본부의 높으신 분들도 화가 잔뜩 나셨겠구만."

"부길드 마스터도 참 고생이 많아……."

네 사람은 모험가 길드에서 종종 보았던 무지막지하게 아름다운 엘프 길드 마스터를 떠올렸다.

새삼 돌이켜보니 도저히 일을 하는 사람처럼 보이지가 않았다.

"뭐, 이번에는 평소 신세를 지고 있는 부길드 마스터를 위해 힘 좀 써볼까."

리더인 스테파노가 그렇게 말하자 세르주, 발드, 클라이브가 고개를 끄덕였다.

"그나저나 그 길드 마스터, 그래봬도 원래는 S랭크 모험가였다더군요. 방심은 금물입니다."

"그래. 부길드 마스터가 어떻게든 S랭크 파티에게 의뢰하고 싶다고 했던 건 그 때문이겠지."

"간단하다고는 할 수 없겠지만, 우리 네 명이라면 괜찮겠지. 물론 최대한 경계할 필요는 있겠지만."

"맞아. 게다가 이번에는 부길드 마스터가 같이 간다는군."

"얼마나 진심인지가 느껴지는군요."

"본부에서 절대 놓치지 말라는 분부가 있었다더라."

"뭐, 그럴 만도 하지."

"게다가 부길드 마스터도 꽤나 화가 난 것 같고."

"그렇겠지. 평소에 일도 전부 부길드 마스터한테 떠맡겼으면서, 이번에는 갑자기 편지만 남겨두고 튀어버렸으니까."

이야기를 들으면 들을수록 '심연의 관측자' 일행은 부길드 마스터에게 동정을 금할 수가 없었다.

향후의 일을 직원들에게 지시하러 갔던 부길드 마스터가 돌아왔다.

"이번 건은 한시가 급한 일입니다. 돌아오자마자 죄송하지만 바로 출발하고 싶군요."

"그건 상관없지만……."

스테파노가 그렇게 말하자 다른 멤버들도 고개를 끄덕였다.

"어디로 갔는지는 아십니까?"

"물론이죠. 그 바보는 카레리나에 있습니다."

길드 마스터가 벌인 짓이 어이없기는 했지만, 자신의 상관을 보고 겁도 없이 바보라고 딱 잘라 말하는 우고르의 태도에 '심연의 관측자' 일행은 식겁했다.

"카, 카레리나, 라고요……?"

"조금 멀지만 되도록 빨리 가죠."

그렇게 말하는 우고르의 눈빛이 차가웠다.

"'길드 마스터를 그만두겠습니다'는 무슨 얼어죽을. 편지 한

통으로 길드 마스터라는 직책을 내려놓을 수 있을 리가 없잖아. 아니, 이 바보가 조금 풀어줬더니 미쳐버렸나. 이번만큼은 절대 용서 못해. 게다가 이 바보 마스터가 무코다 씨한테까지 민폐를 끼쳐? 절대 안 놓친다.”

'심연의 관측자' 일행은 그렇게 중얼거리며 주먹을 꽉 움켜쥔 채 씩씩거리는 우고르의 박력에 압도되고 말았다.

바보 마스터 포획 및 회수까지 앞으로 10일.

올인원 젤

"흠흠흐~음♪"

요즈음 마리는 매우 기분이 좋다.

원인은 안다.

무코다 씨에게 받은 '올인원 젤'이라는 미용 크림 때문이다.

세수한 후에 이걸 바르기만 해도 피부가 촉촉해진다는 모양이다.

실제로 마리의 피부도 탱탱해져서 본인조차도 '10대의 피부로 돌아간 것 같아!'라고 할 정도로 더욱 고와졌다.

하지만 그 결과 난감하게도……

최근 들어 마리가 장사에 재미를 붙이고 말았다.

굳이 말하자면 뒤에서 조용히 가게 일을 돕던 마리가 말이다.

계기가 된 것은 무코다 씨에게 받은 비누, 린스 겸용 샴푸, 샴푸, 트리트먼트, 헤어팩 등이었다.

비누는 전에 없던 향긋한 향이 나는 데다 피부도 매끈해졌다.

머리를 감을 때 쓰는 린스 겸용 샴푸라는 것도 상쾌한 향이 나고 머리를 개운하게 씻겨주는 데다 찰랑찰랑하게 해주었다.

샴푸, 트리트먼트, 헤어마스크는 그 린스 겸용 샴푸보다 효과가 좋고 고상하고 고귀한 향이 났다.

머리를 샴푸로 감고 트리트먼트를 바른 후 조금 기다렸다가 헹궈내면 윤기 나는 찰랑찰랑한 머릿결이 된다.

그리고 무엇보다 놀라운 것은 헤어팩이란 물건이다.

촉촉한 크림 형태의 헤어팩을 바르고 잠시 기다렸다가 헹궈내면, 심하게 상한 머리카락도 윤기 나고 찰랑찰랑하고 촉촉한 머리카락으로 돌변하는 것이다.

푸석하고 뻣뻣한 머릿결로 오랫동안 고민하던 마리의 머리카락이 단 한 번에 놀라울 만큼 변했다.

비누, 린스 겸용 샴푸, 샴푸, 트리트먼트, 헤어팩을 모두 사용해보고 마음에 든 정도가 아니라 매료되어 버린 마리는.

"이건 분명 팔릴 거야!"

……라고 주장하더니 무코다 씨와 계약을 맺고 우리 가게 한 구석에서 장사까지 시작했다.

하지만 장사란 것은 엄격한 법이다.

마리도 얼마 안 가 포기……할 줄 알았건만, 그렇게 되질 않았다.

팔기 시작한 비누, 린스 겸용 샴푸, 샴푸, 트리트먼트, 헤어팩은 불티나게 팔렸다.

가격대가 조금 높게 형성되었음에도 불구하고.

마리는 의기양양한 얼굴로 "그러게 뭐랬어. 분명 팔릴 거라고 했지?"라고 했다.

나는 여성들의 미(美)에 대한 집념을 다소 우습게 보았던 것 같다.

어쨌든, 마리의 장사는 아주 순조롭다.

너무 순조로운 나머지 매대를 확장하면 안 되겠냐고 압박을 해올 정도다.

뭐, 마리가 즐거워 보이니 나도 기쁘기는 하지만.

아무튼 그러던 중에 그 '올인원 젤'이라는 미용 크림을 무코다 씨가 가져온 것이다.

마리가 그런 상품에 관심을 보이지 않을 리가 없다.

실제로 사용하며 그 효과도 실감하고 있다.

그러다 보면 자연스럽게 팔고 싶어지기 마련이다.

마리는 또다시 "이것도 분명 팔릴 거예요!"라고 했다.

어떤 여성이든 피부에 관한 고민은 끝이 없기 마련인데 그걸 이 '올인원 젤'이라는 미용 크림을 바르기만 해도 해소되는 것은 물론이고 이상적인 피부 상태가 된다고 하니. 어떤 여성이든 어떻게든 구하고 싶을 거라나 뭐라나.

"무코다 님도 조금은 마련해주시겠다고 하셨어!"

흥분한 투로 그런 소릴 하는 마리를 진정시키느라 진땀을 뺐다.

마리에게 "'조금'이라고 하셨다면서? 지속적으로 거래할 수 있을지, 양은 늘릴 수 있을지, 그런 부분이 불명확하잖아"라고 말하자 풀이 죽어서 "그건 그렇지"라고 말했다.

그러더니 촉촉하게 젖은 눈으로 나에게……

"저기. 그 부분을 해결해달라고 당신이 무코다 씨한테 부탁해주면 안 될까?"

큭…… 치사하잖아, 마리.

내가 그 표정에 약하다는 걸 알면서.

"양은 이 정도로도 상관없다고 생각해. 그도 그럴 게 이만큼 효과가 좋은 물건인걸. 하지만 거래는 지속적으로 하고 싶어. 안 그러면 내 피부가……."

마리, 본심이 그대로 새어나오고 있는데.

"뭐, 나도 부탁은 해보겠지만 무리라고 하시면 포기하라고."

"당연하지. 지금 하고 있는 비누 등의 거래도 있으니, 무코다 님이 난처해 할만한 짓은 안 할 거야."

억지를 쓰다가 무코다 씨를 화나게 해서 지금 하고 있는 거래까지 중지되면 난감해지는 건 이쪽(마리)이니까.

뭐, 무코다 씨는 마음씨 착한 분이니 그 정도로 거래를 끊겠다고 하지는 않겠지만.

"그런데 마리, 그 '올인원 젤'이라는 미용 크림은 얼마 정도에 팔려고 그러지?"

"글쎄에………… 일단 금화 18닢 정도?"

"헉……. 금화 18닢이라고? 너, 너무 비싼 거 아니야?"

"무슨 소릴 하는 거야, 여보! 이걸 바르면 젊은 시절의 촉촉한 피부로 돌아갈 수 있는데! 그 효과를 생각하면 금화 18닢도 결코 비싼 금액이 아니야!"

"그, 그런가?"

"그래! 게다가 나를 아는 분들이 보면 그 효과에 놀라서 부르는 대로 값을 치러서라도 사고 싶어할 만한 물건인걸. 게다가 이 미용 크림이 비싸다면, 당신이 취급하는 '발모제'라는 건 어떻고. 금화 50닢이라며?"

"그, 그건 일부 사람들의 입장에서는 꿈의 약이라고! 게다가

초대받은 사람들에게만 판매하고 있어서 고객들은 모두 귀족이나 거상들뿐이고. 금화 50닢은 오히려 적정한 가격이야!"

"그렇다면 나도 한 마디 하겠어! 이건 모든 여성이 꿈꿔마지 않는 효과를 지닌 미용 크림이야! 금화 18닢은 적정한 가격, 아니, 그것도 저렴할 정도라고!"

"그, 그래?"

"그, 그래."

서로 다소 흥분했던 것 같다.

"그나저나 내가 취급하는 발모제도 그렇고 마리가 취급하는 미용 제품도 그렇고, 막대한 이익을 내고 있군."

"응. 무코다 님한테는 감사할 따름이야."

"이 인연을 소중히 여겨야겠어."

"그러게 말이야."

나와 마리는 그렇게 말하며 무코다 씨와의 인연을 소중히 여기겠다고 맹세했다.

곤 옹의 애착

슥삭슥삭, 슥삭슥삭──.

『기분 좋구먼~.』

"그거 다행이네. 뭐 이쪽은 곤 옹의 몸을 닦으려면 이만저만 힘든 게 아니지만 말이야."

나는 후~ 하고 땀을 훔치며 그렇게 투덜댔다.

하지만 이동할 때 곤 옹 덕을 많이 보고 있으니 이 정도는 해 줘야지.

게다가 청결한 모습을 보면 나도 기분이 좋으니까.

아무개 씨의 하얀 털이 날이 갈수록 꾀죄죄해지는 걸 하도 보다 보니, 청결함의 소중함을 깨닫게 됐단 말이지.

『주인~ 곤 할아버지 발톱 문질문질하는 거 다 끝났어~.』

그렇게 말하며 스이가 촉수로 수세미를 든 채 통통 뛰었다.

"오~ 고맙다."

『곤 할아버지, 어때~?』

『흠. 반짝반짝하구나.』

『에헤헤~. 깨끗하지~? 스이, 열심히 했어~.』

『어이~ 이쪽도 끝났다고.』

꼬리를 맡은 드라 짱이 파닥파닥 날갯짓을 해서 날며 자루가 짧은 핸드 브러시를 든 채 그렇게 말했다.

"오, 고마워~."

『그나저나 몸이 크면 씻기도 함드네.』

『드라 짱은 스이랑 마찬가지로 주인이 거품 묻혀서 문질문질 해주면 금방인데~.』

『맞아. 작은 것 나름의 이점이지. 게다가, 이렇게…….』

참방.

『후~ 매일 목욕을 즐길수도 있고~.』

『아, 드라 짱 치사해~. 스이도 들어갈래~.』

참방.

"잠깐잠깐~ 둘 다 몸을 씻고 나서 욕조에 들어가라고 했지~."

『아까 씻었다고. 네가 못 본 것뿐이야~.』

『스이도 씻었어~.』

아, 그래?

그럼 됐고.

드라 짱과 스이가 기분 좋게 뜨거운 물에 떠있다.

나도 얼른 곤 옹을 씻기고 탕에 몸 좀 담가야지.

그런 생각에 기합을 넣고 다시 팔을 움직인 순간…….

우둑───.

"끄악~! 부, 부러졌어! 대형 세척솔이 부러졌어어~."

내가 힘을 너무 준 건지, 아니면 곤 옹의 비늘이 너무 단단했던 건지(후자인 것 같지만) 쓰고 있던 세척솔이 뚝 부러져 버렸다.

『아아~ 부쉈대요~.』

『부쉈대요~.』

"이, 이건 나 때문이 아니라고!"

나를 놀리는 드라 짱과 스이의 목소리에 어째서인지 초조해져서 소리쳤다.

『주공, 어쩌실 겐가?』

"아~ 오늘은 그만 됐어. 대부분 씻었으니까."

그렇게 말하자 곤 옹은 신이 나서 탕에 몸을 담갔다.

『후하아~.』

탕에 들어가자마자 노인네처럼 요란하게 콧숨을 내쉬는 곤 옹의 모습을 보고 쓴웃음을 지었다.

"나도 들어가야지."

나 역시 사소한 사고는 잊고 목욕을 즐기기로 했다.

"아, 오늘은 곤 옹 목욕하는 날이었지."

곤 옹은 작아졌다고는 해도 페르에 필적할 만큼 덩치가 크다.

목욕은 좋아하는 것 같지만 매일하려면 이쪽이 힘들어서 사흘에 한 번씩 시키고 있다.

『음. 그래서, 제대로 씻어줄 수 있겠는가?』

"어? 당연히 그래야지. 대형 세척솔로."

『그래, 그래. 그 몸을 문지르는 걸 새로 장만해주신 게로군.』

"새로 장만해?"

『주공……. 잊으신 겐가? 요전에 내 몸을 씻던 중에 뚝 부러져 버리지 않았는가.』

"아! 맞아. 세척솔이 부러졌었지."

까맣게 잊고 있던 나를 곤 옹이 뚱한 눈으로 노려보았다.

"미안미안. 그럼 지금 새로운 걸 구입해 볼까."

그렇게 말하며 인터넷 슈퍼를 띄웠다.

"으음~ 예전 건 자루가 나무로 된 세척솔이었지. 그게 부러졌으니 자루가 쇠로 된 게 더 오래 가려나. 곤 옹, 그래도 될까?"

『주공에게 맡기지. 나는 제대로 씻어주기만 한다면 불만이 없으니 말이야.』

"알았어. 그럼 튼튼해 보이는 이걸로 할까."

자루가 쇠로 된 대형 세척솔을 카트에 담았다.

그리고………….

슥삭슥삭, 슥삭슥삭──.

"어때?"

『………………음.』

"어, 방금 그 침묵은 뭐야?"

『아니, 그게 말이네…….』

"딱 부러지게 말해. 곤 옹 답지 않게 왜 그래."

『그럼 말하겠네만, 새로운 것은 뭔가 피부에 닿았을 때의 느낌이 거친 듯하군.』

"거칠어? 세척솔이?"

『음.』

곤 옹의 말을 듣고 솔 부분을 만져보았다.

듣고 보니 이전의 세척솔보다 살짝 거친 것도 같은데, 그렇게 차이 나나?

애초에 말이지…….

"몸이 그렇게나 튼튼한데, 이 정도 차이를 느낄 수 있는 거야?"

곤 옹의 비늘은 어지간해서는 흠집도 안 날 텐데.

『뭣, 나는 그러한 감각이 민감하다는 말이네!』

"민감하다고~?"

『주공?!』

"아~ 그래그래 알았어. 조금만 기다려."

곤 옹이 마음에 안 든다니 어쩔 수 없지.

나는 인터넷 슈퍼를 띄워서 다시 대형 세척솔을 찾았다.

"으음~. 인터넷 슈퍼에는 종류가 얼마 없네. 아닌 게 아니라 이전에 쓰던 나무로 된 거랑 이번에 산 거, 그리고 자루가 짧은 것밖에 없잖아.

그렇다면, 이쪽을 살펴볼까."

외부 브랜드인 드러그 스토어의 페이지를 띄웠다.

이쪽에서 대형 세척솔을 찾으면…….

"역시 이쪽이 종류는 더 많네."

그리고 좀 전에 산 세척솔보다 조금 솔이 부드러운 걸 본 순간 이게 좋지 않을까, 하는 생각이 들었다.

내구성을 생각하면 아무래도 쇠로 된 게 좋겠다 싶어서 자루 는 쇠로 된 걸 샀다.

"곤 옹, 아까 썼던 것보다 솔 부분이 부드러운 게 있는데, 그 거면 될까?"

『음. 그거면 될 걸세.』

새로운 대형 세척솔을 샀다.

그리고…….

슥삭슥삭, 슥삭슥삭──.

"어때?"

『으~음…………..』

"으~음이라니? 또 마음에 안 들어?"

『아니, 나쁘지는 않지만 말이네, 조금 지나치게 부드러워서 자극이 부족한 것 같군그래.』

나쁘지는 않다고 했지만 곤 옹, 그건 납득이 안 된다는 표정이 잖아?

게다가 이번에는 너무 부드럽다고~?

거칠다고 하기에 부드러운 걸로 산 건데.

"그래그래, 또 새로운 걸 찾아볼게."

또다시 인터넷 슈퍼의 외부 브랜드인 드러그 스토어를 띄워서 대형 세척솔을 물색한다.

괜찮아 보이는 걸 구입해서 곤 옹에게 시험해 봤지만…….

"잠깐잠깐! 이것도 안 된다고?!"

『으음~ 뭔가 딱 와 닿지가 않는구먼.』

뭐가 딱 와 닿지 않는다는 거야.

세척솔이 다 거기서 거기지~.

『주공, 제일 처음에 사용했던 부러져버린 것은 이제 구할 수 없는 겐가?』

"아니, 구할 수는 있지만 그게 좋은 거야?"

『안 되겠는가?』

"뭐어, 곤 옹이 그렇다면 그걸 써도 상관은 없지만, 그건 자루가 목제라 금방 부러질지도 몰라."

그렇게 말하며 인터넷 슈퍼를 띄워서 1대 세척솔과 같은 것을 구입했다.

슥삭슥삭, 슥삭슥삭──.

"이게 처음 사용하다 부러진 세척솔이랑 같은 건데, 어때?"

『음, 이거네, 이거! 피부에 닿는 느낌이 절묘해서 기분 좋군 그래.』

"하아, 그러세요? 결국 처음에 썼던 목제 대형 세척솔인가…….."

이것저것 시험해봤는데 결국 이거라니.

에휴.

『곤 옹도 애착이 심하다니까~.』

『애착이 심해~.』

드라 짱이랑 스이는 속 편해서 좋겠다.

크리스마스 하면 역시 이거지

인터넷 슈퍼를 띄우자 'Merry Christmas!'라는 글씨가 떠있었다.

그와 동시에 호화스러운 요리가 차려진 식탁 사진이 화면을 가득 메웠다.

"아아. 저쪽 세계에서는 그런 시기구나~."

크리스마스라……

어른이 된 뒤로는 연애랑은 인연이 없었던 탓에 딱히 좋은 추억이 없지만, 어릴 적에는 호화스러운 요리가 식탁에 오르는 게 무엇보다도 기뻤지.

그런 생각을 하며 호화스러운 식탁을 바라보았다.

그 중 가장 내 눈길을 끈 것은 노르스름한 색으로 빛나는 로스트 치킨 레그였다.

우리 집도 크리스마스에는 이걸 먹었더랬지.

바삭바삭하고 속은 촉촉한 로스트 치킨 레그.

크리스마스에나 맛볼 수 있는 요리다.

그 로스트 치킨 레그를 입에 물면 어찌나 행복하고 만족스럽던지……

"어이쿠, 안 되지, 안 돼. 우리 집 먹보들처럼 군침을 흘릴 뻔했어."

하지만……

"생각했더니 무진장 먹고 싶네."

어른이 된 후로도 크리스마스가 되면 해마다 로스트 치킨 레그는 빠짐없이 먹었다.

보자마자 엄청 먹고 싶어진 건, 역시 크리스마스 하면 이거라는 생각 때문이기도 하다.

최근에는 크리스마스 때마다 직접 로스트 치킨 레그를 구워 먹었더랬지이.

슈퍼에서 파는 것과 달리 갓 구워진 건 무진장 맛있다고.

맛을 떠올렸더니 더더욱 먹고 싶어지네.

"좋아. 어디 한번 만들어볼까."

마침 페르 일행이 잡아서 모험가 길드에 맡겼던 코카트리스를 요전에 받아왔었으니까.

코카트리스의 뼈 달린 다릿살이 작업대 위에 두둥, 하고 놓여 있다.

"엄청 크네~."

닭의 세 배, 아니, 네 배는 될 것 같다.

페르 일행은 이걸 몇 개는 여유롭게 먹어치울 것 같지만, 이걸 나 혼자 다 먹을 수 있을까…….

그런 불안감 속에서 작업을 개시했다.

뭐, 오늘은 다릿살을 재워두는 작업만 할 거지만.

여러 가지 맛을 만들려 하는데, 개인적으로는 역시 매콤달콤한 양념 맛이 제일인 것 같단 말이지.

그런고로 이 매콤달콤한 양념에 코카트리스의 다릿살을 하루 동안 재워서 맛이 잘 배어들게 하자.

우선 뼈 달린 코카트리스의 다릿살.

뼈를 따라서 칼집을 낸 다음 포크로 폭폭 찔러 구멍을 낸다.

그 다음엔 인터넷 슈퍼에서 구한, 코카트리스의 다릿살이 들어갈 만큼 커다란 비닐봉투에 간장, 술, 맛술, 벌꿀, 다진 마늘과 다진 생강(이쪽은 튜브에 든 것도 OK라고)을 넣고, 재료를 녹이며 주물주물주물.

이제 마도 냉장고에서 하룻밤 동안 재워두면 된다.

하지만 뼈 달린 코카트리스의 다릿살이 하도 많다 보니.

집에 원래 있던 것과 추가로 손에 넣은 마도 냉장고, 양쪽을 다 써야 겨우 다 넣을 수 있었다.

아니 뭐, 안에 있던 걸 일단 꺼내서 내 아이템 박스로 옮겼기에 가능했던 거지만.

"후~ 이렇게 공을 들였으니 맛있게 돼야 할 텐데~."

그렇게 기도하며 나는 마도 냉장고의 문을 닫았다.

다음 날——.

조금 일찍 저녁 식사 준비에 착수했다.

양이 양이라, 무슨 짓을 해도 한 번에는 다 못 구울 테니까.

자아, 이번에는 오븐을 몇 번 돌려야 하려나.

그런 생각을 하며 마도 냉장고 안에서 뼈 달린 코카트리스의 다릿살이 든 비닐봉투를 꺼내 작업대 위에 올려놓았다.

"뭐어, 일단 구워보실까."

오븐팬에 쿠킹 시트를 깔고 그 위에 하루 동안 양념에 재워둔 뼈 달린 코카트리스의 다릿살을 껍질이 위로 가게 해서 척척 올린다.

이제 굽기만 하면 된다.

중간에 다릿살을 재울 때 썼던 양념을 솔로 껍질에 발라주며 굽되, 탈 것 같으면 알루미늄 호일을 덧씌워서 타지 않도록 주의한다.

그렇게 하며 차분하게 구워서…….

"좋아, 이 정도면 되겠지."

로스트 코카트리스 레그를 꺼낸다.

"좋았어! 최고로 잘 만들어졌는걸?"

반질반질 광이 나고 잘 구워져서 절묘하게 노릇노릇한 색을 띠고 있다.

그리고 지금 당장 베어 물고 싶을 만큼 식욕을 자극하는 맛있는 냄새까지.

안 먹어 봐도 알 것 같다. 이건 무조건 맛있다.

만족스러운 완성도에 내가 의기양양한 미소를 짓고 있자…….

등 뒤에서 시선이 느껴졌다.

돌아보니 부엌 입구에서 이쪽을 들여다보는 네 개의 그림자가 있었다.

"너희들……."

당연히 먹보 콰르텟인 페르, 곤 옹, 드라 짱, 스이였다.

뭐, 엄청 먹음직스러운 냄새이기는 하니까.

하지만 그렇게 먹잇감을 노리는 듯한 번쩍번쩍 빛나는 눈으로 이쪽을 쳐다본들…….

당장에라도 나에게 달려들 기세인 먹보 콰르텟을 "기다려"라는 말로 제지했다.

『크르르르르르으. 그런 먹음직스러운 냄새를 풍겨놓고 더 기다리라는 거냐?』

『주공, 제발 먹게 해주시게.』

『좀 먹자~.』

『주인~ 먹고 싶어~.』

그렇게 말하는 먹보 콰르텟의 눈은 갓 구워진 로스트 코카트리스 레그에 고정되어 있었다.

지금 먹게 둘 수는 없다는 생각에 나는 로스트 레그를 냉큼 아이템 박스에 집어넣었다.

순간 『아아~』하는 비명 소리 같은 것이 새어 나왔지만 무시했다.

"아직 다 안 구워졌어. 게다가 이건 저녁 식사용이거든? 저녁 시간 되려면 아직 멀었잖아."

『하, 하지만 말이다.』

『이런 냄새를 맡고 참으라는 겐가.』

『맞아맞아!』

『주인~.』

"글쎄, 다 구울 때까지 기다리라니까. 뭐더라, '시장이 반찬'이라는 말이 있거든? 조금만 참으면 최고로 맛있는 걸 먹을 수 있어. 그런고로 얼른 거실로 돌아가 있어."

그렇게 말하며 먹보 콰르텟을 몰아냈다.

다들 뭐라고 불평을 했지만 저는 모르는 일입니다.

아무튼 결국 "이렇게 나를 귀찮게 하면 완성되는 게 늦어질 뿐이야. 그러면 너희만 손해잖아"라고 말하자 얌전해졌다.

"평소랑 같은 저녁 식사 시간까지는 다 될 테니까 얌전히 있으라고."

나는 그렇게 말하고서 부엌으로 돌아왔다.

"말은 그렇게 했지만, 너무 늦어지면 인내심이 바닥난 먹보 콰르텟이 난동을 피울 것 같네. 얼른 구워버리자."

나는 로스트 코카트리스 레그를 부지런히 구워 나갔다.

『이거 맛있군! 맛있어!』

『주공, 이거 좋군! 정말로 맛있군그래!』

『맛있어어~~~!』

『주인~ 이거 엄~~~청 맛있어~!』

어지간히도 맛있는지 페르와 곤 옹과 드라 짱은 뼈까지 우둑우둑 씹어 먹고 있다.

스이는 기름 한 방울도 놓치지 않겠다는 듯이 몸 안으로 흡수했다.

"그렇지~? 기다린 보람이 있지?"

그렇게 말하자 먹보 콰르텟은 우걱우걱 입을 움직이며 고개를 끄덕였다.

"물론 추가 분량도 있어."

『당연히 그래야지! 이 정도로는 부족하다.』

『음. 이렇게 맛있는 것은 당연히 추가로 더 먹어야지.』

『맞아! 더 많이, 잔뜩 먹고 싶어!』

『스이도 더더욱 많이, 잔~뜩 먹을 거야~!』

"그래그래."

그런 소리를 하는 동안 다 먹어치운 먹보 콰르텟이 '한 그릇 더'라고 말하기 전에 다음 로스트 레그를 내주자 다들 곧장 덤벼들었다.

이렇게 맛있게 먹어주니 만든 보람이 있네.

"그럼, 나도 먹어볼까."

두둥, 하고 그릇 위에 놓인 로스트 코카트리스 레그.

아무리 봐도 손으로 들고 먹기에는 너무 커서 칼로 썰어 덥썩 입에 넣었다.

"맛있어!"

껍질은 바삭바삭, 속은 촉촉.

최고로 맛있는 로스트 레그야!

양념 맛이 속까지 배어들어서 정말 맛있어.

"하아, 행복해. 크리스마스 하면 역시 이거지~."

로스트 레그를 맛보며 나는 감회에 젖어 그렇게 중얼거렸다.

얼마 후, 크리스마스와는 무관하게 먹보 콰르텟이 로스트 레그를 또 만들어달라고 졸라대기는 했지만.

아쉬우니라아아아

"무, 무엇이냐, 저건?!"

시간이 남아도는 닌릴 님은 오늘도 수경(水鏡)으로 무코다 일행을 엿보고 있다.

거기에는 무코다와 그 사역마인 슬라임 스이의 모습이 보였다.

무코다의 고유 스킬인 인터넷 슈퍼를 사용해 뭔가를 사고 있는 모양이다.

자세히 보니 닌릴 님이 죽고 못 사는 단것 전문점 '후미야'의 페이지가 띄워져 있었다.

"크리스파스 페어? 그렇게 말한 것이냐? 잘은 모르겠지만, 어쨌든 저 케이크는 한정품이라는 것인가?"

무코다와 스이가 보고 있는 페이지에 실린 케이크는 어느 것 할 것 없이 휘황찬란하고 호화스럽다.

게다가 컸다.

"차, 참으로 호화스러운 케이크로구나. 게다가 저건 무조건 맛있을 것이느니라. 단것을 사랑하는 이 몸은 알 수 있느니라! 무엇보다도 저 케이크는 꿈에서나 볼 수 있을 만큼 크지 않느냐!"

순백의 생크림에 큼지막한 딸기를 듬뿍 사용해 장식한, 척 봐도 화려한 홀케이크.

역시나 큼지막한 딸기가 빈틈없이 잔뜩 박혀 있는 딸기 타르트.

초콜릿 코팅 위에 라즈베리와 블루베리를 듬뿍 올려서 장식한 살짝 어른스러운 분위기의 초콜릿 케이크.

화면에 비친 그 호화스러운 케이크에서 닌릴 님은 눈을 떼질 못하셨다.

당장에라도 군침을 흘릴 듯한 얼굴로 응시하고 있다.

그런 와중에도 손에 든 도라야키를 우물거리고 있는 게 실로 닌릴 님다웠다.

"자자, 잠깐 기다려라. 서, 설마, 그 호화스러운 케이크를 전부 손에 넣으려는 것이냐?"

가만히 보니 무코다와 스이는 그 꿈만 같이 호화스러운 케이크를 사려는 낌새였다.

그리고 잠시 후, 종이상자 안에 든 호화스러운 케이크가 모습을 드러냈다.

"므호~! 무, 무엇이냐, 그건! 너무 호화스럽지 않느냐!"

꿈만 같이 호화스러운 케이크의 실물을 본 닌릴 님은 흥분하셨다.

그리고…….

"이, 이봐라, 슬라임~! 뭘 하는 것이냐~!"

수경에 호화스러운 케이크를 앞에 두고 흥분해서 푸들푸들 몸을 떨며 촉수로 케이크를 콕콕 찔러보는 스이의 모습이 비쳤다.

"서, 설마, 설마, 그 호화스러운 케이크를 슬라임에게 줄 셈이냐?!"

화들짝 놀란 닌릴 님은 뺨에 손을 가져다 대어 뭉크의 절규를 연상케 하는 포즈를 취했다.

그러던 중, 무코다가 스이를 한 차례 쓰다듬은 후, 케이크를 아이템 박스에 집어넣었다.

스이는 기쁜 듯이 통통 뛰고 있다.

"그, 그럴 수가⋯⋯. 저 호화스러운 케이크를 전부 슬라임에게 줄 리가 없느니라. 저 녀석은 분명, 분명, 이 몸에게도 공물을 바쳐줄 것이니라. 그래. 분명 그럴 것이니라."

수경을 들여다보며 닌릴 님은 그렇게 중얼중얼 혼잣말을 했다.

잠시 후──.

"으으, 잠시 정신이 아득해졌느니라⋯⋯."

마음을 다잡은 닌릴 님은 다시금 수경을 들여다보았다.

"헉! 저, 저것은!!!"

스이의 눈앞에 호화스러운 케이크가 놓여 있다.

잊으려야 잊을 수 없는, 꿈만 같이 호화로운 케이크들이.

"펜리르와 픽시 드래곤에게 준 케이크도 꽤나 호화스럽고 맛있어 보였다만⋯⋯ 슬라임만 특별대우가 아니냐! 어째서냐?!"

닌릴 님이 안으로 뛰어들 듯이 수경을 들여다보았다.

"아앗~! 먹기 시작했느니라! 이봐라, 슬라임! 너만 크고 호화스러운 케이크를 세 개나 독점하는 건 치사하느니라! 아아아아앗~ 벌써 하나를 먹어치우지 않았느냐!"

호화스러운 케이크를 먹는 스이를 보고 닌릴 님은 비명을 지르셨다.

그리고…….

"저 녀석도 케이크를 먹고 있지 않느냐! 펜리르와 픽시 드래곤, 그리고 저 슬라임에 비하면 작은 듯하지만, 그래도…… 자기만 먹다니~!"

수경 너머에서 미소를 띤 채 먹음직스럽게 케이크를 먹는 무코다 일행의 모습을 보고, 닌릴 님은 분한 듯이 옷소매를 자근자근 깨물었다.

"아니, 이 몸의 것은 어떻게 된 것이냐?! 그 호화스러운 케이크를, 이 몸에게도 바쳐야 할 것이 아니냐!!"

닌릴 님이 수경에 비친 무코다에게 그렇게 호통을 쳤다.

"이럴 땐 역시 신탁이니라. 음, 그 수밖에 없다. 저 녀석이 저토록 천벌 받을 짓을 해대고 있으니 말이다!"

닌릴 님이 혼자서 납득하고 의기양양하게 신탁을 내리려던 순간…….

"닌릴. 너 설마 신탁을 내릴 셈이니~?"

"관두는 게 좋을걸~."

"혼나기만 할 거야."

"키, 키샤르, 아그니, 루카! 왜 이곳에?!"

"왜긴, 여긴 닌릴만의 장소가 아니잖아."

"맞아."

"모두의 장소."

"큭……."

"그나저나 너 정말로 신탁을 내리려는 건 아니겠지? 큰일 나도 난 몰라."

"바보 같은 짓은 그만두라고. 창조신님께 혼난 지 얼마나 됐다고."

"그래. 또 들키면 요전 같은 벌로는 안 끝날 거야."

"무, 무슨 소릴 하는 것이냐? 시, 신탁은 무슨!"

동료 여신인 키샤르 님, 아그니 님, 루카 님의 말에 닌릴 님은 눈을 이리저리 굴리며 부정했다.

"정말~? 좀 전에는 '그 수밖에 없다'라고 했잖아."

"그, 그건, 마, 말이 헛나온 거다."

그렇게 말하는 닌릴 님을 키샤르 님, 아그니 님, 루카 님이 뚱한 눈으로 쳐다보았다.

"뭐어, 그렇다면 됐고. 하지만 또 사고를 치면 이번엔 정말 큰일 날 거야~. 이세계인 군의 공물은 당연히 못 받게 될 테고, 100년 정도 근신 처분을 받게 될지도~."

"그럴싸한데?"

"훨씬 무거운 벌을 받을지도 몰라."

"루, 루카?"

키샤르 님과 아그니 님의 말을 듣고 굳어졌던 닌릴 님의 얼굴은, 더 무거운 벌을 받게 될지도 모른다는 루카 님의 말에 아예 새파랗게 질려버렸다.

"창조신님한테 혼나고 벌까지 받은 뒤에 사고를 치는 거잖아. 그러니, 더 무거운 벌을 받을 수도 있어."

""일리 있는 말이네~.""

루카의 설명에 키샤르 님과 아그니 님이 납득한 듯이 동시에 말했다.

"그러니까 바보 같은 짓은 하지 말도록 해."

"그래~. 얌전히 우리의 충고를 듣는 게 좋을걸."

"…………." (끄덕끄덕)

그런 말을 남긴 후, 키샤르 님과 아그니 님과 루카 님은 떠나 갔다.

"크~윽…………. 아느니라! 이 몸도 아느니라!! 창조신님이 아시면 혼나리라는 것은! 하지만, 하지마아아안~."

그렇게 말하며 닌릴 님은 몸을 뒤틀었다.

"안 들키면……. 아니, 상대가 창조신님이니, 들키겠지. 저번에도 들켜버렸으니……."

닌릴 님이 머리를 싸쥔 채 고뇌하신다.

"……역시 지금 위험을 무릅쓸 수는 없겠구나. 공물 자체가 사라지면 그야말로 본전도 못 찾는 격이니. 포기하는 수밖에 없나……. 하지만…………."

무척 서글픈 얼굴로 닌릴 님이 수경을 들여다보았다.

"호화스러운 케이크으으……. 저걸 못 먹는 게, 너무 아쉬우니라아아아."

털썩.

간단한 안주 #2

기본적으로 페르 일행은 하루를 빨리 마감한다.

저녁 식사를 마치고 목욕을 하고 나면(페르는 빼고) 잠을 청하는 것이다.

『어이, 우리는 먼저 자마.』

"응. 잘 자~ 페르."

『주공, 먼저 자도록 하겠네.』

"잘 자, 곤 옹."

『먼저 잔다~.』

『주인~ 안녕히 주무세요~.』

"드라 짱, 스이, 잘 자."

오늘도 페르, 곤 옹, 드라 짱, 스이는 일찌감치 2층에 있는 침실로 철수했다.

페르 일행과 행동을 함께하다보니 나도 평소에는 녀석들과 같은 시간에 잘 때가 많지만, 오늘은 다르다.

혼자 거실에 남아 중요한 작업을 해야만 하기 때문이다.

"신들에게 바칠 공물을 준비해야 하니까~. 그나저나 요즘 들어 요청 사항이 세세해졌네."

중얼중얼 혼잣말을 하며 인터넷 슈퍼를 띄웠다.

"그나저나 이런 경우가 아니면 페르네랑 같이 일찍 자고 일찍 일어나고 있으니. 어떻게 보면 원래 세계에 있었을 때보다 훨씬 건강한 생활을 하고 있는 것도 같네."

가끔씩 한잔하고 싶을 때도 있어서 그럴 때도 예외이기는 하지만, 기본적으로는 늦게까지 깨어 있지 않고 일찍 자고 일찍 일어나니까.

"아차, 얼른 해치워버려야지."

닌릴 님은 평소처럼 단것이다.

흥분한 목소리로 『케이크와 도라야키이니라~!』라고 소리치셨지. 한정 케이크가 있으면 반드시 챙겨달라고 흥분해서 말씀하시기도 했고.

여전히 단것이라면 사족을 못 쓰시는구나.

원하시는 대로 외부 브랜드인 후미야에 있는 한정판 케이크와 홀케이크, 도라야키를 차례로 카트에 담아 나갔다.

한정판 케이크는 루카 님도 요청하셨으니 같이 준비해야지. 루카 님은 여기에 아이스크림을 추가하셨지. 이것도 넣자.

그리고 키샤르 님은 역시나 평소처럼 미용 제품이다.

이쪽은 외부 브랜드인 마츠무라 키요미에서 준비한다.

"어디 보자, ST-Ⅲ 스킨이랑 에센스였지."

놀랄 만큼 비싼 상품이지만 키샤르 님에게는 없어선 안 될 물건이란다.

키샤르 님도 미용 관련이라면 사족을 못 쓰시네.

그리고 헤어팩과 헤어 오일을 요청하셔서 좋아 보이는 걸 몇 개 챙겼다.

아그니 님은 평소와 마찬가지로 맥주다.

지금은 완전히 맥주 마니아가 다 되셨지. 『단련 후에 마시는 차가운 맥주는 최고라고!』라며 역설을 하실 정도니.

그런고로 이쪽은 외부 브랜드인 리큐어 숍 다나카에서 준비한다.

정석이라 할 수 있는 S사의 프리미엄한 맥주와 Y비스 맥주, S사의 검은 라벨이 붙은 맥주. 이쪽은 과감하게 상자째 산다.

그리고 좋아 보이는 지역 맥주 세트를 세 개 정도 구입한 후, 또 뭐가 좋을까 찾아보았다.

"그러고 보니 아그니 님은 발포주도 좋아하셨지."

이전에 시험 삼아 발포주를 보냈던 일이 생각났다.

새로 발매된 게 있기에 여섯 개 들이 팩을 몇 개 구입하고 이 정도면 되려나, 하고 한숨을 돌리던 도중…….

"응? 새로 발매된 캔 추하이?"

그걸 보니 요전에 오랜만에 마신 캔 추하이가 무진장 맛있었던 게 떠올랐다.

꼴깍——.

"살짝만 시험해볼까아~."

아무도 없는데 나는 그런 변명을 늘어놓으며 딸깍, 하고 구입했다.

설레는 마음으로 상자를 열어 캔 추하이를 꺼냈다.

"한잔하려면 안주도 있어야지."

하지만 불을 쓰는 건 안 된다. 냄새 때문에 들킬 테니까.

알아채는 즉시 2층에서 내려올 먹보들의 모습이 머릿속에 떠올랐다.

그런고로 불을 사용하지 않는 안주를 만들려면, 그게 좋으려나.

그런 생각을 하며 부엌으로 이동했다.

◇ ◇ ◇ ◇

부엌으로 이동해 인터넷 슈퍼에서 콘비프를 구입했다.

이걸 뜯어서 볼 그릇으로 옮겨 잘 풀어준 후, 다른 볼에서 곁들일 양념을 만든다.

간장, 다진 마늘(이번에는 귀찮으니 튜브에 든 걸로), 벌꿀, 참기름, 고추장을 넣고 휘적휘적휘적.

물론 꿀 대신 설탕을 써도 되지만 벌꿀이 더 감칠맛이 나고 맛있단 말이지.

마침 상점가에서 손에 넣은 맛있는 벌꿀이 있어서 이번에는 그걸 써보았다.

손에 살짝 떨구어 맛을 확인한다.

"음, 완벽해."

완성된 양념을 콘비프와 잘 비벼서 그릇에 수북하게 담는다.

그리고 한가운데에 홈을 만들어서 거기에 계란 노른자를 떨군다.

"육회풍 콘비프 완성~."

초간단 안주다.

하지만 이게 또 맛있단 말이지~. 술이랑 무진장 잘 어울린다고. 참고로 쌀밥하고도 엄청 잘 어울린다.

그런고로 나는 완성된 육회풍 콘비프를 들고 부리나케 거실로 돌아왔다.

푸쉭——.

새로 발매된 캔 추하이의 뚜껑을 따서 꿀꺽.

"사과맛 캔 추하이, 맛있네."

사과의 풍미를 살린 프루티한 맛의 캔 추하이다.

추하이는 역시 포도맛이 제일이라고 생각했는데, 사과맛도 나쁘지 않네.

그런 생각을 하며 한 입 더 꿀꺽 마셨다.

"목을 축였으니 다음은 이거지."

콘비프 위에 올린 계란 노른자를 깨뜨린다.

주르륵 흘러나온 노른자와 콘비프를 잘 비벼서…… 덥썩.

"그래그래, 바로 이거야."

부드럽게 뭉그러지는 콘비프에 부드러운 계란 노른자의 감칠맛과 참기름 냄새, 그리고 고추장의 매콤한 맛. 그 모든 것이 혼연일체를 이루어 맛있다는 말밖에 안 나온다.

"술이 술술 넘어가는 맛이야."

육회풍 콘비프를 안주 삼아 마시다 보니 사과맛 캔 추하이가 금방 바닥났다.

"새로 발매된 사과맛 캔 추하이도 맛있었지만, 육회풍 콘비프에는 역시 맥주지."

그런고로 한 캔만 더 마셔야지.

아이템 박스에 보관해두었던 차갑게 식은 캔맥주를 꺼내서……

푸쉭, 꿀꺽꿀꺽꿀꺽.

그리고~ 육회풍 콘비프.

"응, 최고의 조합이야."

얼마 동안 나는 맥주와 육회풍 콘비프를 만끽했다.

"아차, 느긋하게 반주를 즐길 때가 아니었지."

신들에게 바칠 공물을 준비하는 중이었으니까.

심지어 남은 게 귀찮기로 따지면 키샤르 님과 막상막하인 애주가 콤비이기도 했다.

"뭐어, 그래도 이제 애주가 콤비의 공물만 남았으니 천천히 해도 딱히 문제는 없으려나."

나는 또다시 그런 변명을 늘어놓고서 맥주와 육회풍 콘비프를 즐기며, 느긋하게 평소보다 시간을 들여서 애주가 콤비의 공물을 준비했다.

다음 날, 불을 쓰지 않았는데도 먹보 콰르텟에게 육회풍 콘비프를 먹었던 걸 들킨 나는, 육회풍 콘비프를 대량으로 만들어야만 했다.

"왜 들킨 거지?"

간이 레시피 #4 ~폭신 촉촉 벌꿀 카스텔라~

"스이, 그럼 이 중에서 골라 봐."

『네~에!』

내 품 안에 있던 스이가 두 개의 촉수를 힘껏 치켜들었다.

우리가 있는 곳은 주방.

그리고 곧 세 시. 요컨대 간식 시간이다.

요즈음 간식은 인터넷 슈퍼에서 산 아이스크림이니 푸딩 같은 후미야의 케이크를 내놓은 데다 스이도 『스이도 간식 만드는 거 돕고 싶어~』라고 하기에, 오늘은 스이랑 같이 간식을 만들기로 했다.

문제는 뭘 만들 것이냐 하는 건데.

메뉴도 문제지만 스이와 함께 만들기로 했으니 되도록 간단한 게 좋을 것 같다.

그렇다면 이걸 쓸 수밖에.

우리 집 수제 간식의 강력한 아군, 핫케이크 믹스다.

그 핫케이크 믹스 상자 뒤편에 적힌 간이 레시피는 최강의 조력자다.

핫케이크 믹스를 잔뜩 쟁여둔 덕에 간이 레시피의 양도 꽤 많고 말이야.

그런고로 '그럼 어느 간이 레시피로 할까?'라고 물어서 스이가 고르게 하기로 한 것이다.

나와 스이의 눈앞에 있는 부엌 작업대에는 열 개의 같은 포장 상자가 아무렇게나 놓여 있었다.

살짝 재치를 발휘해서 완성된 사진이 실린 상자 뒷면을 아래로 가게 해서 스이에게 안 보이게 해두었다.

뭐가 나올지 모르는 편이 더 가슴이 설렐 테니까.

"어느 걸로 할래, 스이?"

스이의 촉수가 상자 위를 방황하고 있다.

『어느 걸로 할까아~.』

스이가 진지하게 고민했다.

"전부 맛있을 것 같던데~."

『그래~? 그러면, 그러면, 으~음………… 이걸로 할래~!』

고민 끝에 스이가 촉수로 들어 올린 것은 한가운데에 있던 상자다.

"보여줘 봐."

스이에게 상자를 받아 뒷면을 확인하자…….

"오늘의 간식은~…… '폭신 촉촉 벌꿀 카스텔라'래."

『폭신 촉촉 벌꿀 카스텔라~?』

"그래. 카스텔라라는 건 말이야, 폭신폭신하고 달콤~한 과자야. 맛은 소박하지만 맛있어~. 스이도 마음에 들 거야~."

『정말~? 아싸~! 카스텔라, 카스텔라, 만들래~!』

"그럼 오늘의 간식인 '폭신 촉촉 벌꿀 카스텔라'를 만들어보자."

『네~에~!』

◇　◇　◇　◇

간이 레시피를 보니 '폭신 촉촉 카스텔라'를 만드는 데 필요한 재료는 몇 개 안 됐다.

핫케이크 믹스에 계란, 설탕, 벌꿀, 식용류, 자라메*까지 여섯 개면 된다.

수중에 없는 건 자라메뿐이라 인터넷 슈퍼에서 잽싸게 보충해서 곧장 작업에 착수했다.

"어디 보자~ 우선 틀을 준비해야지."

파운드케이크용 틀이 있으니 그거면 되려나.

아이템 박스에 있는 틀을 일단 열 개 정도 꺼냈다.

"틀에 쿠킹 시트를 깔고 자라메를 뿌린다라……."

틀에 쿠킹 시트를 깐다.

"스이, 여기에 이걸 이런 식으로 뿌려줄래?"

틀의 바닥에 우수수 뿌리는 걸 보여주자 『네~에』라는 기운찬 대답이 돌아왔다.

촉수로 자라메를 집어서 틀에 뿌리기는 했지만, 뭉친 부분도 곳곳에 보였다.

그런 부분은 조용히 수정해 두었다.

『주인~ 다 했어~!』

"그래, 참 잘했어요. 그럼 다음은……."

볼에 계란을 깨서 넣고 설탕을 넣는다.

---

*일본에서 쓰이는 알갱이가 크고 거친 설탕.

그걸 중탕하며 찰기가 생길 때까지 섞는다.

"스이, 이걸 섞어주세요."

『네~에! 스이, 휘적휘적하는 거 잘 해~.』

그렇게 말하며 스이는 내가 건네준 거품기를 촉수로 능숙하게 잡아 볼 안을 빙글빙글 젓기 시작했다.

"자아, 그만~."

볼의 내용물이 상자 뒷면에 레시피와 함께 실린 사진처럼 찰기가 생기기 시작해서 스이에게 멈추라고 했다.

"이제 여기에 벌꿀을 넣고 섞습니다~."

벌꿀은 요전에 의뢰 때문에 들른 도시에서 얻은 최상급 벌꿀을 넣는다.

가격이 그럭저럭 나가기는 했지만, 품위 있는 향기와 더불어 부드럽고도 푸근한 단맛이 나서 엄청나게 맛있다.

벌꿀을 넣어 섞고 난 뒤에는 핫케이크 믹스를 넣는다.

"여기에 핫케이크 믹스를 넣고서~ 스이, 이제 이걸 쥐어."

거품기에서 고무 주걱으로 장비를 바꾼다.

"이걸로 샥샥, 자르듯이 섞는 거야."

『주인~ 이런 식으로~?』

"그래그래. 잘 하고 있어."

핫케이크 믹스까지 섞고 난 다음에는 식용유를 넣고…….

"이번에는 위아래를 뒤집듯이 섞어 볼래?"

『이렇게~?』

"그래. 잘하네~."

식용유가 전체적으로 잘 섞이면 준비해둔 틀에 흘려 넣는다.

"스이, 이번에는 말야, 이걸 이 틀에 흘려 넣는 거야. 할 수 있겠니?"

『할 수 있어~!』

"한꺼번에 하지 말고 천천히 하는 거야."

스이가 촉수로 볼을 들어 올려 신중하게 완성된 반죽을 틀에 흘려 넣는다.

살짝 흘러나온 것도 있지만 그 정도는 애교로 봐주자.

"아주 잘 됐네~."

『에헤헤~.』

이제 반죽을 흘려 넣은 틀을 들어서 두세 번 떨어뜨려 공기를 뺀 후, 오븐에 굽는다.

『있지, 주인~ 다 되려면 얼마나 걸려~?』

스이가 그렇게 말하며 오븐의 문을 물끄러미 쳐다보았다.

"다 구워지려면 시간이 좀 걸려. 그리고 조금 식히는 편이 맛이 잘 배어들어서 맛있다고 하니까 그 과정에도 시간이 좀 더 걸리고."

『그렇구나아~.』

"페르네랑 같이 기다려도 돼."

『아니, 여기서 기다릴래~.』

스이는 그렇게 말하더니 오븐 앞에서 다 구워지기를 애타게 기다렸다.

띠잉━━━━.

"다 구워진 것 같네. 속까지 잘 익었는지 확인해볼게."

『응.』

틀을 꺼내 한가운데 근처를 대나무 꼬치로 찔러본다.

"반죽이 안 묻어나는 걸 보니 괜찮은 것 같네. 잘 익었어."

『아싸~.』

"이제 틀에서 꺼내서 식을 때까지 조금만 더 기다리자."

『알았어~.』

그리고 얼마쯤 기다려 카스텔라가 적당히 식었을 즈음.

"좋았어~ 이제 슬슬 괜찮을 거야. 스이, 이 바깥쪽에 있는 종이를 살며~시 벗겨볼래?"

스이가 촉수로 살며~시 쿠킹 시트를 벗겼다.

『와아~ 달콤하고 좋은 냄새가 나~.』

"후후후, 그러네. 어때, 한번 먹어볼래?"

『먹을래~!』

만든 사람의 특권이니까, 끝부분을 잘라서 스이랑 같이 맛본다.

"음, 맛있다."

폭신하고 촉촉하며 벌꿀의 포근한 단맛이 일품인, 핫케이크 믹스로 만들었다는 게 믿기지 않을 정도의 완성도다.

그런 생각을 하고 있자, 카스텔라를 흡수한 스이가 푸들푸들 몸을 떨었다.

"스이?"

『맛있어~!』

"하하, 잘 만들어진 것 같네."

『응! 엄청 맛있어~. 있지있지, 주인~ 페르 아저씨랑 곤 할아버지, 드라 짱도 맛있다고 해줄까아?』

"그럴 거야. 스이가 열심히 만드는 걸 도와줬잖아."

『그랬음 좋겠다아~.』

참고로 스이의 도움을 받아 만든 '폭신 촉촉 벌꿀 카스텔라'는 모두에게 대호평을 받았다.

곤 옹은 유난히 마음에 들었는지『또 만들어줬으면 좋겠군그래』라고 했고.

그 말을 들은 스이는 엄청 기뻐하며 의욕에 찬 목소리로『또 만들게~』라고 대답했다.

무코다 씨의 요리 교실 ~모두가 좋아하는 달걀편 제5탄~

또다시 아이야와 테레자의 부탁으로 계란 요리를 가르치게 되었다.

어쩌다 그렇게 됐는가 하면, 두 사람의 말에 따르면 내가 이전에 알려준 오믈렛과 볶음도 다들 맛있다고 하지만 아직도 제일 인기가 좋은 건 계란프라이라고 한다.

사흘에 한 번은 계란프라이를 만들 만큼 부동의 인기를 자랑하는 메뉴라는 모양이다.

은근슬쩍 사람들에게 물어보니 '계란프라이는 계란의 맛을 직접적으로 느낄 수 있으니까'라느니 '역시 계란 본연의 맛을 즐기기 위한 가장 좋은 방법은 계란프라이야'라는 답이 돌아왔다고 한다.

아이야와 테레자도 듣고 보니 확실히 계란 본연의 맛을 즐기기 위한 가장 좋은 방법은 간단한 계란프라이를 해서 먹는 것이라는 생각이 들었다나 뭐라나.

그런고로 아이야와 테레자가 요청한 것은 '계란의 맛을 직접적으로 느낄 수 있는 요리'였다.

그야말로 심플 이즈 베스트구나.

그나저나 '계란의 맛을 직접적으로 느낄 수 있는 요리'라아.

두 사람에게 부탁을 받고서 많은 생각을 했다.

계란의 맛을 직접적으로 느끼는 게 목적이라면, 삶은 계란은 어떨까?

그런 생각이 들었지만 그건 이미 다들 먹고 있단 말이지~.

아이들의 간식으로 내놓고 있을 정도니까.

그래서 생각한 끝에 떠오른 것이……

"수란은 어떨까."

노른자가 주르륵, 흘러나오는 수란.

엄청 맛있지~.

그대로 소금과 후추를 쳐서 먹어도 맛있고, 구운 베이컨과 햄에 얹어 끈끈한 노른자를 묻혀 먹어도 맛있고, 토스트 위에 얹어도 맛있다.

응, 수란이 괜찮겠어.

아이야와 테레자가 요청한 '계란의 맛을 직접적으로 느낄 수 있는 요리'이기도 하고, 무엇보다도 간단하니까.

좋아, 이번에 전수할 계란 요리는 수란으로 결정이다!

"그럼 만들어 볼까."

""네!""

아이야와 테레자는 계란프라이만큼이나 인기를 끌 듯한 계란 요리를 배울 수 있다는 생각에 기합이 팍 들어갔다.

"오늘 두 사람에게 알려줄 건 '수란'이라는 요리야. 뭐, 요리라 해도 될지 모르겠을 정도로 엄청 간단한 거지만. 뭐어, 그렇기에 '계란의 맛을 직접적으로 느낄 수 있는 요리'라고 할 수 있을 것 같아."

"굉장히 기대되네요."

"계란 요리는 다들 좋아해서 많이 기대하고 있거든요."

그렇지~?

계란의 소비량만 봐도 알겠던걸.

인터넷 슈퍼를 통해 지급하는 식료품 중에서도 계란의 비중이 제일 클 정도니까.

"아, 맞다. 전에도 말했던 것 같지만 계란은 우리 집에서 지급하고 있는 것 말고는 절대 먹으면 안 돼. 배탈 나."

신선도 문제도 있고 살모넬라균도 있으니까.

"네, 당연히 그래야죠."

그렇게 말하며 아이야는 힘껏 고개를 끄덕였다.

"무코다 씨가 지급해주시는 계란은 맛있으니까요~. 근처에서 파는 비싸기만 하고 언제 낳은 건지도 알 수 없는 계란은 손 댈 생각조차 없어요."

테레자…….

아니 뭐, 맞는 말이긴 하지만, 상대도 먹고 살려고 장사하는 건데 너무 노골적으로 말하지 말자고.

"그럼 시작할게. 냄비에 물은 끓여뒀지?"

"네. 말씀하신대로 했어요."

"좋아. 우선은 계란을 작은 그릇에 깨서 넣어. 그다음에는…….”

끓는 물에 식초를 넣는다.

그리고 약불로 바꾼 후, 젓가락이든 국자든 뭐든 상관없으니 끓는 물을 빙글빙글 휘저어 소용돌이를 만든다.

그 소용돌이 한가운데에 깨뜨린 계란을 살며시 넣고 2분 정도 삶는다.

"아, 굳기 시작했네요."

"흩어지지 않고 잘 뭉쳐 있어요."

냄비 안을 들여다본 아이야와 테레자가 그렇게 말했다.

"그렇지? 끓는 물에 이 식초라는 조미료를 넣는 것과 빙글빙글 휘저어서 소용돌이를 만들어두는 게 요령이야. 그리고 이렇게 굳은 계란을 주방용 뜰채로 건져서 물기를 빼면……."

수란 완성이다.

이제 이대로 그릇에 담아 소금과 흑후추를 뿌려서 먹는다.

"아이야, 테레자, 먹어 봐."

보들보들한 반숙 수란을 둘이서 나눠 덥석.

"맛있어!"

"그러게! 이 끈끈한 노른자가 최고야!"

그렇지~?

엄청 간단한 요리지만 반숙으로 익어서 끈끈해진 노른자가 끝내주게 맛있다고.

두 사람은 수란을 낼름 먹어치웠다.

더 먹고 싶어 보이기에 추가로 만들었다.

그리고…….

"좀 전처럼 소금과 흑후추를 쳐서 그대로 먹어도 맛있지만,

이렇게 구운 빵에 얹어도 맛있어."

오븐으로 가볍게 구운 식빵 위에 수란을 얹은 것을 대접했다.

겸사겸사 내 것도 만들어 같이 먹는다.

"이 빵 위에 햄을 올리고 그 위에 수란을 얹으면 더더욱 호화스러우면서도 맛있어져."

"그거 괜찮네요."

"다음에 해봐야겠어요."

수란 토스트를 다 먹고서 한숨 돌린 후, 아이야가 질문했다.

"저기, 끓는 물에 식초라는 조미료를 넣는다고 하신 것치고는 그 맛이 안 난 것 같은데, 꼭 넣어야 하는 건가요?"

"아아, 그거? 식초는 맛을 내려고 넣은 게 아니거든. 이 식초라는 조미료는 계란 흰자를 굳어지게 하는 효과가 있어. 그 상태에서 소용돌이를 만든 뒤 한가운데에 계란을 넣으면, 퍼지지 않고 잘 뭉치는 거지."

아이야와 테레자는 감탄한 투로 "아하~" 하고 탄성을 흘렸다.

"무코다 씨, 이 식초라는 조미료는 처음 보는데요. 어떤 맛이 나나요?"

그러고 보니 식초는 지급하지 않았네.

이쪽에서는 시큼한 조미료가 있다는 이야기를 들어본 적이 없어서, 일반적으로 쓰이지는 않는 걸까 싶어 지급하지 않았던 건데.

"한번 맛볼래?"

그렇게 묻자 테레자는 물론이고 아이야도 고개를 끄덕였다.

작은 그릇에 조금 따라서 두 사람에게 내밀었다.

그걸 핥은 두 사람은…….

""셔!""

얼굴을 확 찌푸리며 그렇게 말했다.

"하핫. 식초라는 건 새콤한 맛의 조미료거든."

"이렇게 신 걸 어떻게 요리에 쓰는 거죠?!"

테레자가 놀라며 그렇게 물었다.

아이야도 그 말에 동의하듯 연신 고개를 끄덕였다.

"응? 여러 요리에 쓸 수 있어. 고기 요리에도, 생선 요리에도. 특히 채소하고 궁합이 좋아. 새콤한 향을 통해서도 짐작할 수 있 겠지만, 더운 날에는 식초를 사용한 산뜻한 요리가 제격이거든."

""그런가요…….""

그렇게 말하며 아이야와 테레자는 식초병을 물끄러미 쳐다보 았다.

"아, 관심 있어? 다음에 식초를 사용하는 요리도 알려줄까?"

"네! 꼭 좀 부탁드릴게요!"

"무코다 씨, 신세 좀 질게요!"

두 사람이 말 끝나기 무섭게 답했다.

"그래그래. 아, 오늘 가족들한테 계란 요리를 배울 거라고 말 해뒀지? 집에 돌아가서 가족들한테 선보여야 하지 않겠어?"

다들 계란을 엄청 좋아하잖아.

"아!"

"맞아! 다들 기대하고 있었으니, 늦어지면 '언제쯤 오는 거야?!'

라면서 잔소리를 할지도 몰라.”

““무코다 씨, 고맙습니다!””

그렇게 말한 후, 아이야와 테레자가 허겁지겁 돌아갔다.

“다음은 식초를 사용한 요리의 요리 교실이 되려나? 뭐, 계란 요리도 종류를 더 늘리고 싶으니 더 알려달라고 할 것 같지만. 그건 그때 가서 생각하면 되려나.”

얼마 후.

계란을 좋아하는 종업원들은 계란프라이파와 수란파로 나뉘어 어느 것이 더 맛있는가를 두고 뜨거운 설전을 벌이게 되었다나 뭐라나.

무한 당근

앨번이 관리하는 밭은 오늘도 순조롭게 돌아가는 듯했다.

대략 100평 정도의 시골 같은 데서 볼 수 있는 좀 넓은 가족 농원 같은 느낌의 밭으로, 결코 전문 농가의 대규모 농지라고는 할 수 없다.

하지만 그곳에는 여러 가지 채소가 심겨 있고, 매일같이 무언가가 수확되고 있다.

게다가 모두 대풍이라 모든 채소가 최상품이다.

종업원들이 소비할 채소는 거의 앨번의 밭에서 나는 것으로 충당하고 있고, 나에게도 대량의 채소들이 보내져 왔다.

오늘 받은 건 짙은 오렌지색을 띠고 있으며 아주 묵직한 최상급 당근이다.

앨번이 아침에 딴 그 최상급 당근을 큰 마대로 세 자루나 가져와 준 것이다.

앨번의 채소는 어느 것 할 것 없이 맛있단 말이지~.

당근은 쓸 데가 많은 채소이기도 하고.

하지만 우리 집에서 채소를 제일 많이 먹으며 채소를 좋아하는 건 나란 말이지.

살짝 한가하기도 하고, 당근 소비 촉진을 위해 당근을 써서 내 전용 비축 요리나 만들어둘까.

◇　◇　◇　◇

　당근도 깨끗하게 씻었겠다, 비축 요리를 만들어 볼까.

　우선, 그것부터.

　무한히 먹을 수 있는 당근 마리네이드*.

　간단한 반찬으로도 좋지만, 달콤새콤해 산뜻하게 먹을 수 있어서 산더미처럼 쌓아놔도 샐러드 대신 우걱우걱 먹을 수 있다고.

　만드는 법도 무진장 간단하고.

　우선 당근을 잘 씻어서 껍질째 채 썬다. 당근의 껍질은 얇아 딱히 신경이 안 쓰여서 나는 벗기지 않지만, 신경 쓰인다면 물론 벗겨도 된다.

　가느다란 편이 맛도 잘 배고 먹기도 쉬워서 나는 늘 채칼을 쓴다.

　채 썬 당근을 볼에 넣고 소금을 뿌리고 가볍게 섞어서 소금과 골고루 섞이면 잠시 놓아둔다.

　그런 다음에는 물기를 쫙 뺀다.

　그리고 식초, 올리브 오일, 설탕을 넣고 잘 섞는다.

　끝으로 굵은 후추를 넣어 알싸한 풍미를 더한다.

　마지막에 넣는 굵은 후추는 그라인더가 달린 병에 든 흑후추를 갈아서 바로 넣는 걸 추천한다.

　그러는 편이 흑후추의 풍미가 더 잘 두드러지거든.

---

*고기나 채소 등을 식초나 레몬즙 등을 기반으로 한 조미액에 재워두는 요리법, 혹은 그러한 요리.

"당근 마리네이드 완성~."

이렇게만 하면 되니 얼마나 쉬운가.

갓 만든 것도 맛있지만 냉장고에 조금 재워두면 맛이 더 배어들어 맛있다고.

그런고로 밀폐용기에 담아서 마도 냉장고에 넣는다.

좋아, 당근 요리를 하나 더 만들어둬야지.

이쪽도 무한히 먹을 수 있는 당근 킨피라(볶음)다.

조금 전의 마리네이드와 마찬가지로 당근을 껍질째 채 썬다.

단, 마리네이드 때보다는 조금 굵게 한다.

그런 다음, 참기름을 둘러 달군 프라이팬에 채 썬 당근을 볶는다.

당근의 숨이 죽기 시작하면 술, 설탕, 간장을 넣고 수분이 날아갈 때까지 볶는다.

마지막으로 흰깨를 뿌리고 전체적으로 잘 섞어주면 완성이다.

"당근 킨피라도 완성~."

이것도 엄청 쉽다.

이 당근 킨피라도 갓 만든 것보다 얼마 동안 재워두면 맛이 잘 배어서 맛있어진다.

그런고로 이쪽도 밀폐용기에 담아서 마도 냉장고에 넣는다.

양쪽 모두 페르네는 안 먹을 테니(좌우간 당근만 들었으니까) 내 밥반찬이 될 것 같네.

특히 아침 식사 때는 아침부터 고기를 먹어대는 페르 일행과 달리 주로 담백한 음식을 먹고 있으니 자주 보게 될 것 같다.

뭐, 당장 내일부터 아침 식사 반찬으로 먹을 생각이지만.

이 두 개랑 요전에 만든 양파와 유부를 넣은 된장국에 만들어서 쟁여둔 구운 명란젓과 가다랑어포가 든 주먹밥.

아, 살짝 사치를 부려서 된장국에 계란을 넣는 것도 괜찮겠다.

그렇게 하자.

후후후, 엄청 괜찮은 아침 메뉴인걸?

내일 아침이 기대되네.

오독오독, 오독오독──.

응, 맛있어.

당근 마리네이드는 일본풍 식사에도 잘 어울리네.

아니, 뭐 마리네이드라고는 해도 결국은 초절임이니까.

입 안이 산뜻해서 좋네.

그리고 다시 주먹밥을 씹는다.

밥이 맛있다.

역시 일본인은 밥이라니까~.

그리고 다음은 된장국을 호로록 마신다.

하아, 역시 된장국을 먹으면 마음이 차분해져. 양파의 단맛 덕분에 더 맛있어.

오독오독, 오독오독──.

응, 이쪽도 맛있어.

당근 킨피라는 당근만 넣었는데도 우걱우걱 먹을 수 있다.

아무래도 재료가 좋은 영향도 좀 있겠지.

앨번한테 고맙다고 해야겠어.

당근 킨피라를 맛본 후에는 다시 주먹밥을 먹는다.

그리고 또다시 된장국을 호로록~ 마신다.

그런 다음에는 다시 당근 마리네이드를.

최고의 루틴이네.

"이 당근, 진짜 맛있네에."

조용히 그렇게 중얼거리자 페르, 곤 옹, 드라 짱, 스이가 물끄러미 나를 쳐다보았다.

"왜?"

그렇게 묻자 먹보 콰르텟 녀석들은 허둥지둥 시선을 피했다.

"당근 마리네이드랑 당근 킨피라인데. 먹을래?"

『먹을 리가 있나.』

『나도, 되었네.』

『나도 필요 없어.』

『스이도~. 고기가 더 좋아~.』

그래그래, 다들 칼같이 부정하는구나.

아니, 페르, 그렇게 불쾌한 표정을 지을 필요까진 없잖아.

고기만 찾지 말고 채소도 먹으라고.

나 참, 앨번표 최상급 당근, 최고로 맛있는데 말이야.

너흰 정말 맛을 모르는구나~.

이파리까지 남김없이 써야지

앨번은 매일같이 최상급 채소들을 잔뜩 가져다준다.

오늘도 아침에 딴 신선한 채소를 왕창 가지고 왔다.

오늘의 채소는 순무다.

그러고 보니 인터넷 슈퍼에서 씨앗을 팔기에 한 달 정도 전에 줬었지.

앨번이 "이쪽에는 없는 채소를 키워보고 싶으니, 좋은 게 있으면 부탁드립니다"라고 하기에 '그러고 보니 이쪽에서는 순무를 본 적이 없네' 싶어서 건넸던 것이다.

게다가 순무 절임도 먹고 싶었거든.

하지만 조금 안일했던 것 같다.

"설마 이렇게 많이 농사를 지었을 줄이야……."

이번에 받은 순무는, 평소보다 양이 훨씬 더 많은데?

앨번은 평소 많아도 큰 마대로 다섯 자루 정도의 채소를 가져다주는데, 이번에 받은 순무는 여덟 자루나 되었다.

심지어 순무가 마대에서 흘러나올 만큼 가득 담겨 있다.

"이거 나 혼자 소비하기는 힘들겠는걸. 페르네 밥에도 써야겠어."

먹보 콰르텟은 채소를 싫어하지만…… 아니, 질색을 하는 건 페르뿐이지.

곤 옹과 드라 짱과 스이는 고기를 더 좋아하긴 해도 내놓으면 그럭저럭 먹으니까.

페르는 채소가 들어있기만 해도 우거지상이 되지만.

심지어 조금 많이 넣으면 불평을 줄줄 쏟아내기도 하고.

하지만 고기만 먹고 살 수는 없다고.

역시 채소도 잘 챙겨 먹어야지.

그런고로 고기와 함께 정기적으로 채소도 내놓으려고 노력하고 있다.

"요즘 들어 스테이크, 돈가스, 카라아게를 연속으로 먹었으니 이쯤에서 채소를 사용한 요리를 내놓아볼까."

그런고로 저녁 메뉴는 순무를 사용한 요리로 결정됐다.

순무와 고기를 같이 쓰려면…………

좋아, 순무의 이파리까지 남김없이 사용하는 그걸로 하자.

다진 고기도 요전에 스이의 도움으로 잔뜩 만들어둬서 재고는 충분하다.

빠르고 맛있는 덮밥은 우리 집의 대표 메뉴이기도 하고.

응, 그러자.

그런고로…….

"오늘 점심 메뉴는 다진 고기와 순무를 넣은 앙카케* 덮밥이다!"

---

*물이나 맛국물에 전분을 푼 것을 조미액(국물)에 넣고 가열해 걸쭉하게 만든 양념을 끼얹은 요리의 총칭.

"그럼 얼른 만들어 보실까. ……어이쿠, 그러고 보니 굴소스가 다 떨어졌었지."

깜박했지만 괜찮다.

내 스킬인 인터넷 슈퍼로 잽싸게 조달했다.

"좋아, 마음을 다잡고 다진 고기와 순무를 넣은 앙카케 덮밥을 만들어 볼까."

우선 순무를 1센티미터 폭의 쐐기(wedge) 모양으로 썰고, 이파리는 3센티미터 정도의 폭으로 썬다.

이 요리는 이파리도 남김없이 사용할 수 있다는 게 장점이다.

그만큼 영양가도 높아지고, 녹색이 들어가서 보기에도 좋아지거든.

이어서 달군 프라이팬에 참기름을 두르고 다진 생강을 볶는다.

오늘은 빨리 만들기 위해 튜브에 든 걸 썼다.

직접 다져서 쓰면 향이 더 좋지만 튜브에 든 걸 써도 괜찮다.

취향에 따라 골라서 넣으면 된다.

그리고 생강의 향이 올라오면 던전 돼지의 다진 고기를 투입.

다진 고기가 익어서 부슬부슬해지면 순무를 넣고 가볍게 섞으며 볶는다.

그런 다음, 과립형 일본풍 조미료(혼다시 등), 술, 맛술, 간장, 설탕, 물을 넣고 순무가 익을 때까지 끓인다.

순무가 익으면 이파리를 넣고 한소끔 더 끓인다.

마지막으로 불을 끄고 전분 가루를 푼 물을 넣어 다시 끓여서 걸쭉해지면 끝이다.

이제 갓 지은 따끈따끈한 밥에 다진 고기와 순무가 들어간 앙 카케를 끼얹으면.

"다진 던전 돼지 고기와 순무를 넣은 앙카케 덮밥 완성~."

응, 파릇한 순무 이파리가 보기 좋네.

엄청 맛있어 보여.

그런고로…….

"얘들아~ 밥 다 됐어~."

따끈따끈한 햇볕 아래서 잠을 자던 페르 일행이 밥이라는 말을 듣자마자 눈을 번쩍 뜨고 모여들었다.

『그래서, 오늘 점심밥은 뭐냐?』

"오늘은 말이야, 다진 던전 돼지고기와 순무를 넣은 앙카케 덮밥이야."

그렇게 말하며 아이템 박스에 넣어두었던 페르 일행 전용 특대 사이즈의 오목한 그릇에 담은 점심밥을 턱 하고 내놓았다.

『호호오, 맛있을 것 같군그래.』

『응. 냄새는 나쁘지 않아.』

『맛있어 보여~.』

"그치~? 걸쭉한 양념을 밥이랑 같이 먹으면 얼마나 맛있다고."

그런 식으로 이야기를 하는 동안, 한 명(한 마리?)은 납득이 안 된다는 표정을 짓고 있었다.

채소를 싫어하는 페르다.

『…………채소가 들어간 거냐.』

"순무를 썼으니 당연하지. 이파리까지 남김없이 말이야."

『………….』

"뭐야, 그 대신 다진 던전 돼지고기를 듬뿍 넣었으니까 괜찮잖아~. 일단 먹어보라니까."

『주공, 이거 꽤 맛있군.』

『응, 맛있어어.』

『주인~ 맛있어~!』

"다행이야. 자, 페르. 곤 옹이랑 드라 짱이랑 스이도 맛있다고 하잖아."

그렇게 말하자 페르는 마지못해 다진 던전 돼지고기와 순무를 넣은 앙카케 덮밥에 입을 댔다.

보다보니 명백하게 먹는 속도가 갈수록 빨라졌다.

"어때, 맛있지?"

페르는 다진 던전 돼지고기와 순무를 넣은 앙카케 덮밥을 먹어치우더니, 입 주변을 낼름 핥았다.

『뭐, 뭐어, 맛없지는 않군.』

"헤에~ 그럼 더 먹을 필요는 없겠네?"

곤 옹, 드라 짱, 스이는 이미 추가 음식을 먹고 있는데.

『그건 그거, 이건 이거다. 당연히 한 그릇 더 먹을 거다.』

뭐가 '그건 그거, 이건 이거다'야.

하여간 페르는 솔직하질 못하다니깐.

그나저나………….

페르 일행한테 먹였더니 순식간에 소비됐네.

계획대로 순무의 재고가 단숨에 줄어서 나는 의기양양한 미소를 지었다.

　아니, 뭐 순무는 아직 많이 남았지만.

　페르네한테 소비하는 걸 좀 더 돕게 할까.

　그런 생각을 하며 나는, 다음은 순무를 써서 어떤 요리를 할까 생각했다.

크림 스튜

차가운 공기에 몸이 부르르 떨린다.

이 주변은 살기 좋은 카레리나에 비해 기온이 많이 낮다.

"저기, 정말 여기서 하룻밤을 나려고?"

『당연하지. 모처럼 여기까지 왔으니 사냥을 해야 하지 않겠느냐. 그러려고 의뢰를 일찍 마무리한 것이니 말이다.』

"뭐가 당연하다는 거야. 가만, 그러려고 의뢰를 후다닥 해치운 거였어⋯⋯?"

이곳에 온 건 길드 마스터에게 받은 의뢰 때문이다.

아주 당연하게도 페르와 곤 옹, 드라 짱, 스이가 어렵지 않게 후다닥 해치웠다.

그런데⋯⋯.

『자자, 주공. 내일 하루만이네. 이곳까지 와서 흰 소를 사냥하지 않고 돌아가기는 아까우니 말이야.』

『음.』

곤 옹의 말에 페르도 고개를 끄덕였다.

『페르랑 곤 옹이 흰 소 마물은 맛있다고 했으니 당연히 잡아서 돌아가야지. 포기하라고.』

『흰 소 씨의 고기는 있지~ 엄~청 맛있대~. 스이, 기대돼!』

페르와 곤 옹에게 이곳에서 조금 떨어진 설원 지대에 맛있는 흰 소 마물(이름은 알붐바이슨이라나 뭐라나)이 있다는 이야기를 들은 후로 드라 짱과 스이까지 사냥에 의욕을 불사르고 있다.

아닌 게 아니라 맛있는 고기라면 당연히 손에 넣어야 한다는 분위기다.

애초에 고기라면 사족을 못 쓰는 먹보 콰르텟한테 사냥을 안 한다는 선택지가 있기나 했겠는가.

먹보 콰르텟은 나만 빼놓고 신이 나서 내일 사냥할 예정인 알붐바이슨에 관한 이야기를 나누고 있다.

그런 녀석들을 바라본 채 한숨을 내쉬며 "지금은 고기도 그렇게 재고가 부족하지 않고, 춥기도 하니 나는 얼른 집으로 돌아가고 싶은데 말이야……"라고 중얼거려 보았지만, 다들 내 의견 따윈 귓등으로도 안 듣는다.

나도 포기 상태다.

나는 고개를 푹 숙인 채 이전에 방한용으로 인터넷 슈퍼에서 구입한 플리스 재킷을 말없이 껴입었다.

체념하고 저녁 식사 준비나 하자.

"추우니 따끈한 게 좋겠어. 뭘로 하지?"

저녁 메뉴를 생각하던 중, 길을 나설 때 앨번에게 감자와 당근을 잔뜩 받았던 게 떠올랐다.

그 결과 머릿속에 떠오른 것은…….

"그래. 크림 스튜로 하자."

메뉴가 정해지자마자 인터넷 슈퍼를 띄웠다.

크림 스튜 가루를 사기 위해서다.

가루 없이도 만들어본 적이 있는데, 솔직히 말해서 제품을 쓰는 편이 쉽고 맛있더라.

게다가 무엇보다 안정적인 맛을 낼 수 있어서 실패할 일도 없고.

그런고로…….

"이거야, 이거. 역시 이거지~."

내게는 익숙하고 애용했던 크림 스튜 가루를 카트에 담았다.

이것저것 시험해 봤지만 결국은 이걸로 돌아오게 되었다.

크림 스튜하면 이거라고 할 만한, 어쩐지 그리운 맛이 나는 정석 중에서도 정석이라 할 수 있는 맛.

하지만 질리지가 않는 맛이라 언제 먹어도 맛있단 말이지.

과립형이라 물에 잘 녹는다는 점도 은근히 좋고.

자주 사용했던 제품을 손에 넣었으니 곧장 조리를 시작해야지.

정석적인 맛의 크림 스튜 가루에 맞춰서 건더기도 기본에 충실하게, 심플하게 넣으려 한다.

우선 코카트리스 고기를 한 입 크기로 썰고, 양파는 쐐기 모양으로, 당근과 감자는 깍둑썰기를 한다.

다음으로 두꺼운 냄비에 식용유를 두르고 달군 후, 양파를 볶는다.

양파가 익으면 감자와 당근을 넣고 전체적으로 기름기가 돌게끔 볶아 나간다.

전체적으로 기름기가 돌면 코카트리스 고기를 투입하고 가볍게 볶는다.

볶을 때는 재료들이 타지 않도록 주의해야 한다.

그런 다음, 물을 넣고 끓어오르면 거품을 걷어내며 재료가 부드러워질 때까지 끓인다.

재료가 부드러워지면 일단 불을 끄고 과립형 크림 스튜 가루를 조금씩 뿌려 넣으며 녹인다.

가루를 다 넣으면 다시 불을 켜고 가끔씩 저으며, 걸쭉해질 때까지 10분 정도 더 끓이면 완성이다.

나에게는 매우 익숙한 스튜다.

하지만 그래도 일단 맛은 봐야지.

응. 익숙한 맛이야.

"역시 스튜는 이 맛이지. 마음이 다 차분해지네에."

마음이 놓이는 맛을 곱씹고 있던 중에⋯⋯.

『어이, 다 됐으면 어서 우리도 먹게 해줘라. 배가 고파 못 견디겠으니.』

『페르의 말이 맞네. 배고픈 상태로 그 냄새를 맡으니 죽겠군 그래.』

『맞아맞아. 게다가 추우니까 갓 만든 따뜻한 걸 먹게 해줘.』

『주인~ 스이도 배고파~.』

"아~ 미안미안. 끓이는 데 시간이 좀 걸렸지. 하지만 잔뜩 만들었으니까 많이들 먹어."

나는 페르 일행 전용 오목한 그릇에 스튜를 듬뿍 퍼서 내주었다.

"오늘 저녁 메뉴는 크림 스튜야. 맛있고 몸도 따뜻해질 거야~."

『혹시 이건 소의 젖을 사용한 요리인가?』

"역시 곤 옹이네. 맞아."

『음음. 나쁘지 않은 맛이로군. 주공의 말대로 몸도 따뜻해졌고 말이야.』

『정말이네. 후끈해졌어~.』

"그렇지, 드라 짱?"

『이거 맛있어~. 스이 이거 너무 좋아~!』

"여기에는 스이가 좋아하는 치즈도 들어있거든."

분명 스튜 가루의 원재료에 치즈가 들어있었던 것 같다.

곤 옹, 드라 짱, 스이에게는 대체로 호평인 듯하다.

하지만 아직도 입을 대지 않고 크림 스튜를 가만히 쳐다보는 녀석이 있었는데.

『……어이, 고기가 적은 것 아니냐?』

"그래? 넉넉하게 넣었는데. 아니, 그런 건 나중에 따지고 페르도 먹어보라니까. 맛있다고."

『'그런 것'? 나에게는 중요한 문제다.』

"일단 한번 먹어 봐. 자, 고기를 좀 추가해줄게."

냄비 안에 든 코카트리스 고기를 퍼서 페르의 그릇에 추가로 넣어 주었다.

그러자 페르는 마지못해 겨우 크림 스튜에 입을 댔다.

한 입, 두 입, 세 입.

그 다음부터는 우걱우걱, 크림 스튜에 빠질 듯이 먹었다.

응응. 그렇지? 맛있지?

나도 한 입.

"맛있다아."

어쩐지 그리운 맛에 몸도 마음도 따끈해진다.
오랜만에 크림 스튜를 만끽하다 보니…….
ᴍᴍ한 그릇 더!ᴜᴜ
"홋, 그래그래."

Tondemo Skill de Isekai Hourou Meshi 13

©2022 Ren Eguchi
First published in Japan in 2022 by OVERLAP, Inc.
Korean translation rights reserved by Somy Media, Inc.
Under the license from OVERLAP, Inc., Tokyo JAPAN

터무니없는 스킬로 이세계 방랑 밥 13

탕수 소스 고기 경단×모험가의 방식
초판 한정 소책자

2024년 4월 15일 1판 1쇄 발행

저　　　　자	에구치 렌
일 러 스 트	마사
옮　긴　이	정대식
발　행　인	유재옥
담 당 편 집	박치우

이　　　　사	조병권
출판본부장	박광운
편 집 1 팀	최서영
편 집 2 팀	정영길 조찬희 박치우 정지원
편 집 3 팀	오준영 이소의 권진영
디자인랩팀	김보라 박민솔
디지털사업팀	박상섭 김지연 윤희진
라이츠사업팀	김정미 맹미영 이윤서
영업마케팅팀	최원석 박수진 이다은
물　류　팀	허석용 백철기
경영지원팀	최정연
발　행　처	(주)소미미디어
인쇄제작처	코리아피앤피
등　　　록	제2015-000008호
주　　　소	서울시 마포구 토정로 222, 502호(신수동, 한국출판콘텐츠센터)
판　　　매	(주)소미미디어
전　　　화	편집부 (070)4164-3962, 3963 기획실 (02)567-3388
	판매 및 마케팅 (070)8822-2301, Fax (02)322-7665

ISBN 979-11-384-8262-2
ISBN 979-11-6190-011-7 (세트)